不可能犯罪诊断书

1

[美]爱德华·霍克 著
景翔 译

Edward D. Hoch

Diagnosis: Impossible

Copyright © 1974,1975,1976,1977,1978,1996 by Edward D. Hoch

© 中南博集天卷文化传媒有限公司。本书版权受法律保护。未经权利人许可，任何人不得以任何方式使用本书包括正文、插图、封面、版式等任何部分内容，违者将受到法律制裁。

著作权合同登记号：图字18-2022-126

图书在版编目（CIP）数据

不可能犯罪诊断书.1/（美）爱德华·霍克著；景翔译.——长沙：湖南文艺出版社，2023.2（2023.4重印）
书名原文：Diagnosis: Impossible: The Problems of Dr. Sam Hawthorne
ISBN 978-7-5726-0835-3

Ⅰ.①不… Ⅱ.①爱… ②景… Ⅲ.①推理小说—小说集—美国—现代 Ⅳ.① I712.45

中国版本图书馆 CIP 数据核字（2022）第 156418 号

上架建议：畅销·外国文学

BU KENENG FANZUI ZHENDUANSHU.1
不可能犯罪诊断书.1

著　者：	[美]爱德华·霍克
译　者：	景　翔
出 版 人：	陈新文
责任编辑：	匡杨乐
监　制：	于向勇
策划编辑：	布　狄
特约编辑：	罗　钦　张妍文
版权支持：	王媛媛
营销编辑：	时宇飞　黄璐璐
封面设计：	潘雪琴
版式设计：	利　锐
出　版：	湖南文艺出版社
	（长沙市雨花区东二环一段 508 号　邮编：410014）
网　址：	www.hnwy.net
印　刷：	三河市天润建兴印务有限公司
经　销：	新华书店
开　本：	680 mm×955 mm　1/16
字　数：	219 千字
印　张：	18.25
版　次：	2023 年 2 月第 1 版
印　次：	2023 年 4 月第 2 次印刷
书　号：	ISBN 978-7-5726-0835-3
定　价：	59.80 元

若有质量问题，请致电质量监督电话：010-59096394
团购电话：010-59320018

导读

二〇〇六年五月的某一天,我联系爱德华·霍克先生询问翻译授权事宜。那时,他的作品尚未被系统性地引进中国,国内知道这位推理小说大师的读者寥寥无几。在回信中,他表示这是他第一次收到来自中国读者的邮件,非常开心,并且答应了我的请求。十六年过去了,这位世界短篇推理小说之王笔下的角色终于再次来到中国读者的案头。

生平

霍克全名为爱德华·丹廷格·霍克,一九三〇年二月二十二日出生在纽约罗切斯特市,父亲埃尔·G.霍克是银行的副行长,母亲爱丽丝·丹廷格·霍克是家庭主妇。霍克从小喜欢阅读推理小说，他阅读的第一本推理小说是埃勒里·奎因的《中国橘子之谜》，虽然霍克自己也认为这并非奎因最好的作品，但这并不妨碍他喜爱上这种独特的类型文学。霍克在高中时就开始尝试撰写推理小说，这个习惯一直延续到他就读罗切斯特大学的两年时光。

一九四九年开始，他在罗切斯特公共图书馆担任研究员，同时还加入了美国推理作家协会分会，不时去纽约参加聚会。次年年底，他应征加入美国陆军，并被分派至纽约服役。这无疑给他参加美国推理作家协会的活动制造了便利，这两年他和许多当时响当当的人物成了朋友，其中就包括弗雷德里克·丹奈（埃勒里·奎因的缔造者之一）、密室之王约翰·狄克森·卡尔、悬念大师康奈尔·伍尔里奇、美国推理作家协会首位女性主席海伦·麦克洛伊，以及魔术师作家克莱顿·劳森等人。也是在此期间，霍克与名编辑汉斯·斯特凡·山特森建立了良好的关系，这为霍克今后的专职创作之路埋下了伏笔。

退伍后，霍克先是在纽约的口袋图书公司找了一份核算货物账目的工作。一年后，周薪仅涨了三美元，他便于一九五四年一月回到罗切斯特，并在哈钦斯广告公司找了一份版权和公共关系管理的工作。这些工作经历，比较明显地投射在霍克塑造的第一个侦探——"西蒙·亚克"系列的故事叙述者"我"的身上。

一九五五年九月二十六日，霍克的短篇《死人村》在《名侦探》杂志上发表，这是他第一次正式发表推理故事，灵感源于一九五三年夏天他和女友的一次约会经历，正是这个故事里的西蒙·亚克此后成了霍克笔下最重要也最"长命"的侦探。

一九五六至一九六七年间，霍克发表了二十二篇小说。一九六八年，他的《长方形房间》获得美国推理作家协会颁发的埃德加·爱伦·坡奖，同时他还获得了一份长篇小说合同，并于第二年完成了《粉碎的大乌鸦》。由此，霍克决定转向全职写作。一九七三年起，霍克作品开始在主流推理杂志如《埃勒里·奎因推理》和《阿尔弗雷德·希区柯克推理》上发表。

此后三十多年间，霍克笔耕不辍，为世界留下了近千篇短篇推理故事。二〇〇一年，他获得美国推理作家协会终身成就奖，这是该领域的最高荣誉之一。

系列

在不同的系列故事中，霍克塑造了众多侦探形象，其中最具代表性和知名度的是以下七人。令人惊叹的是，他们的职业竟然全都不同。

西蒙·亚克：具体年龄不详，活了两千年以上，是纪元初期埃及的基督教教士，在世上的主要任务是寻找并消灭魔鬼。"西蒙·亚克"系列多与玄学、撒旦、巫术或各种匪夷所思的事件有关，不过到故事终了时，案件都会以合乎逻辑的方式得到解决，共计六十二篇，最后一篇为二〇〇九年一月号《埃勒里·奎因推理》刊载的《圣诞节鸡蛋》。

萨姆·霍桑：新英格兰诺斯蒙特镇的执业医生，专攻密室以及不可能犯罪，首次登场是在一九七四年十二月号《埃勒里·奎因推理》刊载的《廊桥谜案》中。"萨姆·霍桑医生"系列故事背景设定在二十世纪二十至四十年代，共计七十二篇，最后一篇为二〇〇八年五月号《埃勒里·奎因推理》刊载的《秘密病人之谜》。

尼克·维尔维特：专业窃贼，只偷各种奇怪的东西，比如用过的袋泡茶、褪色的国旗、玩具老鼠，甚至一个空房间的灰尘，首次出场是在一九六六年的《偷窃云虎》中。"尼克·维尔维特"系列共计八十七篇，最后一篇为二〇〇七年九月号《埃勒里·奎因推理》刊载的《偷窃被放逐的鸵鸟》。

本·斯诺：西部快枪手侦探，因为人物设定的关系，读者经常可以在书中看到枪战描写，初次登场是在一九六一年《圣徒》杂志刊载的《箭谷》中。"本·斯诺"系列背景设定在一八八〇至一九一〇年间，共计四十四篇，最后一篇为二〇〇八年七月号《埃勒里·奎因杂志》刊载的《辛女士的黄金》。

杰弗瑞·兰德：杰弗瑞·兰德是一位密码专家，退休前是英国秘密通信局的特工，初次登场是在一九六五年五月号《埃勒里·奎因推理》刊载的《无所事事的间谍》中。"杰弗瑞·兰德"系列洋溢着异域风情，共计八十五篇（含合著一篇），案件多与密码或谍报有关，最后一篇为二〇〇八年十二月号《埃勒里·奎因推理》刊载的《亚历山大方案》。

麦克·瓦拉多：罗马尼亚一个吉卜赛部落的国王，口头禅是"我只不过是个贫穷的农民"。一九八四年，霍克受比尔·普洛奇尼（二〇〇八年美国推理作家协会大师奖得主，塑造了著名的私家侦探"无名"）之邀，为《民俗侦探》杂志撰稿，发表了瓦拉多的登场作《吉卜赛人的好运》。"麦克·瓦拉多"系列共计三十篇，最后一篇为二〇〇七年十二月号《埃勒里·奎因推理》刊载的《吉卜赛黄金》。

利奥波德：康涅狄格州某市警察局重案科队长，霍克短篇系列小说中登场次数最多的主角，初次登场是在一九五七年三月号《犯罪与公正推理》刊载的《嫉妒的爱人》中。"利奥波德"系列的早期作品大多具有刑侦小说特征，后期则趣味性增强，不可能犯罪数量上升，共计九十一篇，最后一篇为二〇〇七年六月号《埃勒里·奎因推理》刊载的《卧底利奥波德》。

创作

霍克一生共创作了九百多个推理故事，平均两周完成一个，就算称之为"故事制造机"恐怕也不为过。尽管如此，霍克的作品却令人惊叹地保持了一贯的高水准，每个故事在满足充分意外性的同时，都具有鲜活的地域或时代特色。从独立战争时期的美国，到改革开放后的中国，您都能发现霍克笔下的侦探们活跃的身影。

他是怎么做到这一切的？

霍克是一位求知欲强烈，同时保持着童心的作家。朋友们说，从他的眼神中能看到他对世界的好奇。霍克每天都会在固定的时间阅读报刊或网络新闻（当然是在电脑普及之后），这让他积累了丰富的素材，创作时可以信手拈来。

一次，他在《纽约时报》上看到一则报道，说现在有年轻人通过帮货运公司运货，可以享受超低折扣的机票。于是，斯坦顿和艾夫斯的侦探组合便诞生了。两人是情侣，从普林斯顿大学毕业后想去欧洲旅行，但又负担不起高昂的机票费用，恰在此时，免费机票这样的好事出现了，代价就是要在他们的行李中加入委托人的一件货物。

除了新闻，霍克还有阅读旅行指南的习惯，他尤其偏爱那些配有生动插图的画册。虽然他一辈子都没学会开车，也很少出远门旅行，但因为脑海中已经有了世界各地的画面，他笔下的角色行动起来便不再受到地域限制。从中东到南亚，再到远东，侦探们的足迹遍布全球。

值得一提的是，霍克从未来过中国，但他创作的角色至少来过两次。一九八九年，杰弗瑞·兰德在香港完成了一次冒险之旅，故事的名字是《间谍和风水师》。二〇〇七年，斯坦顿和艾夫斯千里跋涉，在《中国蓝调》中前往黄河边的农村，故事刚一开场，两人便已身处北京首都国际机场了。

除了长期扎实的素材积累工作，霍克需要面对的另一个挑战是短篇小说创作本身的难度。创作十万字以上的长篇小说固然费时费力，但不少作家都有一个共识——优秀的短篇较长篇更难驾驭，原因就在于篇幅的限制。推理小说是欺骗的艺术，作者通过文字布下陷阱，令读者因为思维定势而忽略近在眼前的真相，从而在揭晓谜底时，产生最为强烈的冲击力。一个故事的字数越少，可供作者布置陷阱的空间就越少。

在长篇小说中，误导线索可以平均地塞进十几个不同的章节，这些"雷区"的密度被"安全"的文字大大稀释，即便是有经验的读者，在长时间的阅读后，也难免放松警惕，结果不知不觉着了作者的道。反观短篇小说，读者通常能够一口气读完，从头到尾都保持高度的警觉性，如果作者像在长篇小说中那样设置误导线索的数量，那么很容易就会被识破。您也许会问，把"红鲱鱼"的数量降低到长篇小说的十分之一不就行了吗？但新的问题随之而来：人的思维要被植入某个观念，其摄取的信息量不能太低，正所谓一个令人信服的谎言需要十个不同的谎言来圆。因此，短篇小说的核心挑战便在于用最少的笔墨，最大程度地操控读者的思路。短篇推理小说的字数没有统一标准，东西方差异明显，欧美作品的篇幅普遍短于日本和中国作品，霍克的短篇小说篇幅多为一万字上下，要想做到意料之外，情理之中，难度可想而知。在这一点上，霍克的作品将为您展示教科书级别的推理小说创作（误导）技巧。

灵感

既然霍克这么能写，为何只写短篇呢？据霍克本人说，这是因为他缺乏耐心。能用一万字就让读者感到惊奇，就没必要用两万字。笔者却认为，更深层的原因在于霍克无法抑制的创作灵感。挂历上的插画，偶然听到的广播，生活中的所见所闻都能随时刺激他开启一段新的故事。

从某种意义上说，创作短篇小说比长篇小说更依赖灵感。一个巧妙的点子，离开了复杂的人物关系和丰满的社会背景，就很容易导致故事后劲不足，可用于人物较少的短篇小说却刚刚好。

霍克的很多作品从开头到结尾，都保持着情节的高速推进，始终牢牢抓住读者的胃口。名作《漫长的下坠》，不仅入选了一九六八年的经典密室推理选集《密室读本》，还被改编为二十世纪七十年代美国热门电视剧《麦克米兰和妻子》中的一集。故事讲述了一起匪夷所思的坠楼案，一个男人从一栋摩天大楼的窗口跳了下去，可楼下的街道却人来车往，一切如常，正当人们以为发生了凭空蒸发的灵异事件时，跳楼男子却在四小时后"砰"的一声着陆身亡！

将这种贯穿全文的悬念发扬到极致的代表，是"尼克·维尔维特"系列，该系列标题格式统一，均为"偷窃××物品"，这些物品毫无经济价值，却有人花大价钱雇佣主角下手。读者光是看到标题，就已经好奇不已——这个小偷为什么要偷空房间的灰尘？他要怎么偷一支球队？

霍克本人曾告诉我，他总是先构思故事大纲，然后再思考符合大纲设定的解答，这也从侧面验证了他依靠灵感驱动的写作模式。他用自己的职业生涯证明了这一模式的高效与持久，可以说，霍克完全就是为短篇推理小说而生的。

《不可能犯罪诊断书》在美国结集出版时，霍克将献词留给了《埃勒里·奎因推理》的专栏书评撰稿人史蒂文·斯泰恩博克。据斯泰恩博克回忆，他第一次见霍克是一九九四年在西雅图的一间宾馆里。当时，霍克正站在一部扶手电梯上。这个画面长久地停留在他的记忆中，他对我说："相信我，如果你在他刚刚走上电梯的时候丢给他一个密室，他能在电梯到达下一层之前想出至少三个不同的诡计。"

读完这套书，您也会相信的。

吴非

二〇二二年于上海

作者序

　　有时，身为作者要清楚地记住自己笔下某个系列人物的诞生时刻并非易事。不过，就萨姆·霍桑医生而言，我却记得格外清楚。那是一九七四年一月，我刚收到一份崭新的挂历。我将这份礼物挂在了自己的打字机旁。挂历每个月的画面上都绘有不同时期乡村生活的水彩画。我记得很清楚，一月份的那张插图画的是冬天里的一座廊桥。

　　整个一月份，我时不时地就会盯着这幅画看。很快，我惊讶地发现自己灵感来了：如果一辆马车从廊桥的一边进去，但没有从另一边出来会怎样呢？一想到这个令人兴奋的设定，我就无法控制自己的思绪。在接下来的两天里，这些思考逐渐升级成了一个颇有新意的诡计和一份完整的写作计划，这时我才意识到，我需要的就是一位侦探。

　　因为故事的整体背景设置在过去的某个时段，所以我需要构思出一位从未在自己笔下出现过的侦探。这是一个崭新的系列故事的开端。最终，我决定以乡村医生作为人物的核心设定，他的名字就叫萨姆。或许，这一切都是因为我还记得最近那位犯下杀妻案的臭名昭著的萨姆·谢泼德医生。我笔下的萨姆医生很年轻，从医学院毕业仅仅一年时间，他最珍贵的个人财产是一辆一九二一年的皮尔斯利箭敞篷车，这是老萨姆夫妇送给他的毕业礼物。起初，这个故事发表在《埃勒里·奎因推理》杂志上。时至今日，我的所有作品依旧如此。弗雷德里克·丹奈，"埃勒里·奎因"的缔造者之一，也是《埃勒里·奎因推理》杂志的编辑，很快喜欢上了这个全新的系列故事，并且给出了许多十分中肯的建议。

首先，我的萨姆医生需要一个姓氏，以免与莉莲·托雷的"萨姆·约翰逊医生"系列混淆。坦白讲，这是我之前从未想过的。丹奈提了两三个建议，我立刻选中了霍桑。对一个新英格兰的侦探来说，还有什么比这更好的名字呢？坦白讲，丹奈的第二个建议则让我有些不安。他希望老萨姆医生在讲述自己一生经历的这些故事时，能多用一些乡村俚语，或者口头禅之类的。我尝试让一些配角先这样做，比如伦斯警长，但我一直尽可能避免让萨姆本人这样做。虽然最终我采纳了这个建议，而且丹奈在编辑杂志连载稿时也做了不少修订，但在后续的故事中乡村俚语的使用逐渐减少。最后，丹奈告诉我，他认为这些故事就算没有乡村俚语也能大受欢迎。

从第一个故事开始，我就决定将"萨姆·霍桑医生"这个系列设定为经常需要解决各种密室犯罪和不可能犯罪的短篇故事。丹奈对此深表赞同。当我将该系列的第二个故事发给杂志社时，他建议未来这个系列的所有故事都涉及某种不可能犯罪。我非常高兴地答应了。推理小说发展至今，各种各样的犯罪故事层出不穷，而在这些故事的类型中，没有什么比密室犯罪和不可能犯罪对创作者而言更有趣、更有挑战性的了。

本册收录的是"萨姆·霍桑医生"系列迄今为止的五十二个罪案故事中的前十二个。这些故事最初发表在一九七四年十二月至一九七八年七月的《埃勒里·奎因推理》杂志上。我将第一个故事的时间设定在一九二二年三月，所有故事都是按照时间顺序发展的。故事发生在背景有些模糊的诺斯蒙特镇，它可能在康涅狄格州东部的某个地方，位置并不确定。我们在后来的故事中会了解到，邻镇希恩镇正是埃勒里·奎因《玻璃村庄》的故事发生地。

"萨姆·霍桑医生"系列讲述的所有故事，都以老萨姆医生欢迎某个酒友来聆听他讲述自己早年在诺斯蒙特镇的经历开场，而且大多数故事都以引出下一个案件结束。不得不提的是，这都是丹奈的主意，在很长一段时间里，效果也非常不错。后来，为了加快故事的进展，我大大缩短了开头，并完全取消了结尾的下一个案件的预览。现在，我每年就写大概两篇"萨姆·霍桑医生"的故事。在写下一个故事的六个月前就想好故事框架对我来说实在是意义不大。

尽管在我的众多系列侦探故事中，几乎每个侦探都处理过不可能犯罪，但我依然认为在这类作品中，我写得最好的是"萨姆·霍桑医生"系列。纵观本册的这十二个故事，我发现"廊桥谜案"是被再版最多的故事。密室专家罗伯特·阿迪则认为"投票亭谜案"是"霍桑的故事中最令人满意的一个"。它们确实是很好的故事，被列入了萨姆医生的第一个故事合集。

希望你能够喜欢这些发生在过去的故事，就像我喜欢写它们一样。

爱德华·霍克
纽约州罗切斯特市
一九九五年十一月

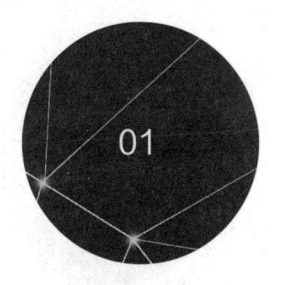

DIAGNOSIS:
IMPOSSIBLE

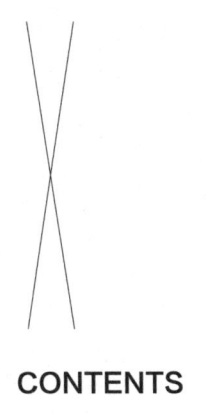

CONTENTS
目录

01 廊桥谜案 001

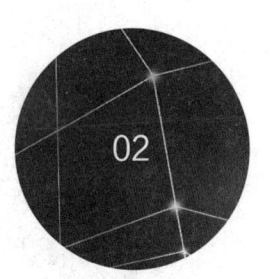

02 老磨坊谋杀案 025

03 魔术师之死 049

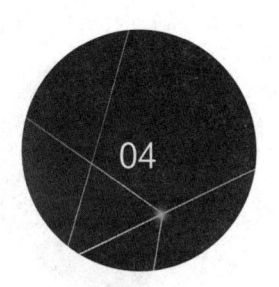

04 消失的凶手 073

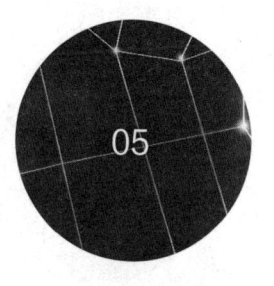

05 列车谋杀案 093

06 校舍绑架案 117

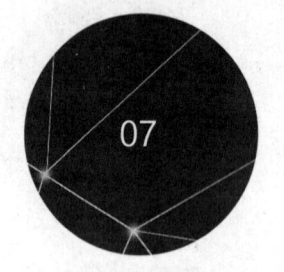

07
圣诞节的教堂
139

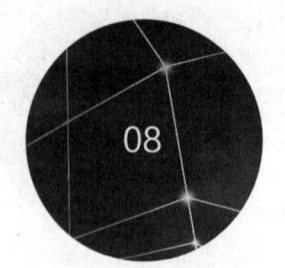

08
十六号牢房
161

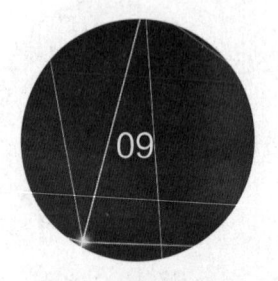

09
乡村客栈命案
183

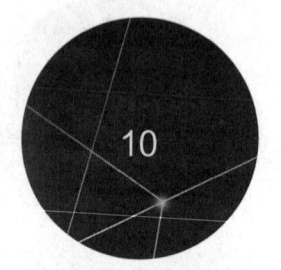

10
投票亭谜案
207

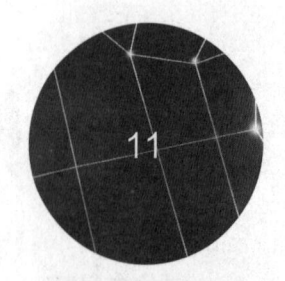

11
时光胶囊里的尸体
229

12
老橡树杀人案
253

01

廊桥谜案

你总是会听到"以前什么都比现在好"这样的话。

"嗯,这我可不知道。很显然的是,医疗方面过去一定没有比现在好。我这是经验之谈,因为我一九二二年就开始在新英格兰当乡村医生。那似乎是上辈子的事了,是吧?哎呀,还真像过了一辈子!

"不过,我要告诉你有一件更有意思的事,那就是谜案——发生在你我这样的普通人身上,一点都不掺假的谜案。我这辈子看过好多悬疑故事,可是没有一个比得过我亲身经历过的那些事情。

"比方说,我到那里的第一个冬天,有个人驾着马车在大雪里走进了一座廊桥,却没有从廊桥的另外一头出来。人和马车都从地球上消失了,就好像从来没有存在过!

"你想听听这个故事吗?嗯,讲起来也花不了多少时间,把椅子拉过来点,让我来给我们弄点……啊……小酒。"

我是从一九二二年一月二十二号开始在诺斯蒙特镇行医的。

我一直记得那一天，因为它是教皇贝内迪克特十五世①逝世的日子。我自己并不是天主教徒，可是在新英格兰那一带有好多人都是。在那一天，教皇逝世的新闻要比萨姆·霍桑医生的诊所开业的消息重要多了。尽管如此，我还是雇了一个名叫阿普丽尔的矮胖女人当护士，买了一些二手家具，然后安顿了下来。

我刚从医学院毕业一年，在这一行只能算是新手。但我很轻易就交到了朋友，和住在河边的农民打成一片。我是开着我那辆一九二一年出厂的利箭敞篷车来到镇上的。这部亮黄色的豪车花了我父母将近七千美金，是我的毕业礼物。我只用了一天时间就意识到新英格兰的农民不开利箭敞篷车。事实上，他们以前连看都没看过这种车。

车的问题到了冬天很快就解决了，因为我发现这个地方买了车的人冬天照顾车的办法是抽空油箱，然后把车推到街上等春天来了再说。于是，人们便回到了用马车出行的状态。这对我来说不成问题，也让我在一定程度上成了他们中的一分子。

积雪太深的时候，他们会把雪橇拿出来用。不过，这一年的冬天还蛮温和的。虽然蛇溪还是结冰了，但地上的积雪少得出奇，路面也十分干净。

三月第一个星期二的早上，我驾着马车走北大路来到了雅各布·布林洛和萨拉·布林洛夫妇的农场。当夜下了几英寸②厚的雪，可没什么好说的，我急着要给萨拉做每周一次的看诊。我初到镇上时，她就开始不舒服，因此每个星期二去她家的农场就成了我的例行公事。

这一天，这地方像平常一样挤满了人。除了雅各布和他的太

---

① 罗马天主教教皇，第一次世界大战期间，宣布严守中立，尊重所有的交战国，曾多次提出和平建议。——译者注
② 英美制长度单位，1英寸约合2.54厘米。——编者注

太外，还有三个孩子——帮助父亲经营农场的二十五岁英俊儿子汉克，以及苏珊和萨莉这样一对十六岁的双胞胎女儿。汉克的未婚妻米莉·欧布莱恩也在，这些日子她常到这里来。米莉比汉克小一岁，两人之间真是非常相爱。婚期已经定在五月，这绝对会是件大事。在好日子越来越近的时候，说米莉不该嫁到不信天主教的家庭的闲话都没有了。

"你好，萨姆医生。"萨莉在我走进厨房的时候向我打招呼。

经过一路漫长而寒冷的驾驶后，我真喜欢炉火的温暖。"你好，萨莉。你母亲今天还好吗？"

"她现在躺在床上，不过看起来蛮好的。"

"那好，我们马上就能让她下床了。"

雅各布·布林洛和他的儿子从侧门走了进来，跺掉了鞋子上的雪。"你好，萨姆医生。"雅各布说。他是个大个子，像《圣经·旧约》里的先知那样充满怒气。他的儿子汉克在他身边显得又瘦又小，好像没吃饱饭似的。

"你好，"我说，"今早真冷。"

"最啊是啊！萨莉，给萨姆医生倒杯咖啡，你没见他冻坏了吗？"

我向汉克点了点头。"在外面劈柴？"

"总有柴要劈。"

汉克·布林洛是个很讨人喜欢的年轻小伙子，年纪跟我差不多大。我觉得他在父亲的农场显得格格不入，因此我很高兴他结婚后可以离开这里。这个家里的书和杂志都是汉克的，而他的仪态也显示出他更像喜欢热闹的学者，而不像辛勤劳作的农夫。我知道他和米莉计划在婚后搬到镇上去住，我觉得那对他们两个来说都是好事。

每次我到这里来出诊,米莉似乎都在厨房里忙。也许,她是想让这家人觉得她会是汉克的好妻子。以这个小镇的标准来说,她是个漂亮的女孩,虽然我在大学里见过更漂亮的女孩。

她小心地从小萨莉手里接过咖啡杯,递给我,而我正在找地方坐下。"把那堆杂志挪开就行了,萨姆医生。"她说。

"两期《赫斯特国际月刊》?"在农家很少会见到这份杂志。

"二月号和三月号。汉克在看最新的分两期连载的福尔摩斯探案故事。"

"真的很好看,"我说,"我在医学院念书的时候看过很多。"

她对我大笑起来,说:"也许你能成为一个像柯南·道尔①那样的作家。"

"大概不会。"咖啡很好,让我的身体在寒冷驾驶之后暖和了起来。"我真的应该先去看看布林洛太太,然后再来喝完咖啡。"

"你会发现她精神很好。"

萨拉·布林洛的房间在楼顶上。我第一次走进那个房间是在一月,见到的是一个脸色苍白,看起来十分虚弱的女人,五十多岁,皮肤粗糙,反应迟钝,离大限似乎不远了。现在见到的则完全是另一幅景象,萨拉·布林洛比之前有生气多了,就连房间看起来也明亮了许多。她坐在床上,肩上披着一条亮粉色的围巾,对我微笑着表示欢迎。"你看,我已经好多了!你觉得我这个星期能下床了吗?"

---

① 英国著名推理作家,代表作有《福尔摩斯探案全集》等。——译者注

在今天，她的病大概会被归类为一种叫黏液水肿的甲状腺疾病，但当时还没有这种花哨的说法。我为她治疗，让她的病情得到改善，我只在意这一点。"这样说吧，萨拉，你在床上躺到星期五，然后要是觉得想下床了，就可以下床。"我向她眨了眨眼睛，因为我知道她喜欢我这样做。"真正说起来，我打赌你早就已经偷偷下过床了！"

"你怎么知道的，医生？"

"我在门口碰到萨莉的时候，我问她你怎么样了。她说你还躺在床上，可是看起来很好。你现在还能在哪里呢？她之所以会那样说，唯一原因就是你最近下过床。"

"天啊，萨姆医生！你真该去当侦探！"

"当医生已经够忙的了。"我一边说话，一边量了她的脉搏和血压，"今天早上下了更多的雪。"

"是的！孩子们想要溜冰的话，就得先把雪铲掉。"

"汉克的婚期也越来越近了，是吧？"我想即将来临的喜事对她的恢复起了很大的作用。

"是呀，只剩两个月了，那将会是我一生中快乐的一天。少了汉克在农场里帮忙，我想雅各布会觉得很辛苦，不过他会想办法的。我跟他说孩子都二十五岁了，该让孩子过自己的生活了。"

"米莉看起来是个好女孩。"

"再好不过了！当然啦，她是个天主教徒，可是我们并不觉得这是她的缺点。当然，她父母希望她嫁给隔壁农场的沃尔特·拉姆齐，因为他现在拥有农场的一切，可是他都三十多岁了——对像米莉那样的女孩来说太老了点。我猜当初她和他分手的时候，是知道这一点的吧。"

轻轻的敲门声传来，苏珊，那对双胞胎女儿中的另外一个走了进来。"妈妈，汉克准备走了，他在问送给米莉妈妈的苹果酱在哪里。"

"老天，我差点忘了！告诉他到地下室的架子上拿一瓶去。"

苏珊走后，我对萨拉说："你的两个女儿都好可爱。"

"真的，是吧？跟她们父亲一样长得高高的。你分得清她们谁是谁吗？"

我点了点头。"她们这个年纪正是想凸显个性的时候。萨莉已经让她的头发变得有点不同了。"

"在她们小一些的时候，汉克老是拿她们来骗我们，调换位子什么的。"说着，她看到我合上医药包，眼神突然严肃起来。"萨姆医生，我好多了，是吧？"

"好多了。本来你的皮肤会越来越粗糙，现在已经不会了，而且你的反应也灵敏了许多。"

我留下她要吃的药，然后便下楼了。汉克·布林洛穿了一件带毛皮领的大衣，准备去米莉家了。那大约要沿一条弯曲的小路走上两英里①，会经过拉姆齐的农场以及一座廊桥。

汉克拿起那装有一夸脱②苹果酱的罐子说道："萨姆医生，你跟我们一起走，好吗？米莉的爸爸上星期扭到了脚，一直没找医生。既然你在附近，你就过去看看吧。"米莉对汉克的要求似乎大感意外，可是我并不反对。"好呀，我驾我的马车跟着你们走。"

到了外面，汉克说道："米莉，你坐萨姆医生的马车，以

---

① 英美制长度单位，1英里约合1.61千米。——编者注
② 容量单位，1美制夸脱约合0.95升。——编者注

免他迷路。"她对这话嗤之以鼻。"这条路通不到别的地方，汉克！"不过她还是爬上了我的马车，然后我便拉起缰绳。"我听说你有一辆花哨的黄色敞篷车，萨姆医生。"

"那辆车在春天到来之前都不会再用了。这辆小马车对我来说就够好了。"我的马车和汉克的马车几乎一模一样——由一匹马拉动的只有两个座位的四轮马车。上面的篷布挡得了太阳和雨水，却挡不了寒冷。在新英格兰的冬天，驾马车出门可冷得很呢。

前路弯曲不平，两边满是树木。虽然时间已近中午，积着新雪的路上却只有汉克的马车留下的车辙。没有多少人会在冬天走上这条路。我们还没走多远，汉克就加快了速度，在一个转弯处从我们眼前消失了。

"汉克好像和他父亲很不一样。"我和米莉闲聊了起来。

"那是因为雅各布是他的继父，"米莉解释道，"萨拉的第一任丈夫——汉克的生父——在他还是婴儿的时候就因为伤寒过世了。后来，她再嫁，才生了那对双胞胎。"

"这就解释了他们为什么会差那么多。"

"差那么多？"

"汉克和他两个妹妹相差九岁呢。一般来说，农家夫妇生孩子都生得很密的。"

汉克的马车远得让我们看不到了，同时拉姆齐的农场出现在我们眼前。沃尔特·拉姆齐正把一群牛赶回谷仓，挡住了我们的路，我们不得不暂停一下。他挥了挥手说："汉克刚刚过去。"

"我知道，"米莉大声回答道，"他快得我们都赶不上他了！"等牛群走过后，我跟着汉克的马车在雪地留下的车辙加快了速度。等我们绕过下一个弯时，我以为我们会看见他，因为那

007

条路很直，两边也没有树木了。可是前面只有那座廊桥，以及桥两旁那条直通欧布莱恩的农场的空荡荡的路。

"他到哪里去了？"米莉大惑不解。

"想必他是在廊桥里等着我们。"从我们的视角，我们还没法看清那座廊桥的里面。

"很有可能，"她轻笑着同意道，"他总说廊桥都是接吻桥，可是这话一点也不对。"

"我老家那边——"我刚开口，又停了下来。现在我们可以看清廊桥里面了，里面并没有马车在等待。"嗯，他的确是进去了，雪地上还有车辙。"

"可是——"米莉从座位上半起身，"桥面上好像有东西，那是什么呢？"

来到廊桥的入口后，我便勒马停住。这座廊桥的两侧没有窗户，可是从两端和木板缝里透进来的光足以让人看清里面的情况。我从马车上下来。"那是他的那罐苹果酱，"我说，"它从马车上掉下来打碎了。"

米莉并没有看那罐苹果酱，她正盯着这座五十英尺①长的廊桥另一头那没有留下任何车辙的雪地。"萨姆医生！"

"什么事？"

"没有马车过桥留下的车辙！他进了廊桥，可是没有出去！萨姆医生，他到哪里去了？"

老天爷作证，她说得不错！汉克的马车车辙进入了廊桥。而且，那些湿漉漉的融雪印迹在渐渐消失之前大约有几英尺深。

可是廊桥里面没有马车，也没有汉克·布林洛，只有他带着的那罐苹果酱碎在地上。

---

① 英美制长度单位，1英尺约合0.30米。——编者注

如果廊桥另一头的雪地上没有车辙的话，他一定是——他必须是——还在廊桥里！我将目光移向连接整座廊桥的木头支架上，那里什么也没有，只有横梁和屋顶。这座廊桥完好无损，在屋顶的保护下免受风吹雨打。两侧的墙也很坚实，没有破损，木板缝里最多只有松鼠能钻得进去。

"廊桥里有蹊跷，"我对米莉说，"他一定还在这里。"

"可是在哪里呢？"

我走到桥的另一头，仔细看了看平滑无痕的雪地，然后从桥的一角欠过身去看蛇溪结冰的河面。溜冰的人还没来把雪铲掉，河面和其他地方一样平滑无痕。就算马车有办法穿过木头支架或两侧的墙，也不可能完全不留下痕迹。汉克驾着马车进了廊桥，只比跟在后面的米莉和我早一分钟，但除去掉下的那罐苹果酱，他却消失得无影无踪了。

"我们得找人来帮忙，"我说，本能告诉我不能往前去米莉的家而弄乱桥那头的雪地，"在这里等着，我跑回拉姆齐的农场找人帮忙。"

我在谷仓找到了和牛群待在一起的沃尔特·拉姆齐，当时他正在把干草从草堆里叉出来。"喂，医生，"他叫了我一声，"什么事？"

"汉克·布林洛好像不见了，我从来没见过这种怪事。你这里有电话吗？"

"当然有，医生，"他跳到了地上，"到屋里来吧。"

在跟着他穿过雪地的时候，我问道："汉克从你这里经过的时候有没有什么看起来怪怪的地方？"

"怪怪的地方？没有。他因为天冷缩成一团，可我知道那就是他。我把牛赶到路边，让他过去。"

"他有没有说什么?"

"没有,只挥了挥手。"

"那你并没有真正看到他的脸或听到他的声音咯?"

沃尔特·拉姆齐转身对着我。"嗯——没有。可是,见鬼了,我认识汉克那么久了!那就是他,没错!"

我想事情肯定就是这样的。那条路上没有任何地方可以换掉驾马车的人,而且就算换了人,那换上去的人又怎么会消失呢?

我接过沃尔特·拉姆齐递给我的电话,打到了布林洛的农场,那对双胞胎姐妹中的一个接了电话。"我是萨姆医生,我们好像把你哥哥跟丢了,他没有回家吧?"

"没有,他不是跟你们在一起吗?"

"现在不在了。你爸爸在吗?"

"他在外面干农活,你要找我妈妈吗?"

"不要,她应该躺在床上。"现在还不需要打扰萨拉。我挂了电话,再打到欧布莱恩的农场,得到的是同样的答案。是米莉的哥哥拉里接的电话,他没有见到汉克,可是他答应马上往廊桥这边走,找找马车的车辙或足迹。"有没有结果?"我打完电话后,拉姆齐问道。

"还没有。在他经过后,你没有看到过他吧?"

拉姆齐摇了摇头。"我在忙着赶牛。"

我从屋里出来,往廊桥走去,拉姆齐跟在我后面。米莉站在我的马车旁边,一副很担心的样子。"你有没有找到他?"她问道。

我摇了摇头。"你哥哥正往这边过来。"

拉姆齐和我仔细检查了廊桥的所有角落,米莉只是站在廊桥的另一头等着她哥哥的到来。我猜她这时需要哥哥的支持。拉里·欧布莱恩年轻英俊且讨人喜欢，和汉克·布林洛以及沃尔特·拉姆齐都是好朋友。我的护士阿普丽尔告诉我，沃尔特在父母死后继承了农场，而拉里和汉克在第一季栽种的时候都去帮了忙。她还告诉我，虽然他们是好朋友，拉里却反对汉克娶他的妹妹。大概他和某些做哥哥的一样，总觉得没人能配得上自己的妹妹吧。

拉里到达的时候，并没有带来什么新的消息。"从这里到农场一点车辙也没有。"他确认道。

我突然想到一件事。"等一下！如果那里一点车辙也没有，那你今天早上是怎么过来的呢，米莉？"

"昨晚我和汉克在他家。开始下雪之后，他们全家都坚持要我留下来过夜，尽管我家离得并不远。"她似乎感觉到我有个问题没问出口，又加上一句："我和那对双胞胎姐妹一起睡在她们的大床上。"

拉里看看我。"你觉得该怎么办？"

我低头看着那罐摔在地上的苹果酱，大家都小心翼翼地避开了它。"我觉得我们最好打电话给伦斯警长。"

伦斯警长是个胖子，动作很慢，思维也很迟钝。他恐怕从来没碰到过比马车被偷更大的案子，更不要说有人在廊桥里失踪这样的事情。他听完这个故事，咕哝了一下，然后沮丧地举起双手。"这件事不会像你们说的那样。这根本就不可能嘛，不可能的事就没意义。我想你们是在骗我——可能是提前三个星期开愚人节玩笑吧。"

就在这时，压力终于让米莉承受不住了。她哭倒在地，拉里和我赶紧把她送回家去。他们的父亲文森特·欧布莱恩在门口接我们。"这是怎么回事？"他问拉里，"她怎么了？"

"汉克不见了。"

"不见了？你是说他跟另一个女人跑了？"

"不是，不是那种事啦。"

拉里扶着米莉回房间的时候，我跟着文森特进了厨房。他不是像雅各布·布林洛那样的巨人，但他拥有一辈子在田里干活而练就的肌肉。"汉克要我跟着一起来，"我解释道，"说你伤到了脚。"

"没什么，劈柴的时候扭到了脚踝。"

"我能看一下吗？"

"用不着。"他很不情愿地拉高了裤腿，我弯下腰去检查了一下。肿胀和淤青都很明显，不过最坏的情况已经过去了。

"不太糟，"我同意道，"不过你应该用热水泡泡脚踝。"我环顾四周，确保没有人会听到我们的对话后，压低了声音说："你首先想到的是汉克·布林洛和另一个女人跑了。你心里想的是谁？"

他一副不自在的样子。"没有谁呀。"

"这事可能很严重，欧布莱恩先生。"

他思考了一下，最后说道："我不会假装为我女儿要嫁一个不信天主教的男人而感到高兴。拉里也有同样的感觉。更何况，汉克还会跟镇上的一些女孩鬼混。"

"比方说谁呢？"

"比如在银行工作的格特·佩奇。要是他跟她跑了也不奇怪。"

我看到米莉走下楼来，就把声音提高了一点。"你现在要用热水泡泡脚踝。"

"有什么消息吗？"米莉问道。她已经恢复正常，不过脸上还是没有血色。

"没有消息,不过我相信他会出现的。他有耍花样的习惯吗?"

"有时他会拿苏珊和萨莉来耍人,你是说这个吗?"

"我不知道我说的是什么,"我承认道,"可是当时他好像急着要你坐我的马车,也许这是有原因的。"

格特·佩奇是个眼光锐利的金发女子,是那种在新英格兰小镇上永远不会感到快乐的人。她回答我有关汉克·布林洛的问题时,会露出阴沉而怀疑的表情,大概她对所有男人都是这样吧。

我留下来吃了午饭,因为一直没有新消息,就一个人动身回镇上去了。经过廊桥的时候,伦斯警长和其他一些人还在那里,可是我没有停下来。我看得出他们对解开这个谜团一点头绪都没有,而我急着在银行下班之前赶到那里。

"你知道他在哪里吗,格特?"

"我怎么会知道他在哪里。"

"你是不是打算在他结婚之前和他私奔?"

"哈哈哈!我和他私奔?听着,如果米莉·欧布莱恩急着要他,那她去要就好了!"银行就要关门了,她回过头清点抽屉里的现钞。"再说,我听说男人过一阵子就会厌倦婚姻生活。我说不定还会在镇上见到他,但我绝对不会和他私奔,然后和他捆绑在一起!"

这家银行的经理罗伯茨正盯着我们。我惊讶于像格特这样的女孩会被他们雇用,我猜她在这家银行的女性客人眼里是最不受欢迎的一个。

当我离开银行的时候,我看到伦斯警长走进了街对面的杂货店。我跟了上去,在泡菜桶前拦住了他。"有新的消息吗,警长？"

"我放弃了，医生，无论如何他都不可能在廊桥附近。"

这家杂货店就在我诊所的隔壁，是个很不错的地方，这里卖大块的奶酪、成桶的面粉和罐装的太妃糖。老板的名字叫马克斯，他养的那只大牧羊犬总睡在大火炉旁边。马克斯从柜台后面绕出来找到我们，说道："每个人都在谈论汉克的事，你们认为到底是怎么回事？"

"不晓得。"我承认道。

"会不会是有架飞机飞过来，把所有东西都带走了？"

"我驾着马车跟在他后面，根本没有发现飞机。"我看了一眼窗外，看见格特·佩奇和经理罗伯茨一起离开了银行。"我听说汉克和格特·佩奇很要好，是真的吗？"

马克斯抓了抓他下巴上的胡茬笑了起来。"镇上的每个人都跟格特很要好，包括那个罗伯茨在内，这根本不算什么。"

"我想也是。"我表示同意。不过如果这对汉克·布林洛来说不算什么，那对米莉的爸爸和哥哥来说意味着什么呢？

伦斯警长和我一起离开了杂货店，他答应有消息就会通知我。我回到了我的诊所，我的护士阿普丽尔正等着听所有的细节。"我的天啊，你现在可有名啦，萨姆医生！电话就没停过。"

"因为这种事出名才糟糕呢，我什么也没看见。"

"重点就在这里！换了别人他们都不会相信，可是你不一样。"

我叹了口气，脱下我潮湿的靴子。"我不过是个乡村医生而已，阿普丽尔。"

她是个三十多岁的很乐观的胖女人，我从来不后悔在我到镇上的第一天就雇用了她。"他们觉得你比大部分人都聪明，萨姆医生。"

"嗯，才不会呢。"

"他们认为你能解开这个谜团。"

那天还有谁说我是个侦探来着？萨拉·布林洛？"他们为什么会这样想？"

"我想因为你是镇上第一个开利箭敞篷车的医生吧。"

我骂了她两句，她笑了起来，然后我也笑了。外面的候诊室有几个病人，于是我去给他们看病。虽然这一天和往常大不相同，但我还是得完成我的工作。黄昏时分，我的工作结束，天气转暖了一些。温度徘徊在五摄氏度附近，接着小雨也开始下了起来。

"这下积雪就会融化了。"在我准备离开的时候，阿普丽尔说道。

"是呀，真会那样。"

"也许会有新线索出现。"

我点了点头，可是并不相信这会发生。汉克·布林洛已经走远了，融化的雪不可能让他回来。

第二天早上四点钟，电话铃声把我吵醒了。"我是伦斯警长，医生，"对方说，"抱歉，吵到你了，可我有事要请你帮忙。"

"什么事？"

"我们找到汉克·布林洛了。"

"在哪里？"

"邮政路，镇南面十英里。他坐在他的马车上，像是停下来休息似的。"

"他是不是……"

"死了，医生。所以我才要你来，有人在他脑袋后面开了一枪。"

我架着我的马车驶过湿滑泥泞的乡间小路，花了将近一个小时才赶到现场。虽然那个夜晚还算暖和，但雨水还是让我感到清冷入骨，因为我要为那可怕的任务而在黑暗中赶路。我一直想着米莉·欧布莱恩，还有才从长期卧病中恢复过来的汉克妈妈。这个消息对她们来说会是多大的打击呢？

伦斯警长弄了几盏提灯挂在路边。我驾着马车赶到时很快就注意到了那阴森的光亮。他扶我下了马车，我朝着围在另一辆马车前的那一小群人走了过去。他们中有两个警员，一个住在附近的农夫。他们没有动那具尸体——汉克依然瘫坐在座位的一角，脚顶在马车的前面。

当我看到他的后脑勺时，我不禁倒吸了一口冷气。"猎枪。"我简单明了地说。

"你能确定这里就是案发现场吗，医生？"

"恐怕不是，"我转身对那农夫说，"是你发现他的吗？"

农夫点了点头，对我重复一遍他已经和警察说过的故事。"我老婆听到了马的声音。半夜的时候我们这条路是没人会来的，所以我赶紧到外面看看，便发现了他现在这个样子。"

在提灯的照射下，我注意到一件事——马的侧身有一个圆圆的印记，用手很容易碰到。"你看，警长。"

"这是什么？"

"伤口。凶手把汉克放在马车上，系上缰绳，然后用雪茄还是别的东西将马烫伤，使它跑起来。这马可能跑了好几英里才累得停了下来。"

伦斯朝他的两名下属比画一下。"把他带回镇上吧,我们在这里也发现不了别的东西了。"然后他转过身来对我说:"至少找到他了。"

"不错,找到他了。但我们还是不知道廊桥发生了什么事,只知道不是有人在搞什么恶作剧。"

葬礼在两天后举行,也就是星期五的早上。阴沉沉的冬日阳光照射在小镇基地的墓碑上,为三月留下了长长的阴影。布林洛家的人都在场,米莉的父母以及镇上的很多人都来了。葬礼之后,很多人回到了布林洛的农场。这是一种乡村习俗,不管事情有多令人伤心,很多邻居都会为这一家人带来食物。

我坐在客厅,远离其他人,直到那个叫罗伯茨的银行经理来到我面前。

"警长有没有发现什么线索?"他问道。

"据我所知没有。"

"这真是个难题,不但不知道是怎么发生的,还不知道为什么会发生。"

"不知道为什么会发生?"

他点了点头。"你如果想杀人,动手就是了,根本不会去想该用什么诡计让他先失踪。这样做有什么意义呢?"

我想了想,但是也没有想出答案。罗伯茨走开后,我走到萨拉·布林洛身边,问她感觉怎么样。她用疲累的眼神看着我说:"我下床的第一天就是去埋葬我的儿子。"

一个失去孩子的母亲的悲伤是毋庸置疑的。我看到马克斯带来了一袋从他店里拿来的杂货,便准备过去帮忙。可是我不经意间看到了客厅桌上放着的一样东西,那是三月号的《赫斯特国际月刊》。我记得汉克看过在二月号和三月号连载的福尔摩斯探案故事。我在一叠旧报纸下面找到了二月号的杂志，便翻到了福尔摩斯探案故事的页面。

那个故事叫《雷神桥之谜》，分为上下两部分。

桥？

我找到一个安静的角落坐下来看书。

我只花了半个小时就看完了，然后便去找隔壁农场的沃尔特·拉姆齐。他和拉里·欧布莱恩站在侧门的门廊上，看到我走过来就说："拉里的马车里有私酿的好酒，要不要来一杯？"

"不用了，谢谢，不过沃尔特你可以帮我做些别的事情。你的谷仓里有结实的绳子吗？"

他皱起眉头想了想。"我想是有的。"

"我们现在能过去吗？我刚刚看了些东西，让我想到汉克可能是怎么从廊桥里消失的。"

我们上了他的马车，沿那条弯曲的小路走了一英里来到他的农场。这时雪已经融化了，奶牛聚集在谷仓边的水槽附近。沃尔特带我进去，经过空空的畜舍、牛奶桶以及马车轮，来到后面的一间大工具房。在这里，他在各式各样的工具中找到了一根十二英尺长的旧绳子。"这是你要的吗？"

"正是。想和我一起到廊桥那边走走吗？"

河上的冰仍然很结实，虽然路上已经满是烂泥巴。我把绳子的一头交给沃尔特，然后把另一头放下去，一直到结冰的河的边缘。"这是做什么？"他问道。

"我读到的一个故事说一把枪被拖进水里便从桥上消失了。"

他一脸不解。"可是汉克的马车不可能掉进河里，河上的冰并没有破。"

"尽管如此，我还是认为它告诉了我一些事情。谢谢你让我用这根绳子。"他把我送回布林洛家里，虽然觉得奇怪，却没有多问什么。前来吊唁的客人陆续告辞回家，我找到了伦斯警长。

"我对谜案有想法了，警长，可是那有点疯狂。"

"在这个案子里，就算是疯狂的想法也是好的。"

雅各布·布林洛带着双胞胎女儿中的一个从屋子那边转了出来，他高大的身子并没有被葬礼压垮。"怎么了，警长？"他问道，"还在找线索吗？"

"也许有线索了，"我说，"我有一个想法。"

他打量着我，似乎把他继子的遭遇怪罪在了我身上。"你还是当你的医生吧，"他粗鲁地说道，很明显才喝过拉里的酒，"去看看我老婆，我觉得她有点不对。"

我走进屋子里，发现萨拉脸色苍白，看起来十分疲倦。我叫她上床休息，她没有反驳地照做了。马克斯正要走，欧布莱恩一家人也准备离开。那位银行经理早就走了。可是当我回到门廊时，雅各布·布林洛还在等着我。他在找麻烦，这可能是伤心和私酿威士忌混在一起的结果。

"警长说你知道是谁杀了汉克。"

"我没有那样说，我只是有个想法。"

"告诉我，告诉我们所有人！"

他声音很大，以至于拉里·欧布莱恩和米莉都停了下来听他说话。沃尔特·拉姆齐也走了过来。远处靠近几辆马车的地方，我看到了在银行工作的格特·佩奇。我没有在葬礼上见到她，可她还是来向汉克做最后的致意了。

"我们可以到里面去谈。"我压低声音回答道。

"你在唬人！你什么也不知道！"

我深吸了一口气。"好吧，既然你要这样。汉克生前刚看完一个福尔摩斯探案故事。几年前他还读过另外一个。在那个故事里，福尔摩斯要沃森注意夜间发生在狗身上的怪事。我赞同他的话。"

"可这回晚上没有狗，"伦斯警长指出，"这该死的案子里根本就没有狗！"

"我的错，"我说，"那就请你们注意白天发生在那群牛身上的怪事。"

这时，沃尔特·拉姆齐突然从人群中跑向他的马车。"抓住他，警长！"我大声叫道，"他就是凶手！"

回到诊所后，我又把所有的事情和阿普丽尔说了一遍。因为她当时不在场，而且别人说的她都不相信。"说嘛，萨姆医生！那群牛怎么会告诉你沃尔特是凶手呢？"

"我们经过的时候，他正把那群牛赶回谷仓，可是从哪里赶回去呢？牛不会到雪地去吃草，而水槽就在谷仓旁边，并不是在路的对面。那群牛在我们面前穿过马路，唯一可能的原因就是要清除汉克的马车留下的车辙。

"除了那群牛踩过的地方外，整片雪地上只有一条马车的车辙——从布林洛的农场一直到那座廊桥。我们知道汉克离开了农场。如果他没有到那座廊桥的话，那么发生在他身上的一切就肯定发生在那群牛穿过的地方。"

"可是前往廊桥留下的车辙呢？你跟在他后面，只要一分钟就可以赶上，萨姆医生。这点时间不足以让他伪造马车车辙！"

我微微一笑，像刚开始想弄明白真相一样又推理了一遍。

"银行经理罗伯茨和夏洛克·福尔摩斯一起回答了这个问题。罗伯茨问我为什么凶手要搞出那么多麻烦。答案是凶手并没有这么做。搞出这些麻烦的不是凶手,而是汉克·布林洛。

"我们已经知道他会拿他的双胞胎妹妹来骗人,让人们弄不清谁是谁。我们也知道他最近看过《雷神桥之谜》,这个故事说的是一起发生在桥上的不可能自杀事件。因此,说他设计了这个终极玩笑——让自己从廊桥里消失——并不牵强。"

"可他是怎么做到的呢,萨姆医生?"阿普丽尔想知道这一切,"我也看过福尔摩斯探案故事,但没发现里面有和这里发生的事情类似的情节。"

"对。可是当我意识到拉姆齐在白天驱赶牛群的目的后,我就知道谷仓那边是怎么回事了。只有一件事可能发生——汉克的马车驶离了公路,进入了谷仓。从路上到廊桥的车辙都是伪造的。"

"怎么做到的?"她又问了一遍,对这件事还是一个字也不信。

"是什么时候做的其实更重要。在我们赶上来的那一分钟里,他们是来不及伪造车辙的,所以一定是早就伪造好了。在这个计划里,汉克和沃尔特·拉姆齐必定是同谋。那天早上雪停之后,沃尔特出门,用一根车轴将两个旧车轮连在一起。他在靴子上绑了几英寸厚的木块,底下钉着马蹄铁。

"他只要在雪地里推着那对车轮沿路往前走。他往廊桥走得足够远,以便在雪地里留下车辙,然后把靴子底下的木块转过来,再推着车轮往回走,最终留下的痕迹就像是一只四足动物拉着一辆四轮马车留下的。"

"可是——"阿普丽尔开始反驳。

"我知道,我知道!人跑起来不像马,但只要练一练,就能把脚印的间隔弄得看起来够像。我敢打赌,汉克和沃尔特在等待下雪但积雪又不太深的早上到来之前，一定练习了很久。如果仔细检查马蹄印，我们就一定会发现真相。无论再怎么小心，沃尔特·拉姆齐从廊桥回来留下的痕迹，都是从相反的方向踩上雪地留下的，这就一定会有些不一样。但他们想到了我会驾马车到桥的另一头，这就会把那些痕迹全部弄乱，而我就是这样做的。那些痕迹到那时也就没法真正检查了。"

"你忘了那罐摔下来的苹果酱，"阿普丽尔说，"难道它不能证明汉克到过桥上吗？"

"完全不是那么回事！汉克早就知道他妈妈要送苹果酱给欧布莱恩太太。说不定这就是他建议的，而他一定会提醒她这件事。他在一两天前就给了沃尔特·拉姆齐一个同样的罐子，而那就是沃尔特在桥上打碎的那个。汉克带着的那个跟他一起进了沃尔特的谷仓。"

"要是那天没下雪怎么办？要是有别人先经过那条路而留下了足迹呢？"

我耸了耸肩。"他们会用电话通知对方延期吧。那本来只是要开个玩笑。总有一天，他们会和其他见证者再试一次。他们并不一定需要我和米莉。"

"那玩笑怎么会变成谋杀案呢？"

"沃尔特·拉姆齐还爱着米莉，也一直对汉克把她抢走了怀恨在心。诡计成功之后，他发现那是杀掉汉克，赢回米莉芳心的大好机会。自从知道他参与设计诡计后，我就知道他一定是凶手，否则他为什么要对自己扮演的角色保持沉默呢？

"汉克把马车藏在拉姆齐家谷仓后面的大工具间里。等我们回到镇上，汉克正准备重新出现，好好地取笑所有人的时候，沃尔特·拉姆齐便杀了汉克，到晚上再把尸体丢到邮政路。他驾着马车没走多远,就放手让马自己走了,然后步行回家。

"今天早上葬礼结束后,我找了个借口向拉姆齐要一根绳子,好让我再看看他的谷仓。他的谷仓里有多余的马车轮,而且工具间也大得足够容下一辆马车。我只要证实这两点就够了。"

阿普丽尔往后一靠,微微笑着,终于被说服了。"经过这次的事情,他们恐怕会让你当警长了,萨姆医生。"

我摇了摇头。"我只是个乡村医生。"

"一个开利箭敞篷车的乡村医生!"

"这就是一九二二年发生的故事。我常常认为我退休后应该把它写下来,但一直没有足够的时间。当然啦,我还有其他的故事,还有好多!我能不能再给你斟上……啊……一点小酒?"

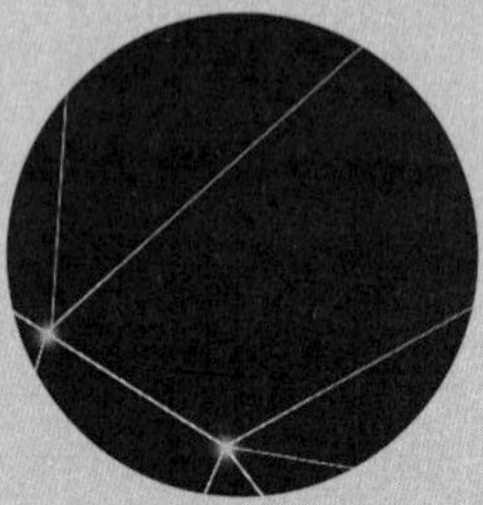

02 老磨坊谋杀案

"在我们诺斯蒙特镇，命案可不是天天都有的。在廊桥事件后，过了一年多，我才又遇到另一件不可能谜案。到一九二三年七月，我在这个地方当乡村医生便十八个月了，我已经成为社区公认的一分子。我知道大部分男人的名字，也认识他们的太太和孩子。他们已经不再拿我那辆黄色利箭敞篷车——我父母在我从医学院毕业时送我的礼物——来开玩笑了。有时，孩子们甚至会要求搭我的车呢。"

萨姆·霍桑医生停了下来，从他手中的小酒杯喝了一小口。

"那年年初就有很暴力的事发生，有个叫迪洛斯的囚犯在元旦那天从州立监狱越狱时杀了一个警卫。到又热又闷的七月，空气里仍然弥漫着死亡的气息。潘乔·维拉[①]遭到暗杀的消息从墨西哥传来，他开车从山上下来的时候中了十六枪。几周后，我们又听到哈定总统[②]在西海岸逝世的消息。

"但和我相关的那次死亡就发生在我家附近……要不要给你

---

① 墨西哥游击队领袖。——译者注
② 美国第二十九任总统。——译者注

来一点……啊……小酒?"

"天哪,萨姆医生!你到这林子里来做什么?有人生病了,还是你要找个好的制酒作坊?"

"都不是。"我一面告诉明妮·德兰格,一面把车停在路边好跟她说话。她是那种丰满的乡村妇人,似乎永远不会老,过了一年又一年,就像磨坊里无尽的流水。她老是开玩笑说私酿威士忌是在林子里酿的,但事实上,我们离加拿大边境不过一百五十英里,我们需要的一切都是从那里来的。"我正要去霍金斯的磨坊,在亨利·柯德维勒离开之前和他见见面。"

"我也是,可以搭个便车吗?"

"当然可以,明妮,只要你不在乎别人看到你坐我的车。"

她坐上我旁边的座位,把她那鼓鼓的网袋放在脚下。"这里的人都说能坐你的车是一种享受呢,萨姆医生。"

"听到这话真让人高兴。"

我将我的黄色敞篷车转向去磨坊的路,在一路颠簸中默默前进。在住进霍金斯的磨坊后的这几个月里,亨利·柯德维勒成了当地的名人。正是由于他的名声,明妮和我这两个完全不一样的人才会都来为他送行。

柯德维勒是个满脸胡子的自然主义作家,完全符合梭罗①式的新英格兰传统。他是十个月前住进老磨坊的,和九月底的第一波寒潮一起来到这里。他们说他在写一本关于蛇溪一带四季风景的书,但在最初几个月里几乎没有人看到过他,就连他的食物和日常用品都是直接送到磨坊去的。可是过了几个月后,情况变了。大家开始看到他,并且喜欢上他。他真的在写一本书,甚至

---

① 美国著名作家,代表作有《瓦尔登湖》等。——译者注

还让我们看了一些早期的段落。

在春天的夜晚，我常到磨坊来，和他坐在开了花的山茱萸树下，一起喝非法啤酒，听他谈论旧事。然后他会拿出他的日记，让我看他文辞优美的关于蛇溪之秋的札记。

"谁会有兴趣读这一类的书呢？"有天晚上，啤酒让我鼓起勇气问他。

他耸了耸肩，挠了挠胡子。"那谁看梭罗的作品呢？"

"起初看的人不多。"

"没错。"

我拿起一本最近的日记，可是里面什么也没有，只有一份手抄的剪报资料。"比方说，这个吧。"我读道，"悬赏五十英镑——二十日下午神秘失踪，年轻女子，二十二岁，身高不足五英尺，脸色苍白，灰眼，棕发，最近有明显的生病特征。她身穿黑色的丝绸连衣裙，头戴白边草帽，并带着一个黑色旅行箱。如有消息请发送至C.F.菲尔德先生（前伦敦警察局局长），私人调查办公室，坦普尔德弗鲁街二十号。"

"这个，"亨利·柯德维勒微笑着解释道，"是一八七三年八月六日《泰晤士报》头版用铅笔圈出来的一则分类广告。"见我不解的样子，他补充说："我是在楼上发现这份报纸的，就在这个磨坊的二楼。那里有一堆旧衣服、杂志和报纸，这就是其中之一。我出于好奇才把它记在了我的日记里，一份五十年前的伦敦报纸为什么会出现在新英格兰的一个老磨坊里？尤其是上面还有一则那样被圈出来的广告。"

"这一带的人有很多都是从英国来的。曾经经营这个磨坊的霍金斯就是英国人。他很可能就是那个时候来的。也许这是他在祖国的最后一天带来的报纸。"

"也许吧，"这位满脸胡子的自然主义作家同意了，"可是我忍不住会想到C.F.菲尔德先生，也就是前伦敦警察局局长的事。你觉得他后来有没有找到那位年轻女子呢？"

这就是我们聊天的一个例子，更常见的是谈论蛇溪本身，谈论柯德维勒在河边发现的野生动物，谈论四季的变化。尽管他回避和镇上的居民社交，但这位自然主义作家很乐于参与社区活动。在冬天，溪水结冰时，他会帮忙锯冰块存放在磨坊旁边的商用冰库里。在春天的第一个暖和的周末，他也会和其他人一起参加一年一度的公墓清扫工作。

现在，到了七月下旬，他的日记完成了。日记填满了大约三十六本小学生用的作文簿，名字叫《蛇溪一年》，虽然事实上他只在这里住了十个月多一点。现在他要走了，明妮·德兰格和我就是来道别的。

把敞篷车停在塞思·霍金斯的黑色福特车旁边后，我们走了进去。柯德维勒一面忙着把他的书和日记放进一个我之前见过的用木头和金属做成的保险箱里，一面还在和年轻的霍金斯说话。"真不想离开这个地方，"他说，"你们这里所有的人都对我很好。"

年轻的塞思·霍金斯是个刚满二十岁的瘦高农村小伙子。他父亲五年前过世了，当时塞思年纪太小，还不能自己经营磨坊的生意。所以磨坊就关掉了，不过塞思的母亲不愿意把它卖掉。她仍然希望塞思将来有一天能接手，重建她丈夫当年那很赚钱的生意。把这地方租给柯德维勒住一年，对那家人来说是笔小收入。现在他要走了，塞思前途的问题又被提了出来。

"我们很高兴你能住在这里，"塞思对柯德维勒说，"也许你的书会让这个老磨坊变得很有名呢。"

这位自然主义作家抬头看了看石墙和粗糙的木制天花板。"这地方给我留下了很美好的回忆，"他承认道，"我也喜欢它，即使谷物的粉尘会让我打喷嚏。"然后他看到了明妮和我。"又来了两个好朋友！你们好吗？萨姆医生，明妮。"

"天哪，亨利·柯德维勒，你走了之后，这个老磨坊就会和以前不一样了！"明妮放下网袋，走到他面前，像个母亲似的拥抱着他，"为什么不再住一年呢？"

"我也希望能那样，明妮，但我只是在休一年的长假，九月一定得回去教书了。你知道，就连梭罗也离开了他的小木屋呢。"他很喜欢提到梭罗，我有时会想知道他的日记写得到底有多好。我真希望他肯让我看看他后来写的东西。

"我来帮你收拾。"我说着从塞思·霍金斯手里接过一沓书，把他们装入放日记的保险箱里。我并不比塞思大多少，可是我们却似乎天差地别。他父亲的死一点也没让他变得成熟。"楼上还有你的什么东西吗？"塞思问柯德维勒。

这位自然主义作家迟疑了一下。"我想都在这里了，不过你可以到楼上帮我看一下，塞思。"

"如果没有你，这个孩子就不知道该怎么办了，"明妮等塞思走远了后说，"你这一走，他母亲又要让他重新开磨坊了。"柯德维勒耸了耸肩。"也许我走对他来说是件好事。这会迫使他做决定。"他盖上了保险箱的盖子。"萨姆医生，你能不能帮我把这个箱子送到车站去？"

"要运到哪里？"

"我要运到波士顿，过几天我会去取，然后把日记交给我的出版商。"

我正要伸手去摸保险箱盖子上我常见到的磨损之处，突然楼上传来一阵模糊的叫声。"那小伙子又怎么了？"明妮边问边向楼梯跑去，我也跟在后面。

我们在磨坊楼上的房间里发现了他，就在柯德维勒之前向我提起过的那堆旧东西边上。"你看！"他说。

他在翻找的时候发现了一个骷髅头。明妮·德兰格倒吸一口气，直往后退，但我却把那骷髅头拿在了手里。"它来自某个医学院或诊所，"我确切地告诉他们，"看到下颌是如何连接其他部位的了吗？人的头骨不是这样长的。"

"这里怎么会有这种东西？"明妮问道。

"恐怕是小孩子偷来放在这里的，"我转身对塞思说，"这地方属于你。如果你不要这东西的话，我就把它拿到我的诊所去。"

"你拿去吧，我不要。"

"每个好的诊所都需要一个骷髅头。"

我们走下楼。我把我拿到的东西给柯德维勒看。他刚把保险箱的盖子盖上，然后用一把大锁锁好。"我都准备好了。"他对我说。

"塞思发现了这个骷髅头，我要把它拿到我的诊所去。"

"会把病人吓跑的。"他说着咧嘴一笑。

我们把保险箱抬到外面，放进我车子侧面的行李舱里。我不知道怎么让明妮和柯德维勒一起坐进我只有两个座位的车里，好在塞思解决了这个难题，他让明妮坐他的车。"你走之前，我还会见到你吗？"她问道。

柯德维勒微笑道："当然会啦，明妮。我得先到镇上办点事，然后再回这里。我大概要到明天早上才走。"塞思的黑色福特车跟着我们到了镇上，在我们到达车站的时候便拐弯向明妮的农场开去了。我帮柯德维勒把箱子抬进车站，等着它称过重量，贴上标签，然后由货运火车运到波士顿。

"重四十五磅。"车站职员说着，收下了柯德维勒的钱。

"箱子里有很重要的资料和日记，"这位自然主义作家说，"请好好照顾它们。"

"不用担心，"车站职员对他说，"如果你想看的话，现在就可以看着我把它送上火车。"

我们站在站台上，保险箱和其他包裹一起被送上了一节正在等待的货运车厢。"多快能到波士顿？"柯德维勒问道。

"我想是明天早上。"货运职员回答说。

这话似乎令他很满意，于是他转身走向了我的车。"谢谢你帮我忙，萨姆医生。"

"这不算什么。要不要我载载你？喝点咖啡怎么样？"

"不了，不了。我得到银行把账结清了，还要付杂货铺的账。"

我送他到银行，然后开车回诊所。毫不奇怪，我的护士阿普丽尔正在接电话，为我不在诊所的事找借口。挂了电话后，她说道："萨姆医生，你到哪里去了？有病人在等你看病，阿龙·斯普林刚从他的拖拉机上摔了下来。"

"阿龙？伤得重吗？"

"可能摔断了哪里。"

我抓起了我的出诊包，转身向门外走去。"跟候诊的病人解释一下，阿普丽尔，我会尽快回来。"

冬天是女人生孩子，夏天则是男人在农场出意外。这是我在十八个月里发现的一个无穷无尽的循环。不过阿龙·斯普林比大多数人幸运得多。他只是右肩脱臼，头上肿了个包，但没有骨折。我把他的肩膀包好，叫他休息几天。

然后我回到诊所，坐着为下午来的那些病人看诊。他们中至少有一半需要用酒精来治病，这始终是个问题。通常情况下，我都会在心里咒骂《沃尔斯特德法案》[①]，然后为病人开处方。

那天晚上，我像平常一样独自吃过晚饭后，决定开车到隔壁镇上去。我听说有人在那里的一个谷仓中斗鸡，我虽然不赞成这项活动，但它确实可以让人有个多彩多姿的夜晚。一定会有私酒贩子从波士顿开车过来，我觉得我需要喝一杯。老给别人开那种处方会让自己也口干得厉害。

在我沿着那条土路往卡尔金斯角开去的时候，我看到伦斯警长驾着车就在我前面。"晚安，警长。"我在超过他时叫道。

"医生，你还好吧？"

"我今天工作得很顺利。你出来巡逻吗？"

伦斯警长哼了一声。"磨坊附近着火了。有人打电话告诉我这件事。那位自然主义作家回波士顿了吗？"

"他明天早上就要走了，现在可能还在磨坊。"

"我想我该过去看看。霍金斯一家都缴了税的。他们的财产应该受到保护。"

我继续开车去了卡尔金斯角。谷仓里有一大群人在看斗鸡，我只好把车停在路边的野地里。这些人大部分都是城里人，一想到能干点非法的事就兴奋不已。有男大学生一边喝着银制随身瓶里的东西，一边带着约会对象在当地人中间闲逛。也有比较冷酷而沉默的人——跟着斗鸡的那群人从南方过来的职业赌徒。私酒贩子则在谷仓后面做生意。

在第一回合下注的时候，我买了一夸脱上好的苏格兰威士忌

[①] 即美国的禁酒令，于一九三三年废止。——译者注

锁在我的车侧面的行李舱里。这是警察可能会搜查的地方，但我知道伦斯警长不会阻止我。我走进谷仓，待在人群的边缘，意外地看到年轻的塞思·霍金斯也在那里。

"你好，萨姆医生，你怎么会来看斗鸡？"

"我还想问你同样的问题呢，塞思。"

他耸了耸肩。"只是找点事做。"

两只公鸡斗在一起，人群中响起了一阵吼叫声。"现在柯德维勒要走了，你是不是打算让磨坊重新开张呢？"我问他。

塞思似乎对我的问题感到很痛苦。"我父亲是我父亲，我是我。为什么每个人都认为我该走他走的路呢？"

"不是每个人都这样想。"

"我母亲就是，而她是最重要的一个，"他看向斗鸡场，可是看起来对场内的战事毫无兴趣，"天哪，我真希望能喝一杯！"

也许他看到我买了苏格兰威士忌。不管怎么样，这个请求我不能不理。"来吧，我车里有一点。"我摸到行李舱里有点湿湿的，顿时很担心我的苏格兰威士忌漏了。但幸好酒瓶还是满的，盖子也没被打开过。我用放在皮包里的两个小金属杯给我们每人斟上了一杯酒。"味道不错。"

他很快点头表示同意。"真正的好货。"

我把酒瓶收好。要是被逮到酒后驾车，对我们两个都没好处。"你还要再看斗鸡吗？"

他掏出怀表。"不了，我该回去了，明天我得开始打扫磨坊。"

"伦斯警长说磨坊附近着火了，我告诉他今晚是柯德维勒待在磨坊的最后一夜。"

033

"我真舍不得他走。我第一次见到他,就是他来租房子的时候,那时我很不喜欢他。后来再看到他,是一月他帮忙锯冰的时候,他看起来是个相当好的人。"

"你常常到那里去啊。"

他点了点头。"一星期会去两三个晚上。我从他那里学到很多,不光是学问方面。他对生活懂得很多。"

我开车往回走,塞思驾驶着他的福特车跟在我后面。我们在路上经过了一辆州警的车,我想知道它会不会是去抓斗鸡的人的。可能不是,我想。

离诺斯蒙特镇还有一段距离,我便看到夜空中泛着淡红色的光亮。等塞思的福特车开到我旁边时,我叫道:"看起来像失火了。"

塞思·霍金斯点了点头。"在磨坊周围的什么地方。"

我们改变路线,向火光发出的方向开去。没过多久,我发现失火的地方在通往磨坊的路上——就是那座磨坊烧起来了!

我把车尽量开得靠近那里,然后停在由马拉着的消防车后面。一条水管已经插到河中,消防员们正在把水喷向烈焰。我第一个看到的人就是阿龙·斯普林。他的肩膀经过包扎,头上绑了绷带,但还是在跟其他人一起奔走。"阿龙,你该在家中的床上躺着的!"我跑到他旁边,对他叫道。"我是消防队长,医生!我们很少碰到这么大的火灾。"

这话一点也不错,整个磨坊似乎会完全付之一炬,虽然我很快意识到底下一层的石墙不会烧起来。我看到了伦斯警长,大声问他:"里面有人吗?"

"希望没有。"他回答道。

"柯德维勒呢?"

"不知道。我到这儿检查的时候，火早就烧起来了，我没法进去找他。"

不到一个小时，消防队员就控制了火势，也就是说所有能烧的东西全都烧掉了。在他们把水喷在最后的余烬上时，伦斯警长和我从靠河那边的门进入了下面一层楼。

借着提灯的光，我们在废墟里找到了亨利·柯德维勒的尸体。虽然他的皮肤、衣服和胡子都烧焦了，但身体本身倒没有被烧得那么厉害，是底下这层石墙保护了他。死因毫无疑问：他的头颅有一边被连续重击给打碎了。

柯德维勒的尸体被送到县政府做司法解剖，即使按照最低的标准，他们也能确定他的肺里没有烟。柯德维勒在起火前就已经死了，这并没有让我们任何一个人感到意外。

"又是一个给你的案子，萨姆医生，"警长说，"就像去年廊桥的案子一样。"

阿龙·斯普林，那位消防队长也加入了进来。"我们自己的夏洛克·福尔摩斯！你们的名字甚至还有相同的首字母——萨姆·霍桑（Sam Hawthome）和夏洛克·福尔摩斯（Sherlock Holmes）。"

我不是很受得了他们的玩笑话，因为我很喜欢柯德维勒。这个人遭到谋杀，而凶手很可能是我们都认识的人。

第二天下午，柯德维勒的弟弟和一位教授同事从波士顿赶来认尸。柯德维勒没有结婚，显然是个独来独往的人。他的弟弟约翰·柯德维勒看着尸体，点了点头。"是亨利，没错。被火烧了，可是我认得出来。我已经好几个月没他的消息了，他一直不太友善。"

"我跟他很熟，"我对柯德维勒的弟弟说，"他是我们这里所有人的朋友。"

"他的手稿和日记呢？"

这是我第一次想起这些东西。"我们用火车把它们运到波士顿了。是我帮他把保险箱送到车站去的。"

约翰·柯德维勒苦笑了一下。"那该死的保险箱！我之前一直拿那个跟他开玩笑。你会以为他是在运富国银行的黄金呢。"

"钥匙可能就是其中的一种，"伦斯警长说着拿出我们从死者身上找到的钥匙圈，"不过我不知道货运收据在哪里，恐怕烧掉了。"

"我陪你去取，"我主动建议道，"我们可以在车站查到收据号码。"

不知道为什么，柯德维勒的日记对我来说变得非常重要。我回想起二楼的骷髅头，还有这位自然主义作家找到的旧报纸。他的日记里有没有记下某些他碰到过却已被人遗忘的罪案？我想起他始终没让我看过他后来写的东西——我看到的只有他最初几个月写下的作品，或是他穿插在日记里的剪报之类的东西。最后的几个月他究竟写了些什么？会是什么重要得让他赔了性命的事吗？

我们取得了货运收据的复印件，第二天早上就去了波士顿。我已经两年没来过这个城市了，在开车前往北站时，经过大众公园让我突然很想再回到这里。在新英格兰乡村的生活有其迷人的地方，可是也有不足之处。在整个诺斯蒙特镇，没有一个女孩像我眼前所见的女孩一样漂亮。

约翰·柯德维勒和我耐心地等着工作人员找出我们熟悉的那个保险箱。当我看到工作人员毫不费力地将它夹在胳膊下走过来时，我的后背突然起了一阵凉意。亨利·柯德维勒和我花了好大力气才把它抬到车站里。

"好像是空的。"工作人员说着,把保险箱放在柜台上。

那个做弟弟的瞪着我。"空的?"

"不可能。"我说。我找到钥匙,打开了锁,掀开盖子。

保险箱里面是空的。

亨利·柯德维勒的日记消失了。

我的护士阿普丽尔比伦斯警长有同情心多了。她那天下午除了最紧急的状况外,取消了所有病人的看诊,然后在最后一位病人离开后陪我坐在诊所里。她也许不像波士顿的女孩那样年轻貌美,可是我敢打赌她做护士比她们中的任何一个都要好。

"保险箱是空的?"

我点了点头。"空的。三十多本日记和二十多本书——全不见了。消失得无影无踪。"

"有人偷走了!"她马上下了结论。

"当然,可是怎么偷的呢?"

"把箱子弄破。"

"不对,那保险箱是用实木做的,边上包着金属皮和金属带。上面的锁也没有被撬过的痕迹——我仔细检查过。见鬼了,阿普丽尔,那是个银行用的保险箱呢!我唯一发现的只有箱子底下钻了个小洞,还有,我差点忘了,箱子里有一些锯木屑。"

"锯木屑?"

我又点了点头。"不知我们这位小偷是怎么在火车上或在波士顿把箱子弄到手的。他躲过了所有警卫,把保险箱翻过来,在底下钻了个直径才八英寸的小洞,然后就通过这个小洞把三十六本日记和那些书拿走了。而这一切都没被人看到。"

"嗯,这根本不可能,萨姆医生。"

"我知道。"我闷闷不乐地说。

阿普丽尔对我的困惑颇为同情,但伦斯警长却一点也不在意。他不想听什么日记丢失的事情。"那件事让波士顿的警方去伤脑筋,"他对我说,"我手上可是还有件命案呢。"

"你看不出这两者是一回事吗,警长?偷了日记的人杀了柯德维勒,好让他没办法重新写。"

伦斯警长耸了耸肩。"那保险箱搞不好从头到尾都是空的。"

"保险箱不是空的!我亲自帮他把书放进去了。我还帮他把它抬到了车站。货运单上注明了重量是四十五磅。空箱子——我们后来找到的时候——重量只有十一磅。一共有三十四磅重的日记和书不见了!"

"你说保险箱底下钻了个洞。说不定是什么人把强酸倒进去了。"

"强酸毁了所有的东西,保险箱本身却丝毫无损?"

警长挥了挥手。"我不知道,别拿这事来烦我,我已经准备逮人了。"

这个消息让我大吃一惊。"逮人?谁?"

"你会知道的。"

第二天我真的知道了。老明妮·德兰格给我带来了这个消息。"天哪,萨姆医生,警长打算以谋杀罪把塞思·霍金斯抓起来。"

"塞思?"我简直不敢相信,"这不可能呀。"

"伦斯警长说那小子害怕自己必须重新经营磨坊,就把那里烧了。柯德维勒正好撞见,所以就被杀了。"

我生气地冲出了诊所。"这真是我听过的最愚蠢的事了。"

我在监狱找到了伦斯警长,他刚填好逮捕嫌犯的相关表格。"我想这案子八九不离十了,"他说,"当然,他还没招供就是了。"

"警长,你听我说!磨坊起火的时候,我正和塞思·霍金斯在一起。我们在十二英里外的卡尔金斯角看斗鸡。"

"对,他跟我说了。"

"你不相信他?这是事实呀!"

"哦,我相信他,我也相信你,萨姆医生。可那正是凶手会想到的那种不在场证明,对吧?他敲了柯德维勒的脑袋,杀了他,然后点上蜡烛引燃一堆沾油的破布。蜡烛慢慢燃烧着,破布也陆续燃烧起来,这时他就到十二英里外去了。"

"你找到证据了吗?"

"没,可我会找到的。这回我比你早抓到了凶手,医生。"

"我倒不知道我们在比赛。"

我意气消沉地回到诊所,发现明妮·德兰格还在等着我。"他怎么说?"

"没说什么,"我承认道,"他认为人是塞思杀的。"

"那你是怎么想的呢?萨姆医生?"

"他跟你一样清白,明妮,我要证明这一点。"

我在波士顿一家医疗用品公司买了样东西。那东西其实还在实验阶段,我很清楚万一出现什么问题的话,我可能会因此丢了我的医师执照。不过,我还是觉得冒这个险是值得的。那天下午,我把我的计划说给了阿普丽尔听。

"我在监狱时需要你的协助。"我说。

"听起来很危险,萨姆医生。"

"所有的事都很危险。"

"伦斯警长会同意吗？"

"不知道。"我承认道，不过我打算弄弄清楚。

我在警长的办公室里找到了他，开门见山地对他说："我认为有一种化学物质——一种药——可以告诉你塞思·霍金斯究竟有没有罪。"

"当然，医生，要是真有那种化学物质，那我就没饭碗了！"

"听着——真的有！几个星期前，七月九号出刊的那一期《时代》杂志里就有介绍。它被称为东莨菪碱，是从可以致命的龙葵中提取出来的一种有毒的生物碱麻醉剂。那就像是催眠剂，注射之后，人就不会说谎了。他们已经在圣昆廷、芝加哥和得克萨斯州进行了测试。"

"一种诚实血清？"伦斯警长笑了起来，"你相信这种胡说八道？"

"我相信，因为我在波士顿的时候就买了一点东莨菪碱的样品。如果你答应，塞思也答应，我就想在他身上试试。"

"太疯狂了！"警长咆哮道，失去了幽默感。

"你有什么损失呢？如果他有罪的话，你不就有他招认的供词了吗？"

"也对……"

杂志上的介绍很谨慎地说明了因为不能用自白作为呈堂证供，所以这种供词在法庭上没有用，可是我觉得不需要把这一点告诉伦斯警长。我非常相信他根本听不到什么供词。"怎么样？愿意让你的逮捕行动有科学试验支持吗？"

他又考虑了一会儿，最后说道："我们看看犯人会怎么说吧。"

塞思·霍金斯很信任我，立刻就同意了。阿普丽尔穿着她的护士制服来帮忙了。我打开皮包。我此前从来没用过东莨菪碱，但我看了很多关于剂量的资料，以确保我能正确地使用它。

药效一发作，我就开始问他："塞思，你知道磨坊失火的事吗？"

"不知道。"

"是你放的火，还是你找别人替你放的火？"

"不是。"

"是你杀了亨利·柯德维勒吗？"

"不是。"

"你有没有打过他，或者推倒过他？"

"没有，他是我的朋友。"

伦斯警长把我推到一边，接管了发问的工作。"现在，听好了，塞思，你不想让磨坊重新开业，是吧？"

他迟疑了一下，然后回答道："我没法像我父亲那样经营磨坊，我怕我会失败。"

"所以你就把磨坊给烧了。"

"没有！"

"你知道是谁放的火吗？"

"不知道。"

我又开始发问。"塞思，你知道是谁从保险箱里偷走了柯德维勒的日记吗？"

"不知道。"

"你知道这是怎么做到的吗？"

"不知道。"

伦斯警长举起了他的手。"我们问不出结果，医生。我告诉过你我对那个保险箱不感兴趣。至于你的诚实血清,对我来说也什么都没证明。除非你给县里的每个人都打上一针,找到有人承认杀了柯德维勒,否则这小子还得关在监狱里。"

我看了看阿普丽尔,她点了点头。警长说得对。我自己觉得塞思是清白的,可是我并没有合法的证据。至于警长,他也无法证明塞思和行凶有什么关系,像这样的案子用公众舆论作为证据都能起诉。

"好吧,"我说,"现在让他休息一下,药效很快就会消退的。"

当我们走回诊所时,阿普丽尔说:"你真的以为像伦斯警长那样的老家伙,会因为你告诉他一点新药就像小狗一样听话,要他翻滚就翻滚,要他坐下就坐下吗?"

"我没有这样想。可是这值得一试。至少我确定了塞思是清白的。"

"这一点你本来就知道嘛。"

"没错。"我同意道。

"那凶手是谁呢?你觉得有没有可能柯德维勒是自己摔倒了,然后意外死亡,同时还引发了火灾?"

我摇了摇头。"他的头部受到多次重击,不可能是摔倒造成的。更何况,如果死亡和火灾都是意外的话,那又是谁从保险箱里偷走了他的日记呢?"

"你老是回到保险箱的事上!"

我瘫坐在诊所的椅子上,双脚放到了办公桌上。"我相信那才是关键所在,阿普丽尔。那个里面有锯木屑的保险箱。"

"你说始终没有找到提货单,也许凶手用它把保险箱弄到手后便换了一个假的替代品。"

"不对，我相信那张提货单是在大火里烧掉了。如果保险箱被领走了，换了一个替代品放进去，那提货单的号码就会不一样。更何况，我记得保险箱的盖子上有块磨损的地方。那就是同一个保险箱，错不了。我把保险箱放进我车里的时候——"我停了下来。

"怎么了？"阿普丽尔问道。

"我的车。"

"你的车怎么了？"

我举起一只手。"让我仔细想一想。"

"天哪，萨姆医生——"

我把双脚放了下来，然后朝街上走去。"我得到报社去查点东西，阿普丽尔。"

"什么样的东西？"

"一个地址。"

一个小时后，我回到警长的办公室。他用疲惫无神的双眼看着我说："医生，你现在又想耍什么花招了？更多像诚实血清这样的恶作剧吗？"

"不要花招。如果你肯随我来，我很可能可以替你侦破这个案子，把真正的凶手交给你。"

"跟你到哪里去？"

"阿伯纳西。"

"阿伯纳西！那不是在隔壁县吗？"

"我知道，我在找到我要的那个住址后就查过地图了。这是个大胆的猜测，可是值得一试。你来不来？"

"去干什么？"

"如果运气好的话，就是去逮捕凶手。"

"我不能在阿伯纳西逮捕任何人。"

"我们可以在途中找一两个当地的警察一起去。你一定认识那里的警长吧。"

"嗯，当然，我认识他，可是——"

"那就来吧，我们不能再耽误时间了。"

我让伦斯警长坐上我的那辆敞篷车，在阿伯纳西的郊区找来一车当地警察。那里比诺斯蒙特镇要大，一排排整齐的房子排列在阴凉的街道两旁。

"那边那栋白色的房子。"我在街口指出那地方。

"看起来好像没人在家。"伦斯警长说。

"这其实只是我的猜想，不过让我们弄弄清楚再说。"

突然，我看到大门开了。一个胡子刮得很干净的人，穿着一套黑色衣服，从前面的台阶走了下来，朝我们这边看了一眼。我讨厌我必须做的事，但我没有任何回头路可以走。我穿过马路去拦截他。

"我们彼此认识吧。"我说。

当他权衡风险时，他的眼神犹豫了一下。"你认错人了。"他咕哝道。

"对不起，迪洛斯，"我说，"可是我们全知道了。"

他的左手动作飞快，一把将我拉倒，然后将右手伸进夹克里面，掏出一把枪口很短的左轮手枪。我在突然袭来的恐惧中发现自己做错了。现在他会逃之夭夭，而我则会在一阵慌乱中死在这里。他不是朋友，而是亡命之徒。

但我身后有另一把枪开火了，迪洛斯转过身去，捂住自己腰的侧面。伦斯警长跑了过来，一脚踢开那支跌落在地的左轮手枪，用手铐铐上了这个受伤的人。我从来没看到警长的动作这么快过。

"快叫救护车！"他对当地的警察大叫道。"他流了很多血，"然后，他对我说，"你满意了吗？"

"我想是吧。"

"这就是迪洛斯，那个逃犯？"

我点了点头。"但我们更了解他，因为他是亨利·柯德维勒。"

"柯德维勒！他已经死了！"

"我知道，迪洛斯在六个月前杀了他，然后冒充他住在磨坊里。"

在开车回诺斯蒙特镇的路上，我把事情重说了一遍，而即使在我说清楚了后，伦斯警长仍然感到怀疑。他只知道他开枪打伤并逮捕了一名逃犯。过了好一阵子，他才想通其他的问题。

"你知道，警长，归根到底，失踪的日记才是关键所在。我看到柯德维勒把那些日记放进保险箱里——我甚至还帮了他的忙。我搬了那个保险箱，看着他们称过重量，送上火车。可是保险箱运到波士顿后，里面却成了空的。不可能？当初看来的确如此，直到我想起我的车的行李舱有些潮湿，而我开车去火车站时，那个保险箱就是放在那里。潮湿，加上保险箱底部的小洞，再加上里面的锯木屑——这些全部加起来会得到什么？"

"你把我难倒了。"伦斯警长承认道。

"融化的冰，警长。"

"冰？"

"冰。我记得我被叫上楼去看骷髅头之前，就已经看到柯德维勒盖上了保险箱的盖子。等我回到楼下时，他却又在盖盖子。他料到了塞思发现那个骷髅头后会叫明妮和我上去。要是塞思没叫的话，柯德维勒也会用别的什么理由把我们弄出那个房间。我们离开后，他便迅速地把书和日记从保险箱里拿出来，再放进一块大约三十五磅重的冰。保险箱上了锁，而我帮着把那块冰搬上了我的车。"

"真该死！"

"显然，那个小洞是用来让水流出去的，这在我的车里时就开始发生了。其余的水会在火车车厢里形成一条小溪，等到箱子运到波士顿的时候，水不是蒸发掉了，就是从火车车厢的门缝里流出去了。反正搬行李的人根本不会注意到，而我们则会发现一个空保险箱在等着我们。"

"锯木屑是怎么回事？"

"这正是让我确定这件事的线索。我们都知道，柯德维勒去年冬天帮忙把河里结的冰锯了下来，放进磨坊隔壁的冰库里。像这样存放的冰块，都会裹在锯木屑里以防止融化。柯德维勒从冰库里弄了块冰来替代书和日记。最终，冰融化了，消失得无影无踪，但锯木屑剩了下来。"

"好吧，好吧，"伦斯警长同意道，"可柯德维勒为什么要偷他自己的日记呢？没道理嘛！"

"我就是据此才知道这个柯德维勒不是真正的柯德维勒，"我说，"真正的柯德维勒没有理由要设计这么麻烦的失踪事件。而且，他如果要在几天内亲自到波士顿去取保险箱，就更不会这样做了。日记失踪这件事要成立，只能是他知道别人会去取保险箱，以及他知道到那时他早就已经死了。因为头上有那样的伤，他就不可能是自杀的，于是我只有考虑这个我们认识的柯德维勒其实就是凶手的可能性。"

"可那些日记为什么一定得失踪呢？你漏了这部分没说。"

"日记一定得失踪，是因为其中一部分根本就不存在！回想起来，我记得柯德维勒只让我看过他最初几个月里所写的日记。后来的部分我看到的只是一些旧报纸里的资料之类的。事实上，没有证据证明柯德维勒在今年新年过后写过任何东西。

"我还知道些什么呢？之前这位满脸胡子的自然主义作家一直离群索居，然后，过了几个月，他突然变得很友善，甚至还帮忙在河上锯冰。柯德维勒最初来租磨坊住的时候，塞思·霍金斯很不喜欢他，可是到一月份再次相见时，他们就成了朋友。柯德维勒的个性似乎在新年过后就变了。他的个性变了，写作停止了。为什么呢？因为亨利·柯德维勒成了另外一个人。"

我停了一下以便警长能听明白，然后很快又继续说了下去。"后来我想起了那个叫迪洛斯的逃犯，他在元旦那天越狱时杀死了一名警卫。听起来这似乎不太可能，但所有的事情都能联系在一起。迪洛斯在越狱的那天夜里来到磨坊，知道了这位自然主义作家在做些什么，然后便杀了他，假冒他的身份。迪洛斯的运气好就好在他们身材差不多，只要留起一把大胡子，就可以完成伪装了。留大胡子的男人看起来都很像。

"你一定知道，越狱后最初的六个月左右对逃犯来说是最危险的，因为警方会监视他的住处和家人。我判断那个人是迪洛斯后，就查到了他的住址，把你带到了那里。他可能是回去看看或者暂住一下，而我就希望他会这样做。"

"他为什么不一直住在磨坊里呢？"

"因为真正的柯德维勒是在休一年的长假，要是他九月不回去教书的话，他的朋友们就会来找他，这样事情就败露了。"

现在，我们已经快到诺斯蒙特镇了，可是伦斯警长还有疑问。"好吧，可是火里的那具尸体呢？就连我们小地方的验尸官也看得出一个人是不是死了六个月以上！这么长的时间，这具尸体藏在哪儿呢？它为什么看起来像刚被杀一样？"

"你应该知道答案。迪洛斯把柯德维勒的尸体藏在磨坊隔壁的冰库里了。尸体和从蛇溪搬来的冰一起冻在了里面。我猜这也是迪洛斯得在七月抽身，而不能等到九月的原因。他一直注意着冰库，看着冰块被一点点拿出去用，而那具冰冻的尸体很快就要被发现了。"

"然后那场火——"

我点了点头。"当然是要烧掉那些空白的日记。可是烧掉磨坊的真正原因却很特别，那就是迪洛斯必须处理掉他六个月之前杀掉的那个人的尸体呀。"

03 魔术师之死

"我现在想跟你讲龙虾棚屋的案子,那大概是我最初那几年遇到的最令人困惑的奇案了。那是一九二四年的夏天,哈里·霍迪尼①还在世且极受欢迎。当时,我只是一个正在奋斗的新英格兰年轻医生,对像魔术师和脑外科医生之类的人还是敬畏有加的。

"再给你自己斟上……啊……一点小酒吧,坐好了,听我告诉你……"

那个魔术师的名字叫朱利安·查伯特,不过也许我最好先从那位脑外科医生说起,因为我是通过他才见到查伯特的。即使是在诺斯蒙特镇这样的小镇上,我也听过那位了不起的费利克斯·多里医生的很多故事。一九二四年的时候,还没有那么多脑外科医生,而他的名声就像池塘里不断扩大的涟漪一样从波士顿蔓延开来。

---

① 美国魔术师,以精通各种逃脱术闻名于世。——译者注

我在诺斯蒙特镇行医已经两年左右，附近一位病情严重的农夫让我和多里医生产生了私人接触。在我认定脑部手术是救病人性命的唯一机会后，便打电话给了这位人在波士顿的名医。他很愿意治疗我的病人，所以我开着我那辆利箭敞篷车作为救护车载着病人去了那个城市。多里医生当晚就开刀，救了那个农夫的性命。

那天我第一次见到他的时候，对他的沉静和谦虚大为震惊。我以为他会是一个性子很急也充满自信的人，常常披着一头白发像一阵旋风般走在医院的走廊里对护士们发号施令。实际上他却是一个很和蔼的人，四十五六岁，说话轻柔，没有什么虚荣心。

我年轻得可以当他的儿子，可他却肯花很多时间为我详细说明手术的过程。当我称赞他的技巧，说他是脑外科手术最新技术的先驱时，他只是笑着对我说："乱讲，霍桑医生！他们就是这样把你叫回家的吗，霍桑医生？"

"大家一般叫我萨姆医生。"我坦承道。

"嗯，萨姆医生，在颅骨开口的技术古已有之，而我得承认人脑手术的发展比其他外科手术慢得多。我们知道史前人类就做过环锯手术，只是我们不知道那时的人类为什么要做这样的手术。在基督教时代之前的秘鲁，也能找到人们做过脑部手术的证据。"

尽管他这样说，但在一九二四年，脑部手术还是很少见的做法。少数做过这种手术的医生通常会开发出独创的手术工具，费利克斯·多里医生也不例外。我们第一次见面时，他给我看了一根带有小灯的探针，以及一根可以用作骨锯的带刺钢丝。今天类似这两样东西的器材已经广泛用于外科手术，但在一九二四年看到它们时我是十分震惊的。对我来说，这个人就是个魔术师。

那年春天，我见过多里医生两三次。我每次因为工作需要到波士顿去的时候，就会去看他。我不像其他我后来认识的乡村医生，我不满足于只在诺斯蒙特镇过日子，而是希望能了解周围世界的各种发展。波士顿的大型教学医院是知识的来源，而知识对我的病人大有帮助，所以我会对之加以求取。

到了暮春时节，费利克斯·多里医生提起他女儿即将举行的婚礼。"琳达是一个很可爱的好女孩，"他以不只是作为父亲的得意态度说，"她刚满二十岁，我想我仍然会把她当孩子看待。但她已经是个年轻女人，而他们又彼此深深相爱。"

"他们是在大学里认识的吗？"

多里医生点了点头。"汤姆·福赛斯六月毕业，然后要去法学院念书。我当然希望他们再等一等，可是你知道现在的年轻人是怎么回事。"

我当然知道，因为我认为自己也是其中的一分子。"她是你唯一的孩子吗？"

他难过地点了点头。"没有她在，家里会变得空荡荡的。就算是念大学的时候，她也经常在周末回家。不过，我想伊迪斯和我会习惯的。"他突然有了个主意，"新郎家在海边靠近纽伯里波特的地方有栋避暑别墅。六月的第三个周末，他们要在那里为汤姆和琳达办一场订婚派对。你和你夫人肯赏光吗？"

这个我并不很熟的人所提的邀请令我惊讶得一时间不知该如何回话。我只能说："我还没有结婚。"

"啊，那就带你女朋友来。"

"我恐怕只能和我的护士一起了，不过你确定我去没有关系吗？"

"当然啦！我喜欢你，萨姆医生，而且我也想让我女儿相信我的同事不全是留着胡子的老头子。把你的地址给我，我把请帖寄给你。"

我的同事。

在回诺斯蒙特镇的路上，这几个字一直在我的脑海里回响。我是东海岸最有名的脑外科医生的同事。这话是他自己说的。

"你想不想去参加一个订婚派对？"我一进诊所就问阿普丽尔。她是个三十几岁的乐观胖女人，从我到诺斯蒙特镇那天起就一直是我的护士。

"是谁要订婚呀？"她问道。

"费利克斯·多里医生的女儿。"

"天哪，你被邀请了？"

"没错，我要带你一起去，阿普丽尔，"我看得出来这件事让她很开心，"你愿意去吗？"

"也许吧，先让我习惯一下。"

尽管她那么开心，但我想她并不真正相信有这回事。直到两个星期后，精致的请帖寄到了。这场持续一天的派对会在一个周六于福赛斯家举行。到时嘉宾们可以打网球、游泳，还可以欣赏世界知名逃脱艺术家朱利安·查伯特的特别演出。

我不得不承认他们懂得如何将这事做得有气派。

这个大日子终于在六月的第三个周末到来了。幸运的是，当天没有受伤的农夫或他们怀孕的妻子来找我看诊，我得以一大早就花两个小时开着我的敞篷车和阿普丽尔前往纽伯里波特。我从来没看她这么盛装打扮过，头发紧紧地盘在脑后，戴了一顶和她浅粉色夏装相配的吊钟形帽子。

"我看起来还好吧？"她问道。我们上了北大桥，正往镇外开去。

"美极了。你在诊所里也该这样穿的。"

"哦,护士这样穿就不对了!"她回答道,把我的话当真了。安静了一会儿后,她又问道:"这个朱利安·查伯特是谁呀?"

"我想你可以视他为比较差的霍迪尼。他表演同样的脱逃花招。据我所知,他也很有技巧,但缺乏霍迪尼那种表演风采。"在过去几年,霍迪尼的名字经常出现在公共媒体上。当他没有从水底的包装箱中逃脱时,他就会让一头大象从纽约杂技场的舞台上消失,或者揭露一种伪媒体的骗局。

"他今天会表演吗?"

"我想会的,只是不知道福赛斯家是怎么找上他的。"

去纽伯里波特的路既窄又十分不平,只有小路标可以指引我们。我们要到两年后才有高速公路编号系统,因此当时开车长途旅行还是件相当冒险的事。

当我们终于到达福赛斯家时,我们发现这是一栋不高却很大的白色别墅,坐落在从公路一直延伸到海边的庄园中间。我看得出来这样的景观让阿普丽尔喘不过气来,其实我也差不多。

幸好多里医生和他的夫人已经到场了。他很亲切地握手欢迎我,我则向他介绍了阿普丽尔。"真高兴你们两位能光临!这是我的妻子伊迪斯。"

伊迪斯是个和善的女人,手指上戴着几个很大的钻戒。"真高兴能见到我先生的一个年轻同事。我们的女儿琳达说医生全是老头子。"

"你先生也跟我这样说过,"我说,"那对快乐的新人在哪里?"

"和这里的主人一起在后面。"多里带路绕过别墅的一侧,然后我们就看到了为这场派对搭建起来的巨大帐篷。现场至少已经来了上百位客人,而且虽然才刚到中午,一些客人却已经开始喝香槟鸡尾酒了。"我们不会被突袭的,"多里好像看穿了我的想法,向我保证道,"警察局长也是客人之一。"琳达·多里和汤姆·福赛斯彼此靠得很近,站在一圈前来贺喜的人中间。我不得不承认他们真是一对璧人——她是个天生的美人,继承并增强了她母亲那友善的美貌;而他也极具魅力,能让女大学生和陪审团都对他着迷。

福赛斯的父母,也就是这里的主人,让我感到有些意外。我原以为他们会像多里医生夫妇一样有风度和魅力,可是完全不是。事实上,皮特·福赛斯穿着开领的休闲衫和冰激凌色的白长裤,显得很不自在。我想知道他是做什么工作的,但最终还是决定不去猜测。这不关我的事。

"你也在波士顿的医院工作吗?"福赛斯太太问我。她的妆化得太浓,显得太想扮演好婆婆的角色了。不过,这也不关我的事。

"不是的,我在诺斯蒙特镇开了一家小诊所。这位是我的护士,阿普丽尔。"

"我好喜欢你们的房子,"阿普丽尔说,"在诺斯蒙特镇可没有这样的好东西。"

"谢谢你,"福赛斯太太一面说,一面紧张地四下寻找她的丈夫。一个管弦乐队已经开始在帐篷的另一端演奏舞曲了。

突然,一阵骚动和兴奋的低语声传来。多里医生紧张地拽着一根缠着绷带的手指,努力地想看看发生了什么。"查伯特来了!"琳达·多里宣布道。

我面前的人群散开了,查伯特就在那里,以舞台魔术师的派头,披着黑色斗篷走到我们中间。看来他还真是个表演家,说不定将来也能像霍迪尼一样成功。皮特·福赛斯伸出手去,可是那位逃脱艺术家并没有和他握手,而是指了指身边的一个秃头矮个子男人。"这是我的业务经理马克·厄恩斯特。你们中有人昨晚见过他。我们要开始表演了吗?"福赛斯点了点头。"我们要用岸边那个龙虾棚屋,正如我们昨晚讨论的那样。"

"很好,你可以选一组客人检查那间棚屋,搜我的身,再以任何他们喜欢的方式捆绑和锁住我。我将被单独留下,然后你们从外面锁上棚屋。你们所有人都可以看守棚屋。我会在五分钟内摆脱所有束缚,从棚屋里出来。"

他说话的时候,我的目光落在了未来新郎的脸上。汤姆·福赛斯似乎异常紧张。我试图确定原因。

"萨姆医生。"

叫我名字的声音打断了我的思绪。费利克斯·多里说:"皮特建议你和我参与这个活动,你觉得怎么样?"

"还有我们的警察局长,"福赛斯说,"他应该是把人关起来的专家了。"

"我去找他来。"福赛斯太太说。她才去了一会儿,就带着一个胖胖的红脸男人回来了。"班纳局长,这是费利克斯·多里医生和他的夫人。你知道的,琳达的父母。"

"幸会。"那位局长说着和多里握了握手,然后提了一下裤子。

"这位是萨姆·霍桑医生,大老远从诺斯蒙特镇来的。"

我和他握了手,然后为他介绍阿普丽尔。"我希望你们不要以为像这样公然饮酒是常有的事,"他偷偷地对我们说,"可是福赛斯家在这里地位很特殊。而且,到底是喜事嘛,对吧?"

"对呀！"我同意道，"婚礼是哪一天呢？"

"八月的第一个周六，会是大场面啊，"他将手伸到口袋里，"来支雪茄吧？"

"不了，谢谢。"

"我们该过去检查那间龙虾棚屋了。"多里医生提醒道。

我跟在多里和警察局长后面，其他一些客人也跟在我们后面。宽阔的草坪从帐篷所在的地方渐渐斜向岸边，大约有一百码①远。那是一个岩石海岸，只有一个狭窄的海滩。在陆地嵌入大海的地方，矗立着一间小小的棚屋。即使在远处，我也能看清那间棚屋的细节——一扇门，边上两扇窗，一个与门相连并通向水面的短墩，以及一个让我知道里面有壁炉的烟囱。

码头上拴着的三艘船不像是龙虾渔民用的，显然这个地方已经不再用于其最初的目的。就连堆在门口附近的旧木制捕虾笼，看起来也只是为了实现景观效果，就像靠在一扇窗上的钓竿一样。

"皮特把钥匙给了我，"多里医生边说边把门锁打开，"他把这里用作船屋，放他钓鱼的器具。"

棚屋里并不像我想象中那么杂乱无章。这个地方有许多钓竿和卷线轮，其中一个卷线轮上的钓鱼线散落在地上。除此之外，这个地方收拾得很整齐，相当干净。

"他们玩激浪投钓，"班纳局长说，"装备很贵的。"费利克斯·多里大步走到棚屋正中间的一根木柱子前。那是支撑屋顶用的，从地板一直延伸到天花板。"这根柱子看起来够结实，"他用力拉了一下便做出决定了，"在他们给他戴上铁链后，我们把他带到这里来，再把他绑在这根柱子上怎么样？然后，我们再

---

① 英美制长度单位，1码约合0.91米。——编者注

从外面把门锁上。要是他真能在五分钟内走出这间棚屋,我就愿意承认他是个魔术师。"

"我们最好先检查一下这个地方,"班纳局长说,"确定他没有提前将朋友藏在这里。"

仔细检查之后,我们什么也没找到。其实在这间龙虾棚屋里,除了靠墙的一个高大的木制橱柜外,没有任何可以藏人的地方。柜子里面是空的,而柜子后面的墙是实心的。

"烟囱呢?"在我们准备离开的时候,班纳局长说道。我们一起检查了一番,发现一个鸟巢将烟囱的小开口给堵住了。

"这壁炉已经很久没用过了。"我说。

我们回到外面,只见那群观众面向龙虾棚屋围成了一个半圆形。我一开始没有见到朱利安·查伯特,但很快他就从人群中走出来,穿着一条鲜绿色的泳裤,大步走下斜斜的草坡。我听到了女客人们看到他赤裸的胸部时发出的几声喘息。就算是奥运泳将约翰尼·韦斯穆勒[①],穿着泳装时上半身也会穿衣服呢。

可是我并不吃惊。我在报纸上看过霍迪尼的照片,他被铁链绑着,只穿着泳裤,准备表演一次不可能逃脱术。据说,他还全身赤裸地从纽约市监狱的一间牢房逃出去过呢。

查伯特的业务经理嘴角挂着淡淡的微笑,站在一旁。皮特·福赛斯走上前来。"好了,现在我们要请人用铁链绑住他了。"

"未来的新娘和新郎怎么样?"有人喊道,"他们该提前了解婚姻生活是什么样子的!"

琳达和汤姆在大家的嬉笑声中拿起了长长的铁链,然后将铁链紧紧地缠在查伯特的胳膊和腿上,直到他只能一瘸一拐地进入龙虾棚屋。好几把锁被拿出来,经过检查后全部锁上。看起来这

---

① 美国著名游泳运动员,曾多次打破世界纪录。——译者注

个人似乎不可能在没有援助的情况下逃脱了。

我们把他带进棚屋，其余客人都围在打开的门口观看。班纳局长拿出一根结实的绳子，把它缠在查伯特的肩膀上，同时高高在上地看着这位魔术师。局长打了一个牢固的绳结，把这个已经被铁链绑住的人绑在那根结实的木柱子上。我拿起另外一根绳子，绑住他的双膝。他的双手被铁链紧紧绑在身前，而最后一根铁链则把他锁在那根木柱子上。

"现在一切都好了！"皮特·福赛斯有些得意地宣布了这个消息，"他被铁链和绳子绑得动也动不了，几乎裸体，没有藏任何工具或钥匙。"

"最后一道防线，"多里医生建议道，"我要拿着这个锤子把窗户钉上。"他绕到棚屋外面，而皮特·福赛斯则准备拉上门闩。

"最后有什么话要说吗？"福赛斯问道。

朱利安·查伯特只是微微一笑，丝毫没有不舒服的样子。"我五分钟内就会出来找你们，现在就可以开始替我计时了。"

福赛斯用力关上门，拉上门闩，然后再加上一把锁。在棚屋的墙边，多里医生也已经把窗户钉上了。"我想，这样做其实并不真有必要，"他过来和我们站在一起，说道，"棚屋四面都有人，所以没有人能进去放掉他而不让人看到。"

"这是一定的。"年轻的汤姆·福赛斯同意道。我注意到他把琳达的手握得很紧。

我几乎都忘了阿普丽尔，直到她拉了一下我的袖子，提醒我说："和我待在一起吧，萨姆医生！这里的人我一个也不认识。"

"我也不认识，阿普丽尔。"我瞥了一眼这些饥渴而微醉的面孔,我想我永远也不会认识他们,我只是一个乡村医生,而他们会在F. 斯科特·菲兹杰拉德①的小说中出现,是直接从《上流社会》《浮华世界》里走出来的人。

"两分钟过去了。"皮特·福赛斯宣布道。

阿普丽尔和我走到查伯特的业务经理马克·厄恩斯特所站的地方。"这对你来说想必是司空见惯的了。"我说。

这个秃头矮个子男人耸了耸肩。"每次脱逃都有点不同。霍迪尼喜欢不同寻常的场地,而要找到他还没用过的地方并不容易。"

"他是怎么做到的呢?"

马克·厄恩斯特微微一笑。"魔术,医生,纯粹是魔术。"

"只剩一分钟了!"福赛斯宣布道。人群中的紧张情绪弥漫开来,大家都在等待龙虾棚屋锁着的门打开。

"三十秒!"

所有的谈话都停止了。费利克斯·多里在他女儿的手臂上捏了一下,福赛斯太太往杯子里又倒满了香槟。

"十秒!"

一只海鸥在空中缓缓盘旋,它大概很好奇这些愚蠢的人在六月炎热的下午围在龙虾棚屋外面干什么。

"五分钟到了!"福赛斯的声音很平,听起来有些沙哑。

每个人都盯着龙虾棚屋的门。

什么事也没有发生。

我们等了整整一分钟。

还是什么事也没有发生。

"我想我们把他绑得太结实了。"班纳局长说道。

---

① 美国著名作家,代表作有《了不起的盖茨比》等。——译者注

马克·厄恩斯特凑上前来安慰福赛斯。"我看他耍这套把戏至少有一百回了。别担心,他会出来的。只不过这次他花的时间比平常久一点而已。"

在超过时限的第二分钟过去后,现场的客人很明显地不安起来。皮特·福赛斯走到棚屋门口,大声问道:"你在里面还好吧,查伯特先生?"

没有得到任何回应。

马克·厄恩斯特小声咒骂了一句,走上前来。"我跟你说过不用担心的!"他恳求道。

于是,我们又等了一会儿。

又过了五分钟后,汤姆和琳达想从墙上的窗户往里看,可是窗户的内面都被漆成了黑色,什么也看不到。

过了七分钟的时候,福赛斯说:"我要打开门上的锁了。"

我走上前去,站在他身边,门打开了。我看到的第一样东西就是在窗边地板上那把沾了鲜血的猎刀。

我推开福赛斯,率先走进棚屋。"叫所有人都退后!"我警告道。

朱利安·查伯特仍然被绳子和铁链绑在那根木柱子上,但他的头垂着,毫无疑问已经死了。

有人在现场有一百个目击者的情况下,神不知鬼不觉地潜入了这间上了锁的龙虾棚屋,割断了查伯特的喉咙。

班纳局长马上出面主持大局,在现场的人感到恐慌和混乱的这段时间里,他似乎为自己的工作感到很高兴。也许,他正在享受对这群拥有临海别墅的有钱人的临时控制吧。

"好了,现在!"他大声叫道,"大家安静!我们这里发生了一起命案,我要把它查个水落石出!我们先前亲自检查过这间棚屋——我，还有这两位医生——我们知道没有任何活的生物藏在里面。刚才我们又检查了一遍，得到了同样的结果。里面除了那个死人外，什么人也没有。也就是说，有人在我们全站在外面的时候杀了他。现在有谁发现了什么可疑的情况吗？"

福赛斯太太第一个回应："没人进过那个棚屋，班纳局长，连靠近那里的人都没有。"

"他肯定是自杀的。"年轻的汤姆·福赛斯说道。

"在双手被绳子和铁链绑住的情况下？"班纳局长问道，"还有，他把那把刀藏在哪里？在他的喉咙里吗？"

费利克斯·多里走上前来，这位冷静的专业脑外科医生一向很克制。"毫无疑问，他是被谋杀的。只要我们找出他被杀的原因，也许我们就能知道谁是凶手了。"

"我们这里甚至连认识他的人都没有。"皮特·福赛斯争论道，他认为这次的命案是对这场派对的侮辱。"他只是我雇来表演的人，"他转头对查伯特的业务经理说，"讲到这个，我希望你退还我五百美金。"

在整个过程中，马克·厄恩斯特的行为最奇怪。这个秃头的矮个子经理似乎时而害怕，时而又高兴，一边跳着横移，一边又用颤抖的双手擦掉眼中的泪水。"没有了他，我该怎么办？"他呻吟道，"他就是我的命呀！"

我瞥了一眼这些转来转去不知如何是好的嘉宾，觉得一定要在混乱中重新建立秩序。他们中的一些人已经穿过草坪走向他们的汽车，迫切地想避免受到任何牵连。班纳局长见了，跑到他们前面，从外套下抽出一把左轮手枪。

"大家听好了！我现在就站在草坪的正中间，要是有谁想从我身边跑开的话，腿上就会挨一枪！明白了吗？"

大家都明白了，大逃亡顿时停止。

不过皮特·福赛斯挥舞着双手跑了起来。"听着，局长，你不能这样跟我的嘉宾说话！我的天哪！你简直是在把他们当一般的罪犯看待嘛。"

我迅速站到这两个人中间。"我们进屋去吧，"我建议道，"福赛斯先生，可不可以麻烦你给我们整理一份名单？这样班纳局长可以先排查一下，然后让大部分显然和这起命案无关的人离开。"

我的建议似乎得到了所有人的赞同，于是我们成群进入了这栋白色大别墅。班纳打电话把他的手下叫来，而我则利用这段时间把皮特·福赛斯拉到一边问一些我自己想问的问题。

"你怎么会正好请查伯特来表演助兴节目？"我问道。福赛斯紧张不安地点上一支雪茄。"天哪，这种事怎么会发生在我身上？这真是一次糟糕的宣传。"

"你怎么会正好请他？"我重复了一遍。

"是他来找我的。上个月有一天他带着他的业务经理来到我的办公室。他听说我儿子要订婚，就建议我找他来表演。嗯，我以为那会是很好的助兴表演。"

"你和你夫人此前不认识查伯特或厄恩斯特吗？"

他只迟疑了一秒钟。"不认识。"

"可是……"我鼓励他说下去。

"可是汤姆可能认识。我不知道。"

班纳局长大步走进房间，打断了我们的谈话。"这里由我来问话，医生。"

"你的手下赶来了吗？"

他点了点头。"我们会查个水落石出的。你不用担心，福赛斯先生。"

我逛着逛着来到大客厅里，看到马克·厄恩斯特在房间对面，就朝他走了过去。

他看到我，指了指华丽的天花板。"这地方真漂亮，医生。"

"在班纳局长找你之前，我能不能和你私下谈谈？"

"没问题，医生，你在想什么？你要我做些什么事吗？"

我带着他走过一群焦急、唠叨的嘉宾，这些人全都越喝越醉了。尽管大批警察就要来了，但福赛斯并没有想到要把香槟收起来。

我把厄恩斯特安全地带进书房后，关上了房门，说道："你似乎没有因为你的明星客户死亡而太伤心。"

"我当然伤心啦！他是个好人！"

"朱利安·查伯特是他的真名吗？"

"不，那是一百年前一个法国魔术师的名字。他是在一本书里发现的。"

"他的真名叫什么？"

"萨米·戈尔曼。他是纽约人，是看霍迪尼才学会他那套表演的。"

"他原先是想怎么逃出那间棚屋的？"

"那是他的秘密，他连我都没告诉过！"

"可是你一定有些想法吧。"

这个小个子男人紧张地挪了挪身子。"我不能告诉你，也许我能找到另一个魔术师来取代查伯特。"

我尝试用别的方法套话。"想必查伯特买了保险。他的一些水下特技表演很危险。"

"他当然买了保险。"

"他有老婆和孩子吗?"

"他?你开玩笑吧?他不喜欢女人。"

"那谁是他的保险受益人呢?"

"嗯……我想就是我了。"

"这是很强烈的谋杀动机,对吧?"

"见鬼了,我可没杀他。"

"有人杀了他。"我又试着问一次,"他到底准备怎么完成这次的表演?"

"他们不会把罪名安在我身上吧?"

"说不定。"

"我在外面,每个人都可以看到我,我甚至从来没进过那间棚屋。"

"但是,也许他有什么办法,让你可以通过远程控制杀死他。"

"好吧,"他说,"我把我知道的告诉你。他的嘴里藏着一把钥匙,就在他的舌头下面。只要他的双手被绑在身体的前面——这一点他很坚持——他就能把钥匙吐出来,用手接住。"

"那绳子怎么办?"

"在你们把他绑起来时,他会用力鼓起他的肌肉。"

"那上了锁的门呢?"

"他有好几种方法。你一定要知道他所有的秘密吗?"

"我想你告诉我的已经够多了,"我同意道,"除了可能杀了他的人——如果不是你的话。"

"真的,我对那事一点也不知道!"

"到这里来是谁的主意?"

"他的,他在报纸上看到有订婚派对的消息。"

"经常有有钱人请他表演吗？"

"不，以前从来没有过。可是他认为福赛斯可以让他大捞一笔。据说福赛斯是个私酒贩子，用船把东西运过来倒卖。"

这个发现并不让我意外。事实上，它还说明了非常多的事情。"好吧，"我说，"留在这里，一会儿把你知道的告诉警察局长。"我往朝向草坪的落地窗走去。

"你要到哪里去？"厄恩斯特问道。

"回到龙虾棚屋。"

班纳局长的手下现在就在那里，小心翼翼地解开尸体，仔细检查门窗和棚屋里的所有角落。"地上没有东西，也没有东西挪动过，"班纳抱怨道，"就和先前我们检查这里的时候一模一样，医生。"

"你有没有再检查一次烟囱？"

"当然检查过了，还有多里医生钉的窗户。没有什么可说的了。这事根本不可能。"

费利克斯·多里在门口等我们。"我是可以打开窗户，朝他丢一把飞刀的。"

班纳局长嗤之以鼻："你当然可以！问题是我们还在里面和他说话的时候，你已经在钉钉子了。而且，有一百名目击者十分肯定地说那两扇窗不论是当时还是后来都没有打开过。丢出这把刀杀死他不可能会留下这样的伤口，一定是有人拿着这把刀割破了他的喉咙。"

"那就一定是自杀了，"多里坚持道，"其他任何情形都不可能！"他拿起一根靠在棚屋外的钓竿，踢了一个旧捕虾笼一脚。

在他们争论的时候，我站在一旁看看那堆旧捕虾笼，它们的木条都已经断裂腐朽，很久没有被用过了。查伯特被骗进这间棚屋，就像龙虾被引诱进捕虾笼一样。唯一不同的是龙虾还活着，查伯特却死了。

伊迪斯·多里在岸边走着，一只手轻轻地搂着她的女儿。我向她们走去。"不用担心，"我安慰她们说，"我相信警方一定会把事情弄清楚的。"

可是琳达·多里却快哭出来了。"他们认为是汤姆杀的！"她啜泣道。"你说什么？他们怎么能这样说？"

"显然汤姆认识他，"多里太太解释道，"我们不知道细节，可是班纳局长的手下现在正在盘问他。"

我离开了她们，快步回到别墅里，急着想知道情况如何。汤姆·福赛斯刚刚开始接受盘问，他站在客厅里，脸色苍白，全身颤抖，低声和他父亲说着话。一看到我进来，他们两个人都沉默了。

我指了一下那些正在离开的嘉宾。"警方都调查过他们了吧？"

皮特·福赛斯点了点头。"多亏了你的建议。"

"你儿子是怎么回事？"

汤姆尴尬地移开视线，他的父亲回答道："这该死的傻瓜诚实得都不知道为自己想想，就要去告诉他们说他认识查伯特。"

"你是在哪里认识他的，汤姆？"

"纽约，我去年在那里过暑假。"

我开始看到曙光，但那不是非常令人愉快的曙光。"查伯特告诉他的业务经理说他认为可以在你身上捞一大笔钱，福赛斯先生。他知道你是个私酒贩子。我想他到这里来是想勒索你。你表面上是付钱邀请他表演，实际上却是付钱来堵他的嘴。"

皮特·福赛斯皱了皱眉："你见过班纳局长。你认为他会在乎我是私酒贩子？"

"也许查伯特勒索你的原因不是威士忌，而是你的儿子。"

福赛斯看了汤姆一眼，然后看着我说："你知道多少？"

"想必汤姆和查伯特是相当亲密的朋友，才会告诉他自己的父亲是私酒贩子的事。而且是汤姆要订婚的消息让查伯特来到这里的，他的业务经理还暗示我查伯特是个同性恋……"

"好了。"汤姆·福赛斯打断了我的话，他的面容因为痛苦而扭曲了。"那是去年暑假发生的一件愚蠢而疯狂的事情，不过只持续了一个晚上而已。我事后难过了好几个月。我希望和琳达在一起，我可以把那件事彻底忘掉！"

"但查伯特想要钱？"

皮特·福赛斯点了点头。"五万美金的封口费。"

"你是怎么跟他说的？"

"告诉他我认识一些会把他封在水泥棺材里沉到海底的家伙。"

"这话把他吓住了？"

"好像是吧，他后来确实没再提那件事了，转而只谈今天的表演。"

"这一切都是什么时候发生的？"

"昨天晚上。"

"还有别人在场吗？"

"当时没有。后来，费利克斯和伊迪斯和我们一起讨论让查伯特用龙虾棚屋表演逃脱术。"

"所以只有你和你的儿子知道他的勒索企图。"我转身问汤姆："你把这些事都告诉了警方？"

"大部分都说了,但没说我父亲威胁他的事。"

"好吧。"当一些要离开的嘉宾朝我们这边走来时,我走开了。

阿普丽尔就在其中。"我已经不在可疑名单上了。我们快动身了吗,萨姆医生?"

"是的,阿普丽尔,快了。"

班纳局长出现在门口。"好了,你,医生,到龙虾棚屋去。还有你,皮特。妈的,我要让你们看看那花招是怎么耍的。"

"你是说你知道是谁杀了他?"

"我是说我知道他是怎么自杀的。"

我们走下来,站在棚屋外面,班纳局长则靠在里面的木柱子上,两手交叉放在身前,就像死去的那个人一样。"现在,看这边。我们都知道查伯特是一个——嗯,同性恋者。随便你们怎么说他,反正他有毛病。所以他决定自杀,可是要死得像变魔术。我猜他是想上头条新闻。"

"他不会自杀的。"马克·厄恩斯特在一旁坚定地说。

"哦,不会吗?嗯,我要让你们看看他是怎么做的!你告诉过我,厄恩斯特,说他将一把备份钥匙藏在了嘴里。嗯,他就是用那把钥匙打开了铁链上的锁,然后伸手向上取出他早就藏好的刀。"班纳局长将双手举过头顶,勉强够到一根天花板的横梁。"他把钥匙放回嘴里,也就是我们后来发现的地方,然后自己割断喉咙,把刀子丢开,在流血过多死亡前再把手上的锁锁上。"

"看起来好像不是这样。"皮特·福赛斯说。

"是也罢,不是也罢,这是他唯一能用的办法!这里没有别人和他在一起,也没有人进出过。我们所有人全盯着看呢,他是自杀的——他只有这个办法。"

警察开始收拾他们的装备，福赛斯一家回到了别墅里。我走到码头上，望着拍岸的海水站了一会儿。这时多里医生走了过来，站在我身边。

"你在想什么，萨姆医生？你对班纳局长的解答满意吗？"

"不满意，"我简单明了地回答道，"在自己割断喉咙之后，再把那些铁链锁上可是需要超人的力量的。更何况，你看班纳局长得伸长身子才能够到横梁，而查伯特矮多了，他不可能做到的。"

"你为什么不这样告诉局长呢？"

我耸了耸肩。"真相并不能让查伯特活过来。此外，他还是个勒索者，而他对汤姆·福赛斯所做的事比勒索还恶劣。"

"不错。"

我弯下身去，捡起一块石头，朝水里丢了过去。"我知道是你杀了他，费利克斯。"这还是我第一次直呼他的名字。

"不错。"他又说了一遍。

"我也知道整件事是怎么发展的。在发现没办法勒索皮特·福赛斯后，查伯特一定试图转而来勒索你。你知道这场婚姻对你女儿有多重要，而你对汤姆也很有信心。所以，你杀了查伯特来封住他那肮脏的嘴。而让我知道你是如何做到的，就是那些钓鱼线。

"我们最初去检查棚屋的时候，卷线轮上的线散落在地上。可是后来警方搜查那个地方的时候，地上什么也没有——局长是这样说的。福赛斯早就把棚屋的钥匙交给了你。这样一来，你在夜里，或是今天一大早，布置好你那不可能犯罪的现场就是件很容易的事了。"

"是早上，"他证实说，"太阳刚升起的时候。"

"你很小心地放置好钓鱼线,让它到被拉紧的时候恰好可以升到查伯特喉咙的高度。是你建议把他绑在木柱子上的,也是你建议把窗户钉死的。在你钉远处的窗户时,也就是我们关好门上好锁后,你用你的身体挡住你真正在做的事——把钓鱼线卷收起来。它拉得很紧,离地约五英尺,很自然地卡住他柔软的颈部。

"查伯特当时被绑着,动弹不得。你飞快地把钓鱼线卷收得很紧,割开他的喉咙,就像世界大战期间一些伦敦居民被拦截气球①悬垂的绳索割喉而死一样。窗户只需打开一点点,就能让钓鱼线通过。你把那把猎刀松散地绑在线尾,并在刀上染了血迹,大概是鸡血——"

"是人血。"多里医生更正道,同时举起他缠着绷带的手指,"我不会做碰运气的事。"

"当刀碰到窗台时,便会脱离绳子,掉到地上。查伯特死了,棚屋从外面上了锁,整个魔术表演完成。他自己不会做得更好。"

费利克斯·多里微笑道:"你忘了人的因素。钓鱼线可能只会让他的皮肤伤得很厉害,而他随时可以尖叫求救。"

"你钉钉子的声音——同时你用另一只手卷收钓鱼线——能掩盖叫声,除非叫声很长。你确定他的叫声不会持续太久。这纯粹是我的猜想,但我认为有一部分钓鱼线被你用你的特制工具替换了,就是你用来当骨锯的带刺钢丝。你肯定会备一小段放在医药包里,以应对紧急情况。"

"你是一个聪明的年轻人,萨姆医生,你的前途不可估量。"

"我早就应该发现的,我们最初去检查棚屋的时候,那根钓竿就靠在窗户外面。刚才我看到你拿起了钓竿,处理了证据。你

---

① 以气球布成防御网以阻碍敌机进袭。——译者注

用左手操作卷线轮，直接将你的钢丝从窗户拉了出来，大约就是查伯特的喉咙那么高。假的钓鱼线通到竿顶没有动，所以即使有人在你背后看你钉窗户，也不会知道卷线轮在动。"

"你打算怎么办呢？"最后他问道。

我对着海面看了很久。"不是我打算怎么办，费利克斯，而是你打算怎么办。"

"我明白了，"他咬着下唇，"让我等到婚礼过后，好吗？"

"好的。"他这辈子已经救了很多人的性命，也许他还有机会多救几个。

"那天晚上，我和略带醉意的阿普丽尔开车回到诺斯蒙特镇。后来，我再也没有收到费利克斯·多里的消息。查伯特的案子以自杀结案。三个月后，也就是多里的女儿出嫁几周后，多里因为开车撞上了波士顿邮政路上的一棵大树而身亡。

"但在那个夏天，我心里还有其他事情。比方说，就是那年夏天镇上的闹鬼舞台发生了一起谜案。要是你还有时间再来……啊……一点小酒，我就可以给你讲那个故事。你知道，当时大家正准备迎接七月四号①的盛大庆祝活动……"

---

① 美国国庆节。——译者注

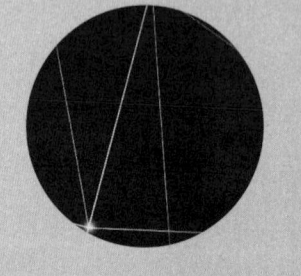

04 消失的凶手

"好吧，我答应过要给你讲那个闹鬼舞台的事，对吧？这椅子坐得还舒服吗？杯子里倒满了吗？要听故事就不能没有……啊……一点小酒。那是不成的！

"这事发生在一九二四年的夏天，就在我从发生龙虾棚屋那个案子的派对回到诺斯蒙特镇不久。那年夏天大家都很健康，没有太多人需要我的服务。就连我和我的护士阿普丽尔出远门都没人注意到，但这很可能是因为大家都已经开始忙着迎接七月四号的盛大庆祝活动。

"你知道的，事情就是那时在舞台发生的。在七月四号那天……"

那年的国庆节正好是星期五，这对诺斯蒙特镇一带的人来说可是难得的大好事。当然，那个时候没有长周末。大部分人在星期六都至少要上半天班，不过国庆节的后一天向来没人辛苦工作。

大约在庆祝活动的前一周，我在镇广场的公园附近遇到了本地的药剂师亨利·丘奇大夫。丘奇大夫对我一直很友好，可能是因为我给他带去了很多生意。那是在药店开始出售从香水到野餐用具的一切东西之前的日子，丘奇大夫卖药和香烟，还有个冷饮柜台，不过也就如此而已。

"下周这里可热闹了，萨姆医生，你会来听乐队音乐会和看烟花吗？"

"我不会错过的，亨利。这是我在诺斯蒙特镇度过的第三个夏天了，国庆节是重要节日之一。"

丘奇大夫是一个常常面带微笑的男人，中等身材，大约四十岁，与他的妻子和两个孩子住在镇上。我很喜欢他，虽然他老是开我玩笑，说我是年轻的单身汉。"我以为像你这样的人，在夏日夜晚会有比听我在小镇乐队里演奏长笛更重要的事可做呢。"他揶揄道。

"这就是相当重要的事呀，"我回答时眨了眨眼睛，"所有的年轻女孩都会到场呢。"

我们一起漫步到公园，来到了那个很古老的舞台边。这是一个很高的木制舞台，饱受风霜，需要重新刷漆，有八个开放的侧面，顶部呈锥形，上面还有一个风向标。舞台离地面大约有四英尺高，走七个台阶就可以上去。台阶边上都有栏杆，乐队席的另一边也有栏杆围着，用来防止热情过度的号手翻身跌入人群中。舞台下方的空间用木格子彻底围起来，防止小孩子钻进去。

"伦斯警长有没有跟你说过闹鬼的事？"丘奇大夫问道。

"这里？舞台这里？"

"是呀。是一八八〇年左右发生的事，就在这座舞台建好之后。"

"怎么回事？"

"两个流浪汉——一个黑人和他的吉卜赛妻子——到了镇上。他可能是一个被解放的奴隶,自内战以来一直在这个国家流浪,但没有人知道到底是怎么回事。有天晚上,他闯进一家五金店,被人抓住了。他们说他有把一英尺长的刀,差点就把警长杀了。镇上的人没有手下留情,他们用绳子把他吊死在了舞台的顶端。"

"动私刑?"我感到不可思议,"在新英格兰没有人动私刑的。"

"这种事情很罕见,但确实发生了。在塞勒姆,殖民地时期的印第安人和女巫就遭受过如此待遇。总之,他的吉卜赛妻子在被赶出镇之前,对舞台下了诅咒。他们说他有时会回到这里,戴着头罩,绳子还绕在脖子上。"

"在我看来,这听起来像是一个老太太的故事。"

"我承认近几年都没人见过他。"丘奇大夫承认道。

"我敢打赌,不会的! 今天的人们太聪明了,不会相信这样的胡说八道。"

"我想你说得对。"在我们往回走的时候,他同意了我的想法。

"德威金斯镇长从华盛顿回来了吗?"

"今天早上刚回来,他到店里取了药。他说华盛顿好热,到处都是苍蝇。那种地方居然是我们国家的首都,对吧?"

"我想夏天那里是不怎么舒服。英国外交部说那里是亚热带气候。他和纽部长谈得怎么样?"刚当选不久的德威金斯镇长开了太多竞选支票,坐火车去了一趟华盛顿要求邮电部长哈里·纽让诺斯蒙特镇拥有自己的邮局。

"根本连见都没见到。姓纽的出城到什么地方去了——大概钓鱼去了吧——镇长只好和他的助理见了一面。不过镇长觉得很有希望，话说回来，德威金斯向来是满怀希望的。"

我们走到了他的药房。丘奇太太在柜台后面忙着。"我得回到我的病人身边去了，亨利。"

"多写点处方吧，萨姆医生。"

在国庆节的那一周，我的诊所略显繁忙，很多病人都为夏季常见的农场伤病和毒藤所困扰。没有病人的时候，阿普丽尔也不让我闲着，坚持说这是诊所大扫除的好时候。

"我没那个兴致。"我在星期四抱怨道，因为她要彻底清理我的木制档案柜，"我们不能改天再做吗？"她在我的办公桌周围移动着她矮胖的身体。"冬天有流感，春天有孩子。现在正是打扫的时候。"

"一年到头都有人生孩子的。"

"看起来好像是春天多一点。反正你到这里也有两年半了，萨姆医生，这还是我们第一次真正做大扫除呢！要是病人看到你把病历上的蜘蛛网擦掉，他们会怎么想呢？"

这话让我忍不住笑了起来。"其实没有那么糟糕啦，阿普丽尔。"

"你明天晚上会去听乐队音乐会和看烟火吗？"

"当然，你呢？"我知道她没有固定的男伴，对此有时我也会为她感到难过。"要跟我一起去吗？"

她没等我问第二次。"当然好！"

"也许我们可以先到迪克西餐厅吃点东西。"迪克西餐厅是一个小吃店，是镇上唯一有美食的地方。"七点钟左右来接你。"她睁大了眼睛。"坐你的敞篷车？"自从参加了几个星期前的那场订婚派对，她就迷上了我的车，那辆我父母送给我当毕业礼物的利箭黄色敞篷车。

我还没来得及回答，外面的铃响就提醒我有病人来了。"我们有约诊的病人吗，阿普丽尔？"

"今天下午没有。我去看看是谁来了。"

她很快走了回来，后面跟着汤姆·扬洛夫。扬洛夫是当地的房地产商人，最近一直在收购附近的农地。围绕他买地的最终目的，出现了很多流言蜚语，也引发了不少人的担忧。"萨姆医生，"他喘着气说，"我需要你的帮忙。"

"你最好先喘过气来。我一直劝你要瘦瘦腰。"

"我没有问题，是德威金斯镇长，他不肯见我。"

"那我有什么办法呢？"

"他取消了今天的会面，说他生病了。是真的吗？"

"我没为他检查过就没法给你正确的答案，你说是吧？我一直在为他的心脏问题开药，但我没有听说他有什么别的不舒服的地方。他上周末才从华盛顿回来，也许他在那边感染了什么病，听说那里夏天虫子很多。"

"让他不见我的不是虫子！"扬洛夫咆哮道，"是我的土地交易。他知道我要在周一前得到镇议会的批准，他是在故意拖时间。"

"这些土地交易是怎么回事？"我和其他人一样好奇地问道。

可是扬洛夫对这事闭口不谈，又把话题转到德威金斯镇长的健康问题上。"你能不能打个电话给他，看他是不是真的病了？"

"如果他生病了，他会打电话找我的，你就不能等到明天再说吗？"

"明天要放假了。"

"但他明天晚上会去听乐队音乐会，什么都挡不住他第一次以镇长身份出席国庆庆典的。"

"你说得对，"扬洛夫承认道，"我要到那里去找他。"

这时阿普丽尔插话了。"你先走吧，汤姆。医生今天非常忙。你没预约，我根本不该让你进来的。"

扬洛夫畏畏缩缩地退了出去，而她则继续清理档案柜。不过这件事让我很不安。"你觉得他买那些地是想干什么，阿普丽尔？德威金斯为什么假装生病而不见他呢？"

"搞政治的全都一个样，"她回答道，"除了竞选的时候，其他时间都对选民躲得远远的。"

我站了起来。"来，我请你去吃点东西。"

在空闲的日子里，送阿普丽尔到丘奇大夫的药店去买杯巧克力冰激凌苏打水对我来说已经是仪式般的事情了。他那家店就在街边，店面很宽，地上铺着格子瓷砖，锡纸天花板上配有雕花。香烟放在左边的玻璃橱窗里，右边是配有六张高脚凳的冷饮柜台。在我们进门的时候，丘奇大夫在店后面朝我们挥手。

"记得提醒我，"阿普丽尔说，"在我们回去之前，我要替我母亲买点金缕梅。"

我让自己坐在一个看起来很脆弱，凳子腿被扭曲的铁丝缠绕着的凳子上。"跟平常一样要巧克力冰激凌苏打水吗？"丘奇大夫问我们。

我摇了摇头。"今天给我一杯柠檬汽水吧，亨利。"

"我要一杯麦芽牛奶。"阿普丽尔决定道。

"汤姆·扬洛夫刚刚在我的诊所，"我对丘奇大夫说，"因为镇长生病不肯见他而大发脾气。"

"他是听说镇长生病了。"阿普丽尔纠正道。

装柠檬汽水的杯子从丘奇大夫的手里滑了下来，里面的东西全洒在了柜台上。"该死！一个星期的利润没了！"他另外倒了一杯，放在我面前。"扬洛夫买那么多地到底要干什么？"

"我要知道就好了，"我回答道，"也许我们也应该买地。"

准备回去的时候，我提醒阿普丽尔替她的母亲买金缕梅……

周五的黄昏明亮而温暖，一直到晚上八点天都没有黑。在那些日子里，我们所在的州是全国少数几个实行夏令时的州之一。事实上，在一九一八年和一九一九年通过不受欢迎的法案后，大部分人都拒绝夏令时。诺斯蒙特镇附近的农民虽然抱怨连连，但还是照做了。

所以差不多快到九点钟的时候，乐队音乐会才准备开始，身体结实的老罗伊·平克顿带领着他那身着鲜艳制服的乐手们走上了舞台。"我会恨死今天晚上。"罗伊经过时轻轻地对我说。我了解原因所在，德威金斯镇长会在今晚的节目中扮演重要角色，而罗伊正是竞选时被他击败的对手。

我想这证明了用言语比用音乐拉到的选票要多得多。

我向拿着长笛走过的丘奇大夫挥手，觉得他穿带铜扣子的制服显得很精神。除了他和罗伊·平克顿外，其他十五位乐手我就不那么熟了。他们中没有一个是我的病人，而且我知道事实上有好几个人是平克顿从希恩镇找来的，因为在本地找不到那么多有音乐才华的人。

乐队开始演奏开场曲子的时候，我环顾四周，寻找阿普丽尔。不知她逛到人群的什么地方去了，我没看到她，却看到了汤姆·扬洛夫。他带着他一贯的忧心忡忡的表情向我走来。"我还是没见到德威金斯镇长。"

"开心点，他马上就会到了。"

乐队正在演奏有些走音的《星条旗进行曲》。我看到远处有人在布置烟花发射装置。伦斯警长和他的几个手下则忙着让孩子们离得远一点。暮色消退，镇广场边缘的灯光渐渐亮了起来。

"有没有听说过这个舞台的故事？"扬洛夫在我身边问道，"就是他们在那上面吊死过一个人的事。"

"听说了，是真的吗？"

"当然是真的，他们说他的灵魂还——"

人群边缘响起了一阵欢呼声，我们转身看到德威金斯镇长和他的太太薇拉正从一大群向他问好的人身边穿过。德威金斯到底是个搞政治的，他不断地停下来，和每一个人握手。他虽然看起来像个波士顿监狱的牢头，但其实倒也不是坏人。他非常希望有一天能成为国会议员，可是从诺斯蒙特镇到华盛顿的路长得很呢，尽管他上周才去过一次。

他的太太薇拉个子很高，仪态高雅，和镇上其他的女士比起来优秀不少。奇怪的是，她们并不因此而讨厌她。我发现我没法挤到镇长面前，便伸手在薇拉经过时碰了一下她的手臂。"你好，萨姆医生。"她说。

"你喜欢华盛顿吗？"

"那里的夏天真是可怕！我真高兴能回家来。"汤姆·扬洛夫此时想和她说话，但她只是说："音乐很美，是吧？"随后，她就快速走开了。

音乐会的上半场在响亮的铙钹撞击声中结束，乐手们站起身来准备休息。他们中的几个人走到人群中喝起了冰啤酒，觉得在镇长讲话期间没有义务留在挂着彩旗的舞台上。但罗伊·平克顿一向是很有风度的，走上前来介绍他的对手。

"女士们，先生们！"他通过麦克风叫道，"在乐队中场休息，我们为烟花表演做准备时，我要很荣幸地为大家介绍我们的镇长——尊敬的戴维·德威金斯先生！"

在我身后的某个地方，有个气球爆炸了，一个婴儿哭了起来，但这些声音马上被我们为选出的镇长而发出的热烈而真诚的喝彩声给淹没了。德威金斯和他的太太迅速走上了舞台。他和罗伊·平克顿握手，而薇拉则向人群挥手致意。然后她走下舞台，镇长开始致辞。

"我很荣幸能和你们共度我当选镇长后的第一个国庆……"他的声音十分有力。他挥了挥手拒绝了平克顿的麦克风，但他脸色苍白。我怀疑他是真的病了。他不是那种有一点小毛病就会去找医生的人。

丘奇大夫拿着一杯啤酒从我身边走过。"他会讲上一个小时。我看等开始放烟花的时候，孩子们都睡着了。"

他说得不错，我决定想想办法。孩子们在人群边缘的暗处玩耍，我一路挤过来，然后穿过一片空地来到发射烟花的地方。我认识负责燃放烟花的人，那是个叫克里斯的农场青年。我告诉他："镇长说开始烟花表演。"

他不确定地看着我。"现在？他还在致辞呢，不是吗？"

"现在就开始。"

他耸了耸肩，在座位上划了一根火柴。"好吧，开始了。"

我刚往舞台走，走到一半，第一束烟花就在我们的头顶上绽放开来。德威金斯镇长话说到一半停了下来，然后迅速回过神来说："看来烟花表演已经开始了，各位，我现在把舞台交回给我的好朋友罗伊·平克顿。大家给罗伊和乐队热烈的掌声好不好？"

在大家热情的掌声中，其他乐手回到舞台上，坐下来拿起他们的乐器。随着五彩斑斓的烟花不断绽放，大多数人都将视线转向天空，还有一些青年男女在地上放起了自己的烟花。

事情就在这时发生了,如此突然,以至于我们一时间都不敢相信自己的眼睛。

一个披着黑色流线型斗篷的人推开台阶上的乐手,冲向镇长。这个人蒙着面,脖子上挂着一根套索,右手还高举着一把尖刀。德威金斯镇长转过身来看着他,没有惊慌,只觉得疑惑。然后那把刀便深深刺进了德威金斯的胸膛,人群中的女人尖叫起来。

蒙面人旋即转身,让那把刀留在了受害者的胸膛上。罗伊·平克顿和其他人扑上去试图抓住那个凶手,可就在那一刹那,突然出现了一道刺眼的亮光和一团浓烟。大约有十秒钟,我们什么也看不见。等浓烟散去之后,平克顿和其他乐手站在了死者尸体的周围。

凶手消失了。

我冲上前去,推开那些仍然挡在舞台台阶上的乐手。人群中响起了一阵惊恐的尖叫声,现场一片混乱。在我们头顶,烟花还在夜空中绽放着。

"到底怎么回事?"平克顿迫切地问道,"是鬼吗?"

他身旁的丘奇大夫手里拿着一根套索。"我抓住了挂在他脖子上的套索,可是他就那样消失了!"

我转过去趴在德威金斯镇长的身体上,伸手去摸他的脉搏,但我知道他的脉搏早已停止跳动。那把刀直接插进了心脏。"他消失了!"平克顿有些畏惧地说,"杀德威金斯的那个人不见了。"

我站起身来,对着远处的伦斯警长喊道:"让人群散了吧,警长!庆祝活动结束了!"

"出什么事了?"他问道,奋力朝舞台走来。

"德威金斯镇长被刺杀了,而凶手就在我们眼前消失了——消失在一团浓烟里。"

"他妈的！"一个小时过后，伦斯警长在他的办公室里大发雷霆。"凶手不会消失在一团浓烟里！受私刑而死的人也不会在四十年后复活！"

"当然不会，"我同意道，"我跟你一样不相信这种舞台闹鬼的说法。"

"那凶手到底是怎么回事呢？"

"等明天白天检查过舞台后，我就能知道得多一些了。"

阿普丽尔站在窗口，望着外面的街道。虽然已经将近午夜了，但大部分人还在街上。大人围坐在一起轻声交谈，孩子则偶尔放一放鞭炮。"我曾经在波士顿看过一个魔术师的表演，"她主动说道，"他就是在一团浓烟中消失的。"

我点了点头。"地板上有暗门。"

伦斯警长哼了一声。"你认为舞台上有暗门？"

"明天早上就知道了，现在检查的话，光线不够亮。"

"什么舞台会在地板上装暗门？"

"用来当绞首台的。"我对他说。

丘奇大夫在外面等着我。他那带铜扣子的乐队制服被熏黑了，而且他还在为晚上的事感到紧张不安。"我的天哪，萨姆医生，他们查出了什么没有？"

"什么也没有，"我承认道，"你先把你看到的告诉我。"

"只有这一点——这个人蒙着面，披了件黑披风。真的，萨姆医生，我离他近得几乎可以碰到他！"他用手拍了拍自己被熏黑的乐队制服。

"仔细想想，亨利，有没有可能——任何一点可能——那个我们都看到的人不是真的？它会不会只是用什么魔术灯光投射出来的人影呢？"

"你在跟我开玩笑吧，萨姆医生？他跟你我一样真实！见鬼了，他拿刀刺镇长的时候，我一把抓住了他。我抓住的是挂在他脖子上的套索。他消失的时候，套索还在我手上。更何况，投射出来的人影是不可能拿刀刺人的。对此你也知道的。"

"如果那是投射出来的人影，镇长身边的人就可以用真刀行刺，再引爆烟幕弹一类的东西。"丘奇大夫看起来被吓坏了。"见鬼了，萨姆医生，我可没离他那么近，罗伊·平克顿比我离他近得多。"

"我记得他就在那里。"我同意道。我也记得凶手推开了台阶上的两个乐队队员。想想这一点，就知道凶手毫无疑问是有血有肉的真人。

"他有没有可能趁乱翻过栏杆了？"

我摇了摇头。"台阶被挡住了，舞台周围全是人，亮光和浓烟让我们大约有十秒钟的时间什么也看不见。如果他是个真人的话，他除了往上或往下，哪里也去不了。"

"我可以帮你调查这件事，"他自告奋勇地说，"我可以为你和伦斯警长拍摄舞台的照片。"

我都忘了丘奇大夫是诺斯蒙特镇少数几位业余摄影师之一。"在那方面，我可能确实需要你的帮助。"我说。

和他分开之后，我开始沿着街道向迪克西餐厅走去，阿普丽尔跑了过来。"等等我，"她叫道，"你打算让我整晚跟伦斯警长待在一起吗？"

"没有啦。不过，仔细想想，这说不定可以让那家伙的性情有所改变。事实上，我是想去一趟迪克西餐厅，看看是不是还有人在那里。"在迪克西餐厅可以买到私酿威士忌，我觉得今晚很多人都有此需要。

进入迪克西餐厅,我们第一个看到的就是汤姆·扬洛夫,他坐在前面的一张桌子边。"这件事真糟糕,"他说,"我星期一有土地交易要签约,他这一死可把我给毁了。"

"这事确实把他给毁了。"

"抱歉,我看起来好像很无情,可那是一笔重要的生意。"

"我想警方会想知道你到底在做什么样的生意。"

他要阿普丽尔和我跟他坐一桌。"我想我迟早都得说吧。正如你们所知,我一直在买农地。我在和一家新的汽车公司谈,预备在这里建个工厂。"

阿普丽尔哼了一声。"在诺斯蒙特镇建汽车厂!真奇怪,怎么没人杀了你!"

"你们听我说,每个美国家庭都拥有一辆汽车的日子就要来了。就像你的利箭,萨姆医生,或是斯图兹、乔丹、帕卡德。全国各地都在建工厂,这是一个让诺斯蒙特镇在即将到来的繁荣中分得一杯羹的大好机会。"

"底特律已经有很多汽车厂了。"

"当然,可是乔丹是在克利夫兰生产的。这家公司,我不能透露名字,要建两个厂——一个在新英格兰,负责东海岸的生产;另一个在丹佛,负责西海岸的生产。"

"所以你才要找德威金斯镇长谈谈?"

"没错,我需要得到镇里的批准,才能把农地改为工业用地。"

"关于汽车行业的未来,你的看法也许很正确,"我说,"但我认为诺斯蒙特镇不是建汽车厂的地方。"

这时,罗伊·平克顿走了进来,他那一尘不染的乐队制服让他看起来像是某出轻歌剧里的将军。他在我们的桌子前停了下来,说道:"好乱的一个晚上!出了那么多事,布雷迪家的小孩刚刚又被鞭炮炸伤了。"

我立刻站了起来。"他在哪里？"

"就在舞台附近。不过他们已经帮他包扎好了。"

"无论如何，我最好还是去看一看。"我首先是医生，然后才是侦探。我当下的首要责任就是去看那个孩子。

阿普丽尔和我一起，我们发现小布雷迪靠着广场上的一棵树坐着。我惊讶于是薇拉·德威金斯刚刚把他的手包扎好的。"你来了真好，萨姆医生，"她说，"你最好检查一下我包扎得对不对。"

我尽可能温柔地检查了这个还在哭泣的男孩的受伤的手。她第一时间做的工作做得很好。"如果哪天阿普丽尔退休了，我想请你来当护士。"我说。

"谢谢你。"

"我以为你已经回家了。"

"我没办法面对那空荡荡的房子。我今晚要住在朋友家，可是我现在还不能面对他们。"

"你会好的，"我安慰那男孩道，"让你妈妈明天早上给我打个电话。"阿普丽尔牵着他走了，我转过身来对薇拉说："关于你先生的事，我真的很难过。我对他的认识只是他偶尔来看个病，可是我很喜欢他。我知道你一定很难过。"

"他一直很看重你，萨姆医生。"

我拉了拉一个钉在树上的绉纸装饰。"他对汤姆·扬洛夫的看法如何？"

"他没把汤姆的事当真。"

"昨天扬洛夫想去见你先生的时候，你先生说他病了。"

"他是病了。他的胃很不舒服。我要他找你看看，可是他不让我打电话。"

"原来如此。嗯，那罗伊·平克顿呢？在选举后他们有没有不和？"

"据我所知，没有。"

我抬头看了看教堂的钟。"我们两个都该去睡一下了，谢谢你为那个男孩包扎伤口。"

"那不算什么。"她回应道。

第二天早上，太阳刚升起来，我就回到了镇广场的公园。我到的时候，那里一个人也没有。绉纸装饰仍然挂在树上和舞台上，但现在看起来已经有些凄凉了。

我走上舞台，仔细检查蒙面凶手消失前所站的地板。它被烧焦了一点，周围还有几张烧焦的纸片。不过，这里并没有暗门，地板很结实。我站直身子，看了看头上的圆顶，支撑圆顶的木梁上没有被绳子或铁丝缠绕过的痕迹。

可是——我们见到的幽灵一定去了什么地方。

"案子可以解决了吗？"我身后的一个声音问道。说话的是伦斯警长，他看起来好像整夜没睡。

"我只是在检查地板，警长。这里没有暗门。"

"我可以告诉你整件事。"

"嗯，他到底怎么了？"

"你相信鬼吗？"

"我知道，四十多年前在这里被吊死的那个人。我听说过这个故事了。"

伦斯警长难过地点了点头。"我真希望在波士顿记者来到这里之前找到别的答案。"他懊恼地环顾四周，"谁会信舞台闹鬼这种事呢？"

"困扰我的，"我说，"除了凶手是怎么做到的之外，还有凶手这么做的原因。凶手为什么要在公共场合行刺，这样不是会让他更难逃走吗？明明私底下行刺是既容易又安全得多的做法。"

伦斯没来得及回答，一辆黑色福特车开了过来停在街边。薇拉·德威金斯坐在驾驶座上向我们招手。我跑了过去，警长跟在我后面。"早，德威金斯太太。遇到什么问题了吗？"

"我跟你说过我昨晚住在朋友家。刚刚我回到家里，发现我不在的时候有人闯进了我家。侧门的玻璃被打碎了。"

"少了什么东西吗？"伦斯警长问。

"好像没少什么东西，可是——嗯，我怕是那个凶手要来找我。"

"我去看看，"伦斯说，主要是安慰她，"你也一起来吗，萨姆医生？"

"好，"我回头看了一下舞台，"这里也发现不了什么别的东西了。"

很明显，有人打破玻璃，伸手进去拉开门闩后，从侧门进入了已故镇长的家里。地板上有闯入者踩碎的玻璃。我弯下身去仔细检查，然后走进厨房四处看看。"你确定什么都没有丢吗？"我问薇拉·德威金斯。

"相当确定，萨姆医生。"

我走进客厅。这是栋很好的房子，比大部分诺斯蒙特镇的房子都大。我还是第一次来这里，德威金斯从来没有病得严重到要找医生出诊的地步。

"我能不能看一下浴室？"我突然问道。

她似乎很意外。"当然可以。就在上面，楼梯的顶端。"

我走进浴室看到的第一样东西，就是爪脚浴缸旁边瓷砖地上的一小片碎玻璃。"你今天早上进来过吗？"我向她问道。

"没有。"她回答道。

那一小片碎玻璃告诉我闯入者进过浴室,而正是这件事告诉了我谁杀了德威金斯镇长。

半个小时后,警长和我走进丘奇大夫的药店,只见一个小女孩正坐在冷饮柜台旁边。"一大早就吃冰激凌呀。"伦斯警长逗趣道,并在我们走过时揉了揉她的头发。

在药店里面,丘奇大夫正站在一架梯子上整理架子上的药瓶。"大夫,下来一下好吗?"我问道,"我们要和你谈谈。"

他低头看了看我和伦斯警长,从他的眼神中我知道他已经意识到事情败露了。"这里有好多工作要做呢。"他咕哝道。

"你最好和我们谈谈,大夫。"我说。

"萨姆医生对刺杀事件有一些看法。"伦斯警长不动声色地说。

丘奇大夫从梯子上下来。"你认为是我干的,对不对?"他问道,同时双手颤抖起来。

我点了点头。"我知道是你干的,亨利。除此之外,我还知道你什么时候杀了他。"

"什么时候?"伦斯警长重复了一遍,似乎很困惑,"昨晚杀的呀。见鬼,所有人都看见了!"

"你错了,警长,"我说着,双眼始终盯着丘奇大夫,"德威金斯镇长是昨晚死的,可要真正说起来,亨利在一个多星期前就杀了他,当时亨利没有给他开正确的治疗心脏病的药。"

丘奇大夫无力地倒在一张椅子上,把头埋进两只手里。"你知道了!可是你怎么会知道呢?"

"昨晚命案发生后,一直让我觉得不对劲的是,凶手为什么要花那么大的工夫装鬼,然后在几百个目击者面前行刺。这种做法很危险，很可能发生意外，也很可能被当场逮住。可是当你意识到德威金斯因你的错误将不久于人世时，你就不得不当众用那样的方式杀了他，这样他的死因就毫无疑问了。

"你看，我知道他上周到你这里拿了药——你跟我说过的——后来星期四那天阿普丽尔和我在你店里说起了德威金斯病了，所以没见汤姆·扬洛夫的事。这让你不安地打翻了我点的那杯柠檬汽水。还记得吗？你之所以会不安，是因为你为你犯的错感到恐惧，而我的话在你心里证实了这一点。

"昨晚有人闯进了德威金斯的家，可是明显什么也没拿，这让我有了一个想法。我走进他家的浴室，发现了一小片闯入者带去的碎玻璃。你的目标就是浴室，对不对？因为你得把那瓶你开的药从药柜里偷出来。"

丘奇大夫抬起头来，我发现他正在哭泣。"那是我犯的一个可怕的错误。他当时一直在谈论他的华盛顿之行，导致我对手头的工作不够专注。我用了一种错误的白色药粉压成药片。几天后我看到他时，他看起来脸色苍白，不正常。我回到店里检查了一下，发现我可能犯了重大的错误。我本来还心存一丝侥幸，但星期四那天你告诉我他病了，我就知道最坏的情况发生了。

"我知道他命在旦夕，也没有办法救他，他吃错药已经一个星期了。即使我去找他，告诉他事情的真相，也来不及挽救他的性命。而我的一生——我家人的生活——也会被彻底摧毁。以后还有谁会拿处方来找一个毒死过镇长的药剂师配药呢？"

"但为什么要用刀刺死镇长呢？"伦斯警长问道。

我替丘奇回答说："丘奇大夫必须用一种奇怪的方法杀死镇长，这样就不会有人想到要做尸检。现场有几百个目击者，在这种情况下，谁还会怀疑他的死因？我希望有一天，每次发生暴力死亡事件，都能对死者进行尸检，但我们这个州还没有达到这个水平。关于德威金斯的死，如果大家都认为就是看到的那样——在公共场合遭到刺杀，那他体内被毒药侵蚀的事就不会有人发现了。"

"完事后他是怎么从舞台上消失的呢？"

"他并没有消失——他只是卸下伪装，恢复了他的本来面目。只要我们知道凶手是谁，那他是怎么做的就显而易见了。丘奇大夫知道舞台闹鬼的传说——他曾经告诉过我这件事——就决定对这个传说加以利用。他在乐队吹长笛，他知道乐手中场休息的时候德威金斯镇长会致辞。我看到了他在人群里喝啤酒，但没看到他回舞台上。

"你一定记得，凶手动手的时候，乐手们正要回到自己的座位，当时烟花正在绽放，现场一片混乱。没有人——就连平克顿在内——能确定当时丘奇大夫究竟是不是在舞台上。然而，过了一会儿，浓烟散尽之后，他就出现在那里了，还紧紧抓着那根他说是从凶手脖子上抓下来的套索。

"真正发生的事情其实很简单，当我想起今天早上在舞台上发现的那些烧焦的纸片时，我就非常肯定了。在中场休息的时候，丘奇大夫躲到了一些树的后面，路灯照不到，然后把一件用黑色绉纸做的披风套在了他的乐队制服外面。他在头上戴了一个带眼孔的面罩，又在脖子上加了一根套索，让他看起来像个幽灵。然后，他跑上舞台，用刀刺死了镇长。"

"那道亮光呢？还有浓烟呢？"伦斯警长问道。

"他在绉纸上洒了闪光粉，大概是粘上去的，要知道他是个业余摄影师，家里一定有这些东西。当他给闪光粉点上火时，不但我们什么都看不见了，那件很薄的纸披风也被烧掉了。然后，他把面罩塞在他的制服底下，再将套索拿在手上，说他本来是想抓住凶手的。"

"你怎么会知道呢？"丘奇大夫抬起头来问道。

"那些烧焦的绉纸，还有你被熏黑的乐队制服。面罩保护了你的脸部，但纸披风被烧掉时肯定会熏黑你的制服。我本来以为是因为扑向凶手，你的制服才被熏黑，可你承认平克顿比你更靠近凶手，而他的制服却是干干净净的。"

伦斯警长摇摇头。"像这样的计划风险太大了，有太多的事情可能会出差错呢！"

"他害的人已经快死了，警长。风险确实很大，可那是他唯一的机会了。"

"来吧，大夫，"伦斯说，"我得把你带走了。"

那小女孩还坐在靠门口的冷饮柜台边。

"你现在一定得走了，"丘奇大夫对她说，"我要打烊了。"

"你什么时候回来？"她问道。

他看了一眼警长，回答道："恐怕要好久以后了。"

"这就是事情的经过，是一九二四年的事了，我想我永远也忘不了那年的国庆节。"

老人停了下来，目光柔和而深邃。

"对了，那天早上还有一件事告诉我我是对的。还记得那块被打破的玻璃，以及闯入者带进浴室的那一小片碎玻璃吗？嗯，我们走进药店的时候，我看到站在梯子上的丘奇大夫的鞋跟上也粘着一小片碎玻璃。

"来，让我给你的杯子斟满。我有没有跟你讲过，有一回我坐火车，在路上发生了不可能抢劫案？"

05 列车谋杀案

"守车！"萨姆·霍桑医生大声说道，"这是个很棒的名词，现在我们都很少听到了。这个名词很重要的时候，正是火车很重要的那个年头——至少，火车在当时比在现在重要多了。我先给你的杯子斟上一点……啊……小酒……你在椅子上坐舒服了。我来告诉你我在一九二五年春天的那次火车旅行，以及那起不可能抢劫案——还有那起不可能谋杀案——全都发生在那节上了锁的守车里……"

那年春天涨大水，冲断了诺斯蒙特镇和西边各镇之间的大部分小路，这就是我当初不得不坐火车去布赫维尔的原因。我不是很喜欢坐火车旅行，可是我的利箭敞篷车没法横渡涨了水的河流，所以我别无选择。布赫维尔的那位医生曾经帮过我很多忙，因为他要和太太乘坐"毛里塔尼亚号"去欧洲玩一趟，以庆祝他们结婚二十五周年，所以他请我去照顾一下他的病人。他们乘坐的那艘船在去年打破了横渡大西洋的最快纪录，在五天一小时四十九分钟内完成了从安布罗斯海峡灯船到瑟堡防波堤的穿越。

在一九二五年，乘坐"毛里塔尼亚号"可以说是豪华旅游的顶级享受。

至于我呢，就只能坐火车去布赫维尔了。

为了及时赶上早上的门诊，我必须从诺斯蒙特镇搭夜车过去。虽然开车过去不到两个小时，但波士顿西部铁路公司的迂回路线使时间延长了一倍多，因为它在每个小村庄都要停下来，卸载当地早上需要的牛奶和报纸。不过列车上有一节卧铺车厢，所以我还可以睡几个小时。在当年那个时候，医生可以提着提灯在非预订车票的车站登上火车，并在到达目的地，火车减速到五英里每小时时跳车离开，这种情况并不罕见。这种事我只做过一回，结果跌倒在碎石子上，把手刮破了皮，痛了好几个星期。

那天晚上我动身前，阿普丽尔帮我收拾了一个过夜包，便在诊所门口像一只老母鸡一样关心地看着我。"你要小心了，萨姆医生，记得上一回吧——不能再从还在行驶中的火车上往下跳了。"

"不用担心，我会注意的。"我向她保证道。

"如果你有时间的话，就帮我买一些当地人做的上好的枫叶糖浆回来吧。"

"现在正是枫叶糖浆每年的生产期，我会看看要怎么买。"我提起过夜包，觉得她收拾的衣物够用一个星期。"我其实用不了这么多东西，阿普丽尔。我只要拿几样东西塞进医药包就行了，这样轻便一点。"

离半夜那班车的开车时间还有一个小时，所以我来到一家镇上的小吃店，趁他们还没打烊吃了一个三明治，还配了一小杯私酿苏格兰威士忌。然后，我便去了车站。

"你今晚要出远门吗，萨姆医生？"站长问道。

"只到布赫维尔。去给那位去欧洲旅游的医生代班。"

"我们都该去欧洲玩玩的,"他紧张地看了看他那只大怀表,"希望这辆老火车今天能早点到。"

"有什么问题吗?"

"有一批托运的贵重物品要上这趟车。"

"贵重物品?上这辆老火车?怎么回事?"

"我们大部分客车都没有守车,但这辆车有,因为这辆车还带了几节货运车厢。守车是运务人员的专用车厢,装有铁窗,里面还有一个坚固的保险柜。"他环顾四周,压低声音,"他们要把格兰沃斯家的珠宝运到波士顿进行鉴定和拍卖。"

"那可值不少钱呢!"去年冬天,老格兰沃斯夫人因为肺炎过世,留下了一批她与本州一位工业巨子结婚四十年间积攒下来的珠宝。"你是说他们不用警卫就这么把这些珠宝运到波士顿去吗?"

"他们家聘的律师会陪着一起去。他马上就要到了。"

"可是,毕竟路途漫长。火车明早十点左右才到得了波士顿,因为要在路上的每个小村子停留。我的天,火车是往西开的,你们却要把货运到东边!"

站长点了点头。"嗯,可你知道这是唯一有保险柜的火车。帕森斯——那个律师——不放心由他自己带着那些珠宝。他希望把珠宝锁起来,以防被火车大盗抢劫。"

想到这一点,我不禁笑了起来。"你以为他们会骑着马拦下火车吗?"

"为了二十五万美金,更怪的事都有人做。"

我轻轻地吹了声口哨。"值那么多?"

"帕森斯跟我说的。"当门打开时,他瞥了一眼,他的紧张情绪也传递给了我。我几乎以为会看到一个挥舞着枪的蒙面人，可是进来的只是那个小个子律师贾斯珀·帕森斯，我偶尔会在镇上遇到他。

"这个人是谁？"帕森斯问道，仍然很紧张。等眼睛适应这里的光线后，他说道："哦，原来是霍桑医生，是吧？你今晚要搭火车出远门吗，医生？"

"只是去布赫维尔看几个病人。我希望能有个卧铺睡上一两个小时。"

"我是要到波士顿去，"帕森斯说，"要绕远路。"然后，他向站长问道："你拿到保险箱了吗？"

"就在这里，我很高兴能摆脱它！"

远处的铁轨传来火车的轰鸣声。"车来了。"我说。

小个子律师从他的上衣口袋里掏出一把小左轮手枪。"我是绝对不会冒险的。在这批货送到波士顿并脱离我的手之前，我是不会放心休息的。"他看了看我，突然眼前一亮，似乎想到了什么。"霍桑医生，要是你愿意的话，可以提供帮助。这个保险箱无法放入火车上的保险柜，所以我必须转移里面的东西，我希望你来当个见证人。"

"乐于从命。"

这时，一盏闪亮的车头灯出现在轨道上，夜行列车带着轰鸣声和喷出蒸汽的咝咝声开进了诺斯蒙特镇火车站。我感受到了那个时代每个人在火车到来时都会有的那种古老的兴奋——这钢铁怪兽般的庞然巨物就这么冒着烟活生生地出现在了矮小的自己面前！

帕森斯和站长两人抬着保险箱，我们迅速走向列车尾端。这位律师空出的手仍然握着左轮手枪，就像富国银行的司机，我不禁为这种戏剧性的场面而暗自发笑。

到了那节红色守车时,一位提着提灯的列车员接待了我们。他是德裔,名字叫弗里茨·施密特,说起英语来有明显的口音:"呀,我正在等你们。把保险箱放下来吧,我来给你们开保险柜。"他那很显年轻的金发让我颇为吃惊。

我跟着他们走上阶梯,来到守车门口,站在连接卧铺车厢的月台上。列车员用十分夸张的动作打开门锁,让我有时间仔细看看那扇门。门很厚,紧紧地固定在门框里,在齐胸的位置有一个小小的方形窗口。这窗口装有一面玻璃,还装了铁条,就像银行的出纳员窗口一样。

"他们用这节车厢来发工资,"施密特用他浓重的口音解释道,"把它开到工人们维修轨道的地方,然后从这里给他们发工资。嗯,这很危险。"

在我看来,守车里的保险柜真的非常坚固,是用厚钢板制成的,牢牢地拴在车厢地板上。在这黑漆漆的地方,它看起来是最结实的一样东西。列车员打开保险柜让我们检查,然后让帕森斯把珠宝拿出来。

就在这时,火车突然往前一冲,使我们失去了平衡,并开始慢慢向前滑行。我从肮脏的窗口望去,看到站长正摇晃着提灯。我们上路了。

"拿着这份清单,"帕森斯说着把一份文件塞给我,"当我把珠宝交给列车员的时候,请一件件核对一下。"他打开保险箱,取出一个扁平的天鹅绒包裹的珠宝盒,然后掀开盖子让我检查。"翡翠项链一条。"

我目不转睛地看着这件美丽的金绿色首饰,差点忘了在清单上做记号。一个乡村医生平常是看不到这样的宝物的!接下来的东西更惊人——钻石和红宝石，做工精致，甚至配得上女王。一共有九件，一件比一件好看。我想知道它们估值二十五万美金会不会偏低了。

"都在这里。"在所有珠宝都放进守车保险柜，钢制的箱门关上之后，我确认道。列车员把暗码盘一转，试了试把手，确定锁好了。

"这里整夜都会有人在吗？"贾斯珀·帕森斯试图弄清楚这里的情况。施密特朝一张小床指了指。"我会睡这里。很安全的，不用担心。"

帕森斯把空的保险箱放在地板上，然后我们走了出去，穿过摇晃的月台，来到卧铺车厢。在我们身后，列车员闩上了守车的门，并上了锁。我从那个装了铁条的窗口看到了施密特的脸，他看上去有那么一点阴险。

到了卧铺车厢，迎接我们的是一位一边抽着长长的弧形烟斗，一边收取车费的列车员。这个列车员和施密特不一样，一看就是美国人，不过有那么一点爱尔兰血统。"自己找你们的铺位，各位，然后把你们的票给我检查一下。我叫欧布莱恩。我不吃醉鬼或是找麻烦的人那一套。我们是来睡觉的，任何吵闹的人都会被驱逐下车！"

"我是萨姆·霍桑医生，你能不能在到布赫维尔前十分钟叫醒我？"

"没问题，医生，你睡九号床。"

贾斯珀·帕森斯睡七号床，可是在他拉开帘子，准备爬进去的时候，却赫然发现那里已经有人了。一个穿着旋纹睡衣的粗壮秃头男子咆哮道："你要干什么？"

那个爱尔兰裔列车员烟斗都差点掉了。"阿普尔先生！我完全忘了你在这张床上！抱歉，打扰你了。来，帕森斯先生，你睡上铺。"

"我不睡上铺！"这位律师生气地回答道。

欧布莱恩挠了挠头。"嗯，"他最后说道，"我想最后面那张床是空的，你睡那里吧。"

这场骚动引起了过道对面乘客的反应。十一号床的帘子拉开来，一位年轻的金发女孩把头探了出来。"我的天哪，是要吵一整夜还是怎么着？我还想睡觉呢！"

"抱歉，抱歉，"从来不会错过漂亮面孔的我说，"我是萨姆·霍桑，去布赫维尔。"

"真巧，我也是要到那里去。"

"我以为只有做医生的才会在凌晨四点去布赫维尔呢。"

她用一只手肘支撑着自己，同时很谨慎地用被子盖住了自己的身体。"医生和画家。据说，在布赫维尔，春天日出时的池塘是整个新英格兰最美的风景。"

"希望你会喜欢，"我说，"现在我该让你继续睡觉了。"

我爬上我的床位，开始脱衣服。在卧铺车厢狭窄的床位上，做到这一点还真不容易，我撞了两次头才终于睡下了。我看了一眼手表，已经快到午夜了。"你睡了吧，医生？"欧布莱恩问道。

"好了。"我把头探出来。在过道上，那小个子律师正在用纸杯装水，然后回到他的床位。"你和施密特要在哪里换班吗？"

"今晚不换了。他已经上完了他那一班，要在守车里一直睡到回程抵达波士顿。据我对他的了解，他肯定带着私酿苏格兰威士忌。你想来一点吗？"

"不用，谢谢你。"

"晚安，到布赫维尔时我会叫醒你的。"

我在被子里翻了个身，想让自己舒服点。我听着车轮在轨道上滚动的声音。

我想必是快睡过去了，可是并没有真正睡着，这时我感到有只手把我摇醒了。"怎么了？"我喃喃地说，"已经到布赫维尔了吗？"

列车员欧布莱恩俯身在我耳边轻声说："没有，现在才两点。但我想施密特受伤了，需要医生给他看看。"

我咕哝了几句，伸手去摸我的包。我不可能穿着睡衣穿过车厢，所以我迅速在睡衣外面套了别的衣服。我翻身下床，跟在列车员后面往列车尾部走去，光着脚让我觉得凉飕飕的。

火车正以约二十英里每小时的速度行驶，摇摇晃晃，因此我必须不时扶着些什么来维持平衡。我一只手提着沉重的医药包，要走稳还真不容易。在穿过车厢间的月台时，赤脚踩在冰冷的金属上让我跳了起来。

守车的车门没有敞开，这让我大感意外。这扇门和我们离开时一样关得紧紧的，那位爱尔兰裔列车员要我从小铁窗往里看。"看到他在里面没有？"

弗里茨·施密特趴在守车的地板上，面部朝下，躺在保险柜前。随着车子的晃动，几道鲜血从他的身下朝四面八方不住地流出。我的目光立刻从他身上移向保险柜，保险柜的门半开着。我知道我们会发现里面已经空了。

"我们怎么进去呢？"我问道，一面试着推门却无法推开。

"进不去，我有钥匙也没用，他从里面把门闩上了，除非把门撞开。"

我敲了敲小铁窗上的玻璃。"这东西打不开吗？得打开它才能往外付工资呀。"

"它只能从里面打开，上面有个小小的弹簧锁，当它关闭时就会扣上。"

我用手指沿着门框的边缘摸索，可是门框连一点缝隙也没有。我跪在冰冷的金属月台上，伸手往门下摸，可是那里也没有缝隙。我突然意识到，门的四边都有一道细细的金属边，像改装过的船舱壁一样。我和帕森斯一起进入车厢时，曾经跨过这些金属边。

"我们一定得到他身边去，"我坚持道，"他说不定还活着，这间车厢不是应该有活板门吗？"

"有呀，但你从这里就可以看得到它也从里面闩住了。"

"那通往尾端月台的后门呢？你能不能从车顶爬过去试一试？我们从这边是绝对进不去的。"

"好吧，"他同意道，"我试试看。"

他从我们这边月台上的金属梯子爬了上去，从守车的顶部爬去了尾端月台。我光着脚站在那里瑟瑟发抖，一面感受寒冷的夜风，一面等着他在车厢那头出现。最后，我终于通过小铁窗看到了他。但同时，我看到后门同样从里面闩住了。不过后门上的铁窗大一些，所装的铁条距离也宽一些。

欧布莱恩打碎了玻璃，将手从铁条之间伸进去拉开门闩。他看不见门闩在哪里，不过摸索了一会儿终于成功了。他拉开后门的门闩，用他的钥匙开了锁。门开了，他急忙赶到施密特的身边。

我用力敲打我这边的玻璃，催他把门打开。他终于为我开了门。"我想已经来不及了。"他快快地说。

我哼了一声，自己去看了看。施密特的一只手——右手——往前伸着。我现在可以看到他用自己的血在金属地板上写了些什么。只有一个词：elf（精灵）。

"他死了，"我确认道，一面将尸体微微抬起，"他胸前有个伤口，像是被刀刺的。"

"可是这里没有刀！刀去哪里了？"

"显然是凶手带走了。凶手还带走了格兰沃斯的珠宝。"

"可是，可是你也看到了，这节车厢完全被锁上了，怎么可能有人进得来？"

"可能是施密特放他们进来的，我更奇怪的是，在所有窗户和门都从里面上锁的情况下，凶手是怎么出去的？"

我走到我进来的那扇厚重的门前，打开了小铁窗的锁扣。它很容易就被打开了，而只要轻轻一推，它就锁上了。我估计这扇窗大约有八英寸长，六英寸宽。

"就连小孩子也爬不过去，"列车员说，"你是不是在想这件事？"

"的确，"我同意道，"但也许一个小精灵可以。"

"什么？"

"你最好去把贾斯珀·帕森斯叫醒，告诉他珠宝不见了。"

那位小个子律师不是一个人过来的。当他衣着整齐地来到守车时，我看到过道对面的女孩也跟着过来了。

"你最好站后面一点，"我警告她道，"这个场面可不好看。"

"他死了吗？他是被谋杀的吗？"她惊恐地睁大了双眼。

"不错，他死了。是的，我们认为他是被谋杀的。现在请回你的床位去吧。"

"我要留在这里。"她很坚定地说。

我耸了耸肩,转身去看帕森斯。他正跪在那空空的保险柜前,看起来好像刚失去一个最知心的朋友。"那批珠宝是交给我保管的,"他喃喃地说道,几乎快哭了出来,"这下我完了!"

"让我们看看怎么样能把它们找回来。"我说。

"找回来?"

我转身向列车员说:"我这样说对不对,从我们在诺斯蒙特镇上车后,火车还没停过吧?"

"没错,"他看了一下表,"第一站是格林海文,还有十五分钟。"

"火车的速度一直是二十英里每小时,对吧?"

"大部分时候要更快一点。但在夜间,这段路我们得慢一点。"

"你认为火车开得那么快,有人能跳车吗?"

"不可能!尤其是这一带,全是岩石之类的东西,一旦掉下去一定会摔得很惨。"

"所以,我想我们可以假定那个抢劫犯现在还在车上。你最好告诉列车长,我们要在格林海文停下来报警。这可能会造成行程的延误。"

金发女孩叹了口气,坐了下来。"我就知道我没办法及时赶到布赫维尔去画日出。"

"还是有机会的,"我向她保证道,"我甚至还不知道你的芳名,我叫萨姆·霍桑,大家都叫我萨姆医生。"

她微微一笑,伸出手来。"我是朵拉·温特,波士顿人。原谅我不正式的穿着,我在学校里学过怎么穿得得体,但他们没教我碰上命案时该怎么办。"

我瞥了一眼她的蕾丝花边睡衣。"很漂亮。告诉我，在过去一个小时左右的时间里，你有没有听到什么动静？"

她摇了摇头。"先是你上车的时候吵醒了我，然后是这位先生引起了骚动。"她指了指帕森斯。

"中间什么也没有听见？"

"没有。"

律师放弃了检查空保险柜，正低头盯着施密特的尸体。"如果守车被完全锁上的话，凶手是怎么进来，又是怎么出去的呢？"

"这是难解的问题之一，"我承认道，"看起来根本不可能。"

"可是偏偏发生了。"欧布莱恩说。

"不错，告诉我，有多少人知道保险柜的密码？"

"你是说，在这列火车上？只有我们两个——施密特和我。不过，同样跟这条线的其他列车员也知道。"

"所以，除非有哪个乘客从别人那里知道保险柜的密码，否则这个保险柜一定是你或者死者打开的，对吧？"

"绝对不是我！"欧布莱恩坚持道，"我怎么进出车厢呢？"

"施密特替你开门。"

这个大个子爱尔兰裔列车员环顾四周，试图在困境里拉一个垫背的。"当然，他也可能替帕森斯开门。珠宝是他的嘛，施密特甚至还会为他把保险柜打开！"

贾斯珀·帕森斯怒吼一声，扑到这个列车员身上。"你不能嫁祸给我，你这个杀人的坏蛋！"

"住手！"我把他们拉开，用我最具威严的声音说道，"听着，我们自己在这里争吵不会有任何结果。施密特死了，凶手还在火车上。再过几分钟，我们就要到格林海文了，到时我们还得把事情告诉警长和州警。让我们自己试着先把事情弄清楚。"

"我没问题，"帕森斯说，"只要能把珠宝找回来。"

"我以为你们会更关心死者呢，"朵拉·温特说，"我的天哪，你们至少先把他盖起来吧。"

我从下铺拿了一条毯子，盖在已失去生命的施密特身上。就在这时，我突然想起一件事。"他身上穿的制服，和他先前穿的是同一套吗？"

"当然是啦，"欧布莱恩确认道，"我们在夜车上是不会带换洗制服的。哎呀，明天早上我们就回家了。"

"火车上有多少乘客？"

"今晚没多少，不过阿普尔先生在卧铺车厢。"

我都忘了阿普尔这个人。"前面那节车厢呢？"

"空的。"

"工作人员呢？"

"列车长和伙夫。这就是全部。还有个货运员会在格林海文上车，然后一直待在车上。"

我点了点头。"我们去见见阿普尔先生吧。"

我们一起走到卧铺车厢，将阿普尔从熟睡中唤醒。"什么事？"他问道。

"你能从铺位上下来吗，先生？"我只看到他的头，我很想知道他有多高。等他爬下床来的时候，我发现我根本不必找这麻烦。他有超过六英尺高，是全车最高的一个人。"哎，这到底是什么意思？现在是大半夜啊！"

"发生了谋杀案，阿普尔先生。我们需要每个人的合作。"

"谋杀？你是说在这里，在火车上？"

"不错,"我确认道,"在守车里。杀人抢劫。"

"我的天哪,现在到哪里都不安全了!我猜是芝加哥的那些私酒贩子干的!"

火车渐渐慢了下来,靠站停好。凌晨两点二十五分,我们到了格林海文站。

格林海文的警长是一个名叫帕特南的胖子,他显然对自己的睡眠被打扰感到恼火。他看了尸体一眼,哼了一声,命令他的手下在火车上搜查被偷的珠宝。

"珠宝放在九个扁平的珠宝盒里,"帕森斯对他说,"最大的大约十英寸长,八英寸宽。"

"如果珠宝还在盒子里。"我说。

"什么?"

"窃贼可以在任何时候把那些盒子丢出车外,然后把珠宝藏在小得多的容器里。"

"如果它们还在车上的话,我们就能找得到,"警长向我们保证,"我们每个地方都会搜查,包括乘客的行李。"

我没指望他们能找到什么,他们也确实什么都没找到。一个聪明得能从上锁的守车逃出去的凶手,当然会聪明地把东西藏在别人找不到的地方。

"这牵涉一大笔钱呢,"在搜查了一个小时却一无所获后,贾斯珀·帕森斯对警长说,"你一定得找到这批珠宝!"

"铁路营运也牵涉钱的,"欧布莱恩轻蔑地说,"我们得开车了。"

我看出又有一场争执正在酝酿,便站到他们中间。"也许我可以帮上忙。我们似乎都忘了,被杀的人垂死时给我们留下了一个信息——一个明显指向凶手的信息。精灵是日耳曼神话中的一种矮人——这类神话，施密特是德裔，想必很熟悉。事实上，如果施密特想说矮人的话，他可能就会使用精灵这个词。"

"矮人？"

"现在——还是什么时候——有矮人和这火车有关联吗？无论是工作人员，还是最近的乘客。"

欧布莱恩摇了摇头。

警长有点不耐烦了。"矮人到底是怎么回事？"

"那名列车员，"我解释道，"死在一间上锁的车厢里。我要告诉你一个矮人可以杀死他的方法。"

"继续。"

我领着他们回到守车里，那位高大的阿普尔先生正在仔细查看满是血迹的地板。他看到我们时显得很惊讶，而我看到他时也觉得很意外。警长先前已经盘问过他，知道了他是个经常乘坐夜车的水暖用品旅行推销员。当时，他表示自己对被杀的列车员和被偷的珠宝都没兴趣。现在他抬起头来看着我说："可怕的事情，可怕的死法！"

"一点也没错。"我同意道。

帕特南警长来到我身后。"赶快办正事。让我们看看一个矮人是怎么杀了他然后又从这节上了锁的车厢逃出去的。"

"嗯，这里有不少可以让个子很小的人藏身的地方。床罩下面，保险柜后面，车厢那头的那些箱子后面。这些地方正常身材的男人或女人都没法躲藏，可如果是个矮人，或是非常小的孩子，就可以藏起来而不让人发现。"

"你是说施密特在锁上这节车厢之前，这个矮人就已经躲在里面了？"

"没错。"

"在你们破门而入的时候,仍然躲在这里?"

"不,他不可能还在这里,因为欧布莱恩是从后门进入的。要是有人躲在保险柜或是那些箱子后面,他就会看见了。更何况,我们一直守在这里,直到火车到达格林海文。至少我一直在。中间我曾经让欧布莱恩去把帕森斯叫醒。"

"那这个矮人是怎么出去的呢?"警长追问道。我看得出来,他对这些话一个字也不相信。

我走到那扇有小铁窗的厚实的车门前。"这扇窗户,跟别的窗户不一样,能从里面打开。这是工资发放员用的窗户。除了矮人或者侏儒,别人都不可能钻过——但一旦钻过,只要一拉,弹簧锁就会锁上。这是凶手在离开后将车厢锁住的唯一方法。"帕特南警长打开一包烟草。"那个矮人怎么让施密特开保险柜呢?"

"我不知道。"

"用刀子威胁吗?"

"有可能。"

"你好像对事情都不怎么确定。"

"是不确定。目前这个案子还没有矮人出现,只是死者留下的信息暗示有这么个人存在。"

在警长思考的时候,贾斯珀·帕森斯把我叫到一边。"你真的相信这个疯狂的想法吗,霍桑?"

"不相信,"我承认道,"事实上,它根本不可能像我说的那样发生。如果矮人可以从那个小洞钻出去,那他是怎么爬上去的呢?那扇窗户的高度在正常人胸口左右的位置,而且我们又没发现附近有可以让他垫脚的箱子或是椅子。"

"可是——可是你既然知道不是这么回事,又为什么要跟警长说这个呢？"

"只是为了拖延时间。别担心，我正在尽全力想办法把你的珠宝找回来。"

"我觉得是另一个列车员欧布莱恩。他知道保险柜的密码，施密特也会开门让他进去。他可以从守车的后门出去，而后来他只是在假装开锁。"

我摇了摇头。"我看着他在打破玻璃后拉开了门闩。他不可能玩什么花样的。"

小个子律师勃然大怒。"那这个谋杀案根本就不可能发生！"

"也许是，也许不是。"

欧布莱恩和列车长正在和警长争论，试图得到准许，继续中断的行程。"我们已经损失了一个小时！"列车员大声叫道。

"好吧，好吧！"帕特南最后同意了，"可是我要跟你们一起去布赫维尔，那里还属于我管辖的县。"

朵拉·温特走到我身边。"看起来我真要错过我的日出了，"她平静地说，"不过我也许可以改画帕特南警长的肖像画。"

剩下的那段行程不能睡了，我们坐在守车里，喝着蓝色铁壶里的苦咖啡，讨论这起谋杀案。

"我说这是一起很普通的火车抢劫案，"那个叫阿普尔的推销员坚持说，"他从一棵树上跳到车顶，再从活板门进来。"

"这段时间施密特在做什么呢？"警长一面问道，一面嚼着烟草。

"他给吓到了。凶手强迫他打开保险柜，然后用刀刺死了他，再把活板门闩上，这样看起来凶手就成了某个乘客。"

"那他是怎么离开这节车厢的呢？"

"弄门闩的花样有很多。"阿普尔语焉不详地回答道。"可是不能用在这些门上，"我指出，"看到它们周围的金属边了吗？根本没有任何空间可以让一根细绳或细铁丝穿过。不错，细绳或细铁丝可以从小窗户穿进来，可是门闩是朝向另一边的。"

"不能用棍子或其他东西从发工资的小窗户伸进来，将门闩拉上吗？"

我又摇了摇头。"这个门闩很难拉动，你可以自己试试。人的手没法从这扇窗户伸到那个地方，如果是用棍子或铁管之类的东西，很可能会在门闩上留下印子。如果从这个角度能拉动门闩的话，那会是个既要碰运气又要费时间的做法。凶手何必冒险找麻烦呢？就算这扇门开着，我们也不能断定究竟是谁做的。"

"我想我知道了！"贾斯珀·帕森斯叫道，"那一刀并没有马上杀死施密特。这一点我们知道，因为他还能写下最后那个词。设想一下，凶手刺伤施密特就逃跑了，施密特跟跄地走到门口，把门关好，闩上，然后倒在地上。"

"说起来，同样不对，"我说，"门很难闩上，如果他已经被刺伤了，为什么还要这样做？为什么不喊救命呢？毕竟我们就在隔壁车厢里。再说，那扇门也用钥匙从里面锁上了。他得先闩上门，拿出钥匙来把门锁上，然后再把钥匙放回口袋里。要是他能活着做完所有这些事，那他真是个了不起的人——尤其是门口附近只有一两滴血的情况下。"

"那根本就是不可能的嘛。"律师重复了他先前的论断。

帕特南警长吐了一口烟草汁。"精灵和仙女！他是被精灵和仙女杀死的。"

火车在黑夜中轰然前进，我离开他们回到卧铺车厢。我想起我在走过去时必须用一只手扶着些东西来维持平衡。我想检查一下车门和车身两侧有没有血迹，可是一点也没有。

这是不是意味着凶手是个能维持平衡的人——像欧布莱恩列车员那样早已习惯火车摇晃的人？

还是说凶手的双手干干净净？

"康韦瀑布，"欧布莱恩朝卧铺车厢里叫道，"康韦瀑布到了！下一站，布赫维尔。"

"这里除了我没有别人，"我提醒他说，"卧铺车厢是空的。"他耸了耸肩。"例行公事。"

我点了点头，看了一眼我的怀表。已经过四点了，我们离布赫维尔还有半小时车程。虽然已经设法弥补了一些时间，但我们还是晚了。

火车又开动了，沿着铁轨轰轰作响。突然，我听到车厢之间的月台传来一声尖叫。我从卧铺车厢冲了出去，听出那一定是朵拉·温特碰上了什么麻烦，结果发现她正在阿普尔怀里挣扎。

"这是干什么？"我质问道，"放开她！"

他愤怒地转头对我说："少管闲事，医生！这不关你的事！"

虽然他比我高几英寸，但我觉得我能打得过他。像我这个年纪的人总是会这样想的。我对准他的下巴一拳抡过去，他轻易地闪开了。我还没来得及在摇晃的月台上站稳，他就已经回手一拳打在我的太阳穴上，把我打得晕头转向，失去了平衡。我在摔出门外前赶紧稳住身体，而他也很快拉了我一把。

"我可不想在这里杀你。"他说。他的声音透露出关切之意。他显然是个很情绪化的人。

"我没事，阿普尔。"

他看了女孩一眼，然后又看向我，有点犹豫，最后转身走进卧铺车厢，没再说什么。

"谢谢你。"她说着，拍了拍自己，整理了一下衣服。

"他想欺负你？"

她迟疑了一下，然后点点头。"他要我到布赫维尔下车后跟他一起走。"

"不用担心，我会陪着你，确保你不被打扰。"我默默地希望自己下回能有用一点。

火车开进布赫维尔时，阿普尔的身影并没有出现，我想知道他是不是决定留在车上坐到下一站去。不过，帕特南警长正在检查所有下车的乘客。"预防一下而已，"他解释道，"以防我的人在搜查时漏掉了什么。"

我打开我的医药包，朵拉·温特则打开了她的颜料箱。他哼了一声，挥手让我们过去。接着，贾斯珀·帕森斯提着他的手提箱出现在月台上。"你要丢下我吗，霍桑？"

"我没有什么可做的了。"我对他说。

然后，阿普尔也下了火车，陪着他的是那个爱尔兰裔列车员。我注意到欧布莱恩正在数卧铺车票，数一张舔一下手指头。

数数。

朵拉在我旁边说了句什么，但我没有听见。我心里在想着别的事。

事情会那么简单吗？可能吗？真的可能是这样吗？

"太阳刚刚升起，"朵拉·温特说着，用手指向东边天上的亮光，"也许我还可以去画张画。你肯陪我走走吗？"

"当然。"我对她说。我要两个小时后才会见到我的第一个病人。"等我一分钟，我马上来陪你。"我从包里取出一张空白的处方笺，在上面草草地写了一句话递给帕特南警长。

"这是什么？"在我把字条递过去时，他问道。

"只是我的一个想法，也许可以帮你破了这个案子。"

欧布莱恩已经跳回车上，向列车长比了个手势。不一会儿，那钢铁巨兽就开出了车站，留下阿普尔和律师与我们一起站在月台上。"你怎么也在这里下车？"帕特南警长问贾斯珀·帕森斯，"你不是要去波士顿吗？"

"没有了珠宝我还去做什么！那是交给我保管的——我有责任。"

阿普尔又朝朵拉这边看了一眼，然后自顾自地走了。"来吧，"我对她说，"我们去赶上你的日出吧。"

"你还会回来吗？"帕森斯在我身后叫道。

"过些时候。"

朵拉一个人拿颜料箱和画架有些费劲，所以我把医药包换到左手，从她手里接过颜料箱。我们穿过清晨的第一道曙光，向一个可以俯瞰安静的乡村池塘的地方走去。那里远离火车站，在那一刻，我们可能是方圆几英里内仅有的两个人。

"你经常这样旅行吗？"她一面问，一面把画架支起来，让它对着东方的天空。

"我只是来代我一位同事的班，你呢？"

她从软管里挤出一些油彩颜料，那红色让我想起了鲜血。"没有，我不常来，至少没在半夜来过。"

"阿普尔想要你做什么？"

"还不是那回事。"

"他为什么觉得你会答应呢？"

"我不知道。"

我决定天马行空地猜上一猜了。"是不是因为他看到你和施密特待在一起过？"

她的手僵在半空中，拿着浸红的画笔。"你这话是什么意思？"

"就像很多谜案一样，这件事的关键在于是谁做的而不是怎么做的。我们之所以会感到迷惑，是因为我们没有意识到这个重点。我们专注于是怎么做的而忽略了是谁做的，这就是为什么我们无法解决这个问题。问题——最重要的问题——不是凶手如何逃脱，而是谁开了保险柜偷走了珠宝。只要我们能回答这个问题，剩下的就十分明显了。"

"你知道问题的答案吗？"她小心地问道。

我举起一只手挡在额头上，视线穿过洒满晨光的树林，凝视着东方。"暂时把施密特的死忘掉，你就有答案了。他一个人在上了锁的守车里，是车上仅有的两个知道保险柜密码的人之一。保险柜被打开了，珠宝不见了。你现在知道答案了吧？施密特——只有施密特——有可能偷走那些珠宝！"

她在空白的画布上画了一笔，那抹红色和我看到的天空的颜色相比，似乎太深了些。"那是谁杀了他呢？那把刀和珠宝又是怎么回事？"

"当然，他有个共犯。他告诉我们他要去睡觉了，可是在我们发现他的尸体时，他身上仍然穿着制服。可见他当时是在等人——不是随便哪一个乘客，他们根本不知道车上有珠宝，而是一个他事先——帕森斯通知铁路公司要求使用保险柜之后——告诉过的人。"

"所以你问我阿普尔是不是看到施密特和我待在一起过。"

"是的。因为你就是那个共犯，对吧？一旦我们明白施密特是窃贼，把珠宝交给了共犯，那锁着的守车之谜就一清二楚了。他从保险柜里取出珠宝，由那个发工资用的小窗口递出去交给在车厢等待的共犯。我不知道你们两个计划要编造的故事是什么，可是他根本连说的机会都没有，因为你决定自己独吞那批珠宝。

"你通过那扇小窗户刺中了他的胸口。他踉跄着往后退，只在门边留下一两滴血，便倒在了保险柜旁边。然后你只要从小窗户一拉，让弹簧锁锁上。这完全不是凶手如何从守车逃跑的问题，因为凶手根本没进过守车！"

"你认为是我干的？"

我点了点头。"施密特垂死时留下的信息指向的是你。"

"指向的是我？精灵？"

"当我看到欧布莱恩数车票的时候，我突然想到，数数！你既然是窃贼的共犯，当然不会用真名出来旅行。施密特不知道你用的假名是什么，所以他不能用一般的办法写出你的姓名揭发你。但他用了除此之外最好的办法：他写出了你的床位号码——'elf'的德文意思就是'十一'。他不用阿拉伯数字'11'，因为那可能会被误认为只是两道血印，而不是一个数字。'elf'——意思是十一号，十一号床，就是你在火车上的床位号码。"

她的眼神显示她现在处境艰难。"那珠宝呢？"

"你从一开始就在画布上用错了颜色。红得太深了！也许是因为所有的油画颜料软管里装的东西都和外面的标签不一样吧！"

我拿起几根，捏了捏，感觉里面很硬。"把软管里的油画颜料挤光，从底部打开再封上。用这种地方藏东西实在很聪明，也可以让警长的手下绝对发现不了。当然，珠宝盒和比较大件的珠宝只好丢出车外——可是绝大多数珠宝就在你的颜料软管里,至于大件的珠宝,可以事后去找回来。"

这时,她拿着刀朝我扑来……

"不,不,她完全没有伤到我!我在交给警长的处方笺上请他跟踪我,准备好逮捕她。他倒是真准备好了,在她伤到我之前就将她抓住了。不过我承认,我也真被吓了一跳。

"就要走了?我才刚说得来劲呢!明晚再来……啊……喝一点小酒,我会给你讲诺斯蒙特镇的大绑架案——这是我碰到过的最不可能的谜案。我把它称为'红色小校舍谜案'。"

06

校舍绑架案

"没错,在我那个年代,我们还有单间校舍,"萨姆·霍桑医生说,"事实上,我最困惑的案件之一就和红色小校舍发生的绑架案有关。那是一九二五年秋天的事——大概在七年之后,林德伯格①的案子让绑架新闻上了头版,也使得法律将绑架定为联邦重罪。来,让我给你斟上……啊……一点小酒,告诉你事情的经过……"

当初就因为我是那个地区为数不多的医生之一,我才从一开始就卷入了这个案子。我接到火丘山上的寡妇迪西太太的电话,她说她的小儿子刚从学校回家,样子很奇怪。那年夏天,我们碰到了几个小儿麻痹症的病例。我虽然知道霜冻会减轻传染的危险性,但还是觉得应该到那里去看看到底有什么问题。我告诉我的护士阿普丽尔我将去哪里,然后收拾好我的医药包,开着我那辆黄色利箭敞篷车往火丘山开去。

---

① 美国著名飞行员,其孩子曾被绑架并撕票,成为轰动一时的大新闻。——译者注

火丘山原先叫火鸡山，这个名字源于在诺斯蒙特镇一带还看得到野火鸡的年代。那里一直是这个镇的"后端"，是富人会避开的地方。在火丘山，就连农地也是低级的。一九二五年秋天，还住在那里的只有三户人家。迪西太太尽了全力耕种她丈夫留下的田地，但其余两户人家连种地的表面功夫也不做。其中一户是一个隐士，从来没人见过他；另一户则是个法裔加拿大人，大家都怀疑他在一个隐蔽的酒窖里私酿威士忌。

我把车开进迪西太太农场里那条满是车辙的车道时，她便从屋里出来迎接我了。"我发誓我不知道那孩子怎么了，萨姆医生。他今天从学校回来好像被什么东西吓坏了。不管那到底是什么事，反正他不肯告诉我，我不知道他是病了还是怎么样。"

罗伯特是她的独子——一个瘦小的九岁孩子，已经得过各种常见的儿童疾病。我在谷仓后面找到他时，他正朝什么我看不见的靶子扔石头。"你好，罗伯特，"我叫他，"哪里不舒服吗？"

他转开了身子。"我没事。"

他脸色苍白，在我碰到他湿湿的脸时，他打了个寒战。"遇到什么问题了吗？你受到了惊吓，是不是？在放学回家的路上有发生什么事吗？"我知道他回家的路要经过火丘山上另外两栋住了人的房子，这两栋房子里可能有什么东西吓到了这九岁的孩子。然后，我也想起了他父亲去世之前的精神问题。难道说罗伯特也开始胡思乱想了吗？

"我没什么事。"那孩子含糊说道，又开始扔石头。

"有谁吓了你吗？威胁你？"

"没有，"他迟疑了一下，"是汤米·贝尔蒙特的事。"

我想再摸他一下，但他挣脱后就跑掉了，一路朝田野里跑。

我知道我是绝对追不上他的,所以我转身走向农舍,他母亲在那里等我。

"他似乎受到了很大的惊吓。"我告诉她,"不过他应该很快就会没事的,这种年纪的孩子都一样。明天早上看看情形再说。如果还有什么问题,给我打电话。"就在一年前,火丘山的农家已经接了电话线,可以打电话到镇上,不过众所周知,隐居的老乔希拿支猎枪阻止了电话公司的人靠近他家。

"谢谢你跑一趟,萨姆医生。知道没什么严重的事,我就放心了。"她在围裙口袋里摸索着,"我该付你多少钱?"

"目前还不用付钱,先确定他没事再说。"

罗伯特出现在谷仓的拐角处,可能是想看看我是否已经走了。我挥手向他道别,然后上了车。这里已经没有别的事了,我觉得我该去看看小汤米·贝尔蒙特了。

和迪西太太母子不一样,贝尔蒙特夫妇住在诺斯蒙特镇比较富裕的地方,有一个一百英亩①大的农场。赫布·贝尔蒙特在镇上的地位相当于一位乡绅,他把大部分时间都花在了该地区的农场主和波士顿的银行家身上,而他的雇员则负责喂牛和挤奶。贝尔蒙特家有两个儿子和一个女儿,大儿子在波士顿上学,小女儿才四岁,所以只有汤米在镇郊的单间校舍上学。

汤米是个很活泼的十岁孩子,一头火红的头发,脸上长满了雀斑,看起来就像是从马克·吐温②的书里跑出来的人。当我开车来到他家时,我以为我会看到他在粉刷栅栏,但我看到的却是伦斯警长那辆熟悉的黑色警车。

当我走到前门的时候,警长本人出现了。

---

① 英美制面积单位,1英亩约合4046.86平方米。——编者注
② 美国著名作家,代表作有《百万英镑》等。——译者注

"你来干什么，萨姆医生？"他问道，"有人打电话叫你来吗？"

"不是。出了什么事吗，警长？"

"你最好赶快进来，说不定能帮帮贝尔蒙特太太。"

我走进客厅，发现这位太太正泪流满面地蜷缩在一张大花椅上。她的丈夫安慰着她。"怎么回事？"我向赫布·贝尔蒙特问道。

那孩子的父亲盯着我说："汤米被绑架了。"

"绑架？"

"他从校舍的操场上消失了，就在索耶太太的眼皮子底下，现在有人来要赎金了。"

"有勒索的信吗？"

"是打电话来的——一个我从没听过的声音，说他们要五万美金，否则就杀了汤米！"他哽咽着说，而一旁的贝尔蒙特太太又哭了起来。

"该死的！"伦斯警长怒吼道，"诺斯蒙特镇还从来没有发生过这种事！"

"你什么时候必须付赎金呢？"我问道，希望用谈话来让他们镇静下来。

"他们说会再打电话过来。"

我转身对警长说："要追查那个电话应该不难。吉尼负责接线总机，一定知道是谁打的。"

他点头表示同意。"我会查一下。"

"我会去校舍找索耶太太谈谈，"我说，"我想了解更多关于这个失踪案的情况。"

有几位街坊邻居来陪贝尔蒙特夫妇，我开着车往山上的校舍去了。我不知道索耶太太下午四点是否还在那里，可是她的家离校舍不远，走走就到了，我想我一定能在某个地方找到她。

虽然战后在镇子的另一头建了一所新的中学，但文法学校的学生仍然得到离火丘山不远的一块高地上的那间传统的红色小校舍上学。索耶太太是位寡妇，她的丈夫在法国阵亡了。她对三十八个学生的教导，立足于新英格兰的现实生活，帮助他们了解将来到波士顿甚至到纽约可能要面对的生活。她每天都会检查所有孩子的指甲，并将他们必须完成的卫生活动记录下来。

我到学校时，她仍然在那里，正在努力关上一扇窗户，那根木质窗杆弯曲得几乎快断了。

"来，我来帮你弄。"我走进去时说道。

"萨姆医生！你吓了我一跳。"她脸红了一下，把杆子递给我。她仍然是个很有魅力的女人，虽然丧偶多年留下的岁月痕迹已经渐渐显露出来。

我关上了窗户，把杆子放在角落。"我是来打听汤米·贝尔蒙特的事的。"我说。

"汤米！他们找到他了吗？"

"没有，有人打电话到贝尔蒙特家，说他被绑架了。"

"哦，不可能吧！不可能——诺斯蒙特镇是不会发生这种事的！"她跌坐在身边的一张椅子上，"我发誓，他离开我的视线也就几秒钟，不可能发生这种事。"

"你能不能跟我说说事情的经过。"

"根本出不了事——问题就在这里！在课间休息的时候，汤米和其他男孩一起出去玩。他们回避了女孩——你也知道这个年纪的孩子是怎么样的——但他们好像玩得很开心，就和平常午休的时候一样。他们下山到蒂利先生的马车那里买零食，然后回来荡秋千,或者互相追着跑来跑去,就是男孩们会玩的那一套。我记得我看到了汤米在荡秋千,我以前从来没看到他荡得那么高过,看起来就好像他要一路荡上天似的。我将视线移开了几秒钟,去打铃叫他们回教室上课。但等我回头再看的时候,秋千上已经没人了,只是轻轻地来回荡着,好像刚有人下来。等他们跑回教室的时候,汤米不在其中。哪里都找不到他,萨姆医生!"

"说不定他又跑下山去买零食了。"

"不会,不会。那时蒂利先生都离开足足十分钟了,而且路上没有其他人。我从这里可以看得很清楚。你可以自己看看。除了那棵挂了两个秋千的大橡树之外,甚至连一棵树也没有。"

"还有别人在荡秋千吗?"

"没有,只有汤米一个人。我在树后、外屋和教学楼的另一边都找过了。我让所有的孩子都去找他,可是哪里也找不到。"

"他肯定是走远了。"

她跺着脚。"不可能的,萨姆医生!我告诉你,他在几秒钟内就从秋千上下来了,而我当时就在门口,不管他去了哪里,都不可能不让我看到!至于说绑架,嗯,有谁能抓得到他呢?这小山上整天除了我之外,没有一个大人,而其他孩子一个也没有失踪。他不是自己离开的,也没有人来把他带走。他就那样消失了!"

我走到外面,盯着那棵橡树,然后拉了拉绑在秋千板两端的绳子。"他有没有可能爬上树了?"

"怎么爬上去?最近的一根树枝也至少有十五英尺高。"

"你说他荡得很高。"

"他没有从秋千上跳到树上,也没有攀着绳子爬上去,萨姆医生。那样的话我会看到的,其他孩子也会看到的。"

"你认定他失踪了后做了什么?"

"他过了一个小时左右还没回来。于是,我就叫玛丽·露·菲利普斯到贝尔蒙特家去告诉他的父母。我们这里没有装电话。"

"罗伯特·迪西呢?"

"那个小男孩?他怎么了?"

"他的行为有没有什么奇怪的地方?"

"我想所有的孩子都很不安。我并没有特别注意。"

"陌生人呢?最近有没有人潜伏在校舍周围?"

"没有,什么人也没有。"

"来吧,"我说,"我开车送你回家。"

她很感谢地接受了,尽管她家并不远。我有理由想去她家,因为那是离红色校舍最近的建筑。我以为汤米·贝尔蒙特就在那里,但我失望了。我送她进去时,那里空荡荡的,汤米·贝尔蒙特仍然处于失踪状态。

伦斯警长比我先回到贝尔蒙特的农场。我把车停在他的车后面,匆匆进去。"我们查到那通电话了,"他面无表情地告诉我,"负责总机接线的吉尼记得它是从莱奥塔尔,就是火丘山上的那个法裔加拿大人那边打过去的。她记得特别清楚,因为他很少打电话,而且以前从来没有打到贝尔蒙特家去过。"

"你认为孩子在那里吗?"

"还能在哪里?我不想冒险在白天去那里,所以我们等两个小时,到天黑了再说。到时,我会和我的手下冲进去救下那个孩子。"

"听起来很简单。"我同意道。可是这件事让我觉得很不对劲,绑匪可能愚蠢到从自己家打电话要赎金吗?

但这个消息似乎让贝尔蒙特夫妇的精神大为振奋，对此我倒是觉得挺感激的。事实上，我正准备离开的时候，电话铃连续响了两声。

汤米的父亲抓起听筒。"喂？喂？"

因为他并没有把听筒贴在耳朵上，所以我能听到那孩子充满恐惧的尖锐叫声。我冲了上去，来到贝尔蒙特身边，比他的妻子和伦斯警长还快得多。但现在那孩子的声音已经换成另一个更刺耳的声音。"这是为了告诉你他真的在我们手上，除非你很快准备好五万美金，否则我们就会像洛布和莱奥波德对付博比·弗兰克斯那样对付他。①"

"我——银行要到明天早上才开门呢。"

"他们会专门为你开门的。今晚就把钱拿到你家里，我们会再打电话来给你指示。"

电话挂断了。贝尔蒙特愣了一下，然后把听筒放了回去。"我的天！"他喃喃地说，"他们会杀了他！"

"我们会阻止他们的，贝尔蒙特先生，"警长对他说，"现在你不用太过担心。"

我深吸了一口气。"你还认为他们把他关在莱奥塔尔那里吗？"

"当然！不过我会再找吉尼核实一下。"他拿起电话，很快就接通了接线员。"吉尼吗？最后这通电话是从哪里打来的？"他听着她的回答，然后说："很好，吉尼，干得不错。"

"还是莱奥塔尔那里？"

伦斯警长点了点头。"她这次听到了那个男孩的声音。"

---

① 美国历史上的一起轰动一时的大案件。洛布和莱奥波德是一对智商极高的富家子弟，为设计一次完美犯罪而绑架了博比·弗兰克斯并最终撕票。——译者注

"但她听出了莱奥塔尔的声音吗?"

"你听到了,他的声音伪装过了。"

"我不知道。这一切似乎太容易了。"

"他提到了洛布和莱奥波德,对吧?而他的名字叫莱奥塔尔,对吧?这小子自以为是个像莱奥波德一样的杀手。"

"不能是杀人凶手,"贝尔蒙特太太喘着气说,"不要,不可以那样!"

"抱歉,"伦斯警长咕哝道,"只是一种说法。"

我看得出来汤米的母亲就快昏倒了。我把她扶到起居室,那里有张沙发,我让她躺了下来。"我这里有一点安眠药,如果你觉得它对你有帮助的话……"我建议道。

"不,不要,我得醒着等汤米回来!"

"目前你什么也做不了,贝尔蒙特太太。"

即使在这么大的压力下,她还是个风姿绰约的女人。她儿子那头火红的头发显然是从她这里遗传来的。"如果我不省人事的话,那就真的什么事也做不了。"

和她争论没有意义。"反正尽量多休息。等他们放了汤米之后,你还会需要体力的。"

"你认为他们会放了他吗?你认为我还能再见到他吗?"

"当然,"我说,尽量让自己的声音听起来很有信心,"现在先回答我几个问题。今天汤米穿的是什么样的衣服?"

"棕色的裤子,条纹衬衫,还有一条领带,就像别的男孩一样。除了大热天之外,那位索耶太太坚持要他们打领带。"

"他在校舍最好的朋友是谁?"

"并没有特别要好的,不过有时放学后他会跟住在火丘山上的迪西家的孩子一起玩。"

"我明白了。"我又检查了一次她的脉搏，然后起身离开，"你别紧张，贝尔蒙特太太，我们会替你把汤米找回来的。我向你保证。"我离开了贝尔蒙特家的农场，在回去的路上不中断地开了半个小时，直到我发现了蒂利先生的马车。蒂利是个沿街叫卖的小贩，为很多人所熟知。他卖的是家庭日用品和孩子们吃的糖果，还会替那些丈夫忙着下田的农家主妇做点修理的工作。他那辆马车侧面只写了他的名字——蒂利，但是每个人都知道他卖的东西有哪些。当然，把所有商品全列出来的话，马车侧面也写不下。

蒂利有一个儿子，和汤米·贝尔蒙特差不多大，不过从来没有人听说过蒂利太太的事。我开车赶上那辆马车时，还能看到蒂利的儿子坐在旁边的座位上。他看到我停车了，就跳了下来，跑过来看我的黄色利箭敞篷车，所有的男孩都喜欢这样。

"晚上好，蒂利先生。"我大声叫道，一面往马车走去。天其实还没黑，但在诺斯蒙特镇只要一过六点钟，就算是晚上了。"今天还好吧？"

"差不多，"小贩说道，从他的座位上爬了下来，"每年的这时候，日子差不多就是一个样子。"

"你听说贝尔蒙特家孩子的事了吗？"

他点了点头。"我刚去过火丘山，迪西太太告诉我的。对这个小镇来说，这真是件可怕的事。毕竟人们到这里来，就是为了躲避大城市的犯罪。"

"你的孩子跟汤米·贝尔蒙特是同学，对吧？"

"没错，"小贩挠了挠他那长了一天的胡子，"弗兰克，过来跟这个人说说话。你今天在汤米·贝尔蒙特失踪前见过他吗？"

"当然见过了，你也看到他了呀，他在午餐时间还到马车这里来买了点糖果。"

"我现在想起来了。红头发的小男孩。在人群里很显眼的。"

我转身问弗兰克·蒂利："班上还有别的红头发同学吗？"

"没有和汤米一样的，他的头发红得像消防车。"

"他向你买了点糖果？"我问蒂利。

"没错。"

"然后呢？"

"他和弗兰克跑回山上。我看着他们，直到他们开始荡秋千，然后我就叫老黛西动身了。"

"所以他失踪的时候你不在那里。"

"不在，我早就走了。"

"你有没有在路上看到别的人呢？或者是另一部马车？"

"一个人也没有。"

"蒂利先生，我和老师索耶太太谈过。她说汤米先是在荡秋千，然后就不见了。她说他不可能去了什么她看不到的地方。"小贩耸了耸肩。"也许他去了外屋。"

"她找过那里。她所有的地方都找遍了。要是他跑下山的话，她会看到的。她很肯定。"

"好吧，他肯定不是被飞机绑架的。"

"不错。"我同意道。我在暮色中望着在火丘山上的房子，想到伦斯警长和他要突击莱奥塔尔家的计划。突然间，我有了个主意。"蒂利先生，你有没有拜访过住在上面的那位隐士？"

"我好几个月没见到他了。我觉得他大概不住那里了吧。"

"我们能不能一起上去看一眼？"

"现在?"

"现在。"

我爬上蒂利先生旁边的座位,小弗兰克打开后面的车门爬了进去。我的车停在那里很安全,而且我知道坐蒂利的马车上火丘山比较不会引起注意。

等我们到达那位隐士的家时,天已经黑了。蒂利摇着铃铛喊道:"家用品,糖果,锅碗瓢盆,磨刀,修理门窗、电器!"

最后一项似乎是不必要的,因为没有电线接入隐士的家。隐士有个名字——老乔希,但几乎没人这样称呼他。他只是诺斯蒙特镇的隐士,据说他可能是美西战争的逃兵,一直躲到现在。

我跑到蒂利先生马车的另一边,藏在高高的草丛中。我可不想被某扇窗户里伸出来的猎枪打上一枪,无论开枪者是隐士还是我认为可能在那里的绑架者。我小心地绕到后门,很意外地发现它没有上锁。我慢慢地推开门,用手撑地跪着爬了进去。一股恶臭扑鼻而来,但一点声音也没有。

暮色不足以让我看清周围的路,我迅速站起来,穿过几个散落着破旧家具、肮脏盘子和满布灰尘的报纸的房间。我捡起的一张报纸是一年多以前的,看来这位火丘山上的隐士最近都没有访客上门。

我打开通往地下室台阶的门,这下真闻到了那股恶臭。我当医生的时间够长了,可以闻出那是一具早已死去的尸体的臭味。老乔希皱巴巴地躺在台阶下面,他是几个月前从台阶上摔下去死在那里的。这里没有绑匪,只有一个孤独死去的独居老人。

在外面,蒂利又开始摇铃了——好像是在叫我。我走了出去,而他跑了过来。"莱奥塔尔家出事了。我好像听到了一声枪响。"

"留在这里，"我对他说，"我去看看。"

穿过田野到莱奥塔尔家只有很短的距离，在我走到一半的时候，我已经可以看到警长的车停在满是车辙的车道上。那里发生了一些骚乱，还有很多人在叫喊，但伦斯警长似乎已经控制了整个局面。他站在车灯的亮光中，拿着一把长管左轮手枪直指马塞尔·莱奥塔尔。这个年轻的法裔加拿大人双手高举过头，站在那里。

"你好，萨姆医生，"警长向我招呼道，"你来得正是时候。"

"你找到那个孩子了吗？"

"没有。但我的手下还在搜查，他一定是在这里的什么地方。我们已经找到几箱私酿威士忌。"

莱奥塔尔想把手放下来。"太侮辱人了！我根本不知道什么绑架案，我甚至不知道那个孩子失踪了！"

"绑匪用的是你的电话。"警长告诉他。

"不可能！"

"那我们开车上来的时候，你为什么朝我们开枪呢？"

"我——我以为是什么人要来偷酒。"

一名警长从谷仓里出来，提着一盏亮着的提灯。"那里什么也没有，警长，除了一些铜管和大桶。看来他有时候会自己酿点酒。"

莱奥塔尔往前走了一步，伦斯用枪管戳了他一下。"如果你不想送死的话，就站着不要动！我们要把你带到镇上去审问。"

警长的手下给他戴上手铐的时候，我把我在隐士家的发现告诉了伦斯。"你认为有人杀了他？"警长问道。

"没有这种迹象。像他那个年纪的人可能是因为头晕而从台阶上跌了下去，然后他就爬不起来了。那样的死法真不好受，孤零零的一个人。"

"你到那里去干什么？"

"如果是莱奥塔尔家的话未免太明显了，所以我想绑匪可能是在附近的什么地方偷偷接入了莱奥塔尔家的电话线。隐士住的地方看起来最有可能，可是我错了。"

伦斯警长哼了一声。"还有什么好想法吗？"

"有一个。"

"什么？"

"也许负责接线总机的吉尼在说那个电话的来源时说了谎。"

伦斯警长派了几个手下去了隐士的家，而我则取回我的车，跟在他后面，跟随他把莱奥塔尔带到了镇上。警长把莱奥塔尔关进了一间牢房并承诺很快就会回来，然后我们两个沿着街区走到了那栋木造的电话总机房去找正在值班的吉尼。

她是那种粗壮的中年妇女，嗓门很大，啤酒喝得太多。我喜欢她，她也不时会来找我看病，可是现在我却不得不把她当作嫌疑人。"我们得弄清楚那个电话，吉尼，"我说，"它不是从莱奥塔尔家拨出的。"

"肯定是从那里拨出的！"她很不高兴地回答道。

"我不是说你撒谎，警长也没这意思，但也许你弄错了。"

"没有错，就是从莱奥塔尔家拨出的。你看，灯又亮了！"

我惊诧地看着总机，一个小小的红灯在莱奥塔尔这个名字的上方亮着。"接吧。"

她把插头插上。我拿起耳机。还是那个刺耳的声音。"给我接贝尔蒙特家。"

"稍等。"吉尼说道,她的手颤抖着把电话接过去。

我仅仅只能听到绑匪的呼吸声,然后赫布·贝尔蒙特接了电话:"喂?"

"五万美金准备好了吗?"

"好了,我准备好了。汤米没事吧?让我跟他说话。"

"我希望伦斯警长不要再进行突击检查,否则你的儿子就会死。明白了吗?"

"嗯。"

"把那五万美金——钞票上不许做记号——放在一个旅行袋或小手提箱里。我要那个叫萨姆·霍桑的医生在今晚午夜时分把钱送过来。他要独自到红色校舍,然后把钱放在门口才可以开车离开。要是有任何人阻拦,你的儿子就会死,明白了吗?"

"嗯。但他还好吗?"

绑匪没有回答就挂断了电话。刚刚伦斯警长也一直在听。他看着我说:"你中选了,医生。"但此时此刻我更想知道是谁打的这个电话,以及是从哪里拨出的。"吉尼,这些名牌有没可能被调换过?这可能是别人的线路吗?"

"不,这就是莱奥塔尔家的电话。火丘山上唯一的其他电话在迪西家。"

我想起了罗伯特·迪西,我不该把他忘了那么久。"迪西家……"

"你想上去看看吗?"伦斯警长问道。

"我们最好还是先去贝尔蒙特的农场,告诉他们发生了什么。"

我们到达的时候,发现孩子们的老师索耶太太也加入了贝尔蒙特家的焦虑圈。我可以看出她正试图安慰失踪孩子的母亲,但她自己也很难过。

"我认为自己有责任,"索耶太太说,"那里出了事我却没看见,没注意到。绑匪不知怎么就把他抓走了。"

"你不要责怪自己。"我说。

"但我就是觉得自己有责任!"

"好好想一下,"我说,"在你看到汤米在秋千上的最后几分钟里所发生的事情。你有没有什么还没有告诉我?"

"没有。"

"他当时在看着你吗?"

"没有,他面对着另一边。"

"学校下面是不是有他可以躲藏的地下室?"

"没有。"

"附近有孩子会去玩的山洞吗?"

"没有那一类的东西,萨姆医生,完全没有!"

"但绑匪希望我把钱送回到学校去。他一定有能取钱的方法。"

在我们谈话的时候,赫布·贝尔蒙特一直忙着把成捆的钞票放进一个黑色的旅行袋里。"我差不多快好了,萨姆医生。"

"现在才十点,我们还有两个小时呢。"

"你有别的想法吗?"伦斯警长问道。

"只有一个,迪西家。"

我像那天下午一样开车上了火丘山,把车停在迪西太太的农舍门前。她听到车声,就走到门口来看是谁来了。

"哦,萨姆医生!我没想到你今晚又来了。"

"罗伯特怎么样了?他睡了没有?"

"我让他上床了,可是他还醒着。"

"如果可以的话，我想再看看他。"

"萨姆医生，你觉得他是不是——嗯，在胡思乱想着什么？"

"我们会知道的。"我跟着她来到一楼后面的小卧室里。我们一进门，罗伯特就从床上坐了起来。

"怎么了？"他问道。

"不过是萨姆医生又来了，亲爱的，他想看看你的感觉如何。"

"让我和他单独待会儿。"我建议道。她回到了客厅里。

"我真的病了吗，萨姆医生？"男孩问道。

"有些事你一定要告诉我。"

"我睡不着。"

"也许如果你把看到的事告诉我——"

"不要！"

"你之前说是关于汤米·贝尔蒙特的，但那时你不可能知道他被绑架了。汤米的什么事让你如此惊慌？"

他把脸转向枕头。"没什么。"

"你看到他失踪了吗？"

"没有。"

"嗯，那是什么？"

"我妈总说我胡思乱想，她说要是我一直胡思乱想，我就会和我爸一样被送进精神病院。"

"所以你才不肯把你看到的事告诉别人？"

他点了点头，晃动的脑袋被窗外流泻进来的月光照着。我拉过他的手，紧紧握住。"我可以向你保证，没有人会因为你把看到的事告诉我而把你送走，罗伯特。你相信我，是吧？"

"我想是吧，萨姆医生。"

"那就告诉我，你看到汤米失踪了吗？"

"如果我告诉你，你一定不会相信的。"

"无论如何要试试。"

我感到他的手在我手里握紧了。"你知道，萨姆医生，根本不是汤米失踪了，而是我看到了两个他。"

"两个他？"我重复道。

"你相信我吗，萨姆医生？"

"我相信你，罗伯特。"

午夜前十分钟，我把利箭停在了山脚下，从旁边的座位上拿起了那个旅行袋。在黑暗中，我只能依稀看到前面那红色小校舍的轮廓。就连月亮也躲在云层后面，我不敢冒险使用我带在车上的提灯。

当我走到那个单间校舍门口把旅行袋放下时，附近似乎一个人也没有。我只犹豫了一下，便回头往山下走去。这正是这件事要注意的地方，因为我的行动稍有不慎就会危及一个孩子的生命。

我上了车，发动引擎。"怎么样？"伦斯警长低声问道。他蹲着半趴在我旁边的座位上。

"没有人的踪影。"

"他一定会来的，他不会让那五万美金就这样放在那里。"

然后我看到了，山上有了动静。月亮从云层后面爬了出来，让大地笼罩在奇异的苍白之中。"是个孩子。"我说。

伦斯在我身边坐了起来，掏出手枪。"该死的，这不是贝尔蒙特的孩子吗？他们派他来收取自己的赎金！"

"去追他，警长，不过要小心。"

他跳出车子。"那你呢?"

"我还有更重要的事。"我加速让利箭冲出去,在土路上颠簸着绕了一个大弯。

在我前面,被我的车灯锁定了的,正是我期待会看到的东西。在一棵遮天蔽日的柳树下,藏着蒂利先生的马车。蒂利本人听到了我的车在靠近,就从马车上跳了下来,用一支猎枪瞄准了我。

我把油门踩到底,直朝他冲过去。猎枪的枪声在我面前响起,打碎了我右边的挡风玻璃。但紧接着我的车就撞上了他,把他压得紧贴在他的马车上。

我跳下车来,在他重新装弹前将猎枪夺了过来。

"该死!"他尖叫道,"你差点用车把我撞死了!我的腿——"

"闭嘴,你还活着就该高兴了。我会治好你的腿伤。"

这时,伦斯警长从山上走了下来,一只手紧紧抓住一个红头发小孩,另一只手提着旅行袋。"这个不是贝尔蒙特的孩子!"他喊道。

"我知道,"我告诉他,"是蒂利的儿子弗兰克,戴了顶鲜红色的假发。除非我弄错了,否则我们会发现汤米·贝尔蒙特被绑在这辆马车里。"

回到贝尔蒙特的农场时,已经是凌晨一点钟了,但对在那里的人来说,却和正午没什么两样。汤米确实是在马车里,被绳子绑着,塞住了嘴,还吃了安眠药。他仍然昏昏沉沉,不过我知道他会恢复的。

他的父亲和伦斯警长还有索耶太太都有好多问题。最后我只能高举双手,请他们安静下来。"现在冷静下来,我从头告诉你们整个事情的经过。"

"我想知道他是如何从校舍的操场失踪的，"索耶太太说，"否则我会疯掉的。"

"汤米其实在你注意到他不在秋千上的十分钟前就被绑架了。他是在和其他孩子下山到蒂利先生的马车那里买糖果的时候被绑架的。蒂利用一块下了药的糖让他陷入昏迷，再将他藏在马车里。然后蒂利的儿子弗兰克假装是他，戴上一顶红色假发，在脸上画了一些雀斑。"

"这些事都没人看到吗？"

"迪西太太的儿子罗伯特看到了，但他不敢告诉别人有两个汤米·贝尔蒙特在马车里。假的汤米跑上山去，开始荡秋千，而真的汤米则在蒂利的马车里被带走了。"

"可是在秋千上的是汤米呀！"索耶太太坚持说道。

我摇了摇头。"那是个穿得差不多和其他男孩一样的孩子，有一头鲜红的头发。你只看到头发，没有看到脸。汤米是你唯一有鲜红头发的学生，所以你认为你看到的就是汤米。但你应该早就发现有问题的。我先前和你谈话的时候，你告诉我你从来没看到汤米把秋千荡得那么高过。为什么呢？因为那根本不是汤米。"

"但他是怎么消失的呢？"

"以最简单的方式。在你转过头去叫孩子们回教室的时候，弗兰克·蒂利确定没有人在看他，就脱下假发，把它塞在衣服底下，也许还用手帕擦掉了他画的雀斑。"

"好吧，"伦斯警长认可道，"可那些电话是怎么回事？"

"蒂利懂得修理电器，记得吧？他也懂电话。他在莱奥塔尔家附近偷接线路来打电话。他一直在他的马车里做这些事，而汤米就被绑着，堵住嘴，下了药，困在马车后面。当他需要一个男孩对着电话喊叫时，他就用他的儿子来假装汤米。"

"你怎么知道是蒂利干的？"伦斯问道。

"每次勒索电话打来的时候，他的马车都在火丘山附近。当他说他看到汤米和他的儿子跑回校舍所在的山上并开始一起荡秋千的时候，我就开始怀疑了。索耶太太已经告诉我是汤米一个人在荡秋千，在这种事情上她没有理由说谎。一旦我确定汤米被绑架的时间肯定比她意识到的早之后，蒂利就是唯一的嫌疑人了。没有其他人在午餐时间接近过学校，也没有其他人有马车可以把孩子运走。整个神秘失踪事件只是一个诡计，目的是伪造绑架的时间，让我们不会想到是蒂利，这样蒂利犯罪的可能性就会被排除。"

"他想怎么脱身呢？"

"他的勒索电话是通过偷接别人的电话线打来的，他以为我们在他拿到钱之前会到处搜查，这样他就可以在汤米把事情发生的经过告诉我们之前逃之夭夭。"我没有提蒂利计划中把汤米杀人灭口的可能性。

"蒂利的儿子会怎么样？"赫布·贝尔蒙特问道。

"那就要由法院来决定了。"我回答道。

"他们在邻镇为蒂利的儿子找到了一个寄养家庭，让他有了正常的家庭生活，成长很顺利。他的父亲因为在洛布和莱奥波德绑架案后不久犯案，所以被判了很长的刑期，后来死在狱中。

"我以为一九二五年有那两起罪案就已经够了，可是我错了，下次你来的时候——走之前要不要再来点……啊……小酒？我会给你讲发生在镇上教堂里的怪事，而且还是在圣诞节那天！"

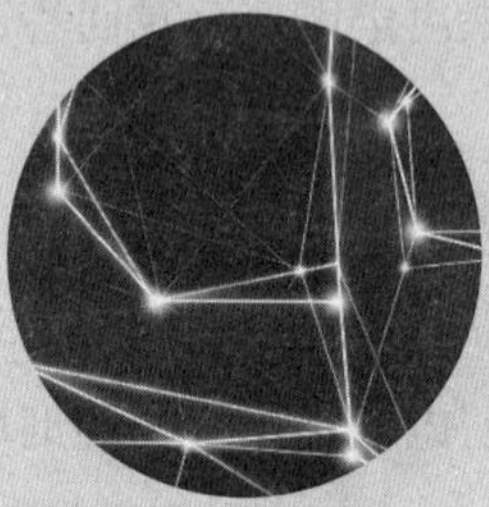

07 圣诞节的教堂

"就像我上回说的，"萨姆·霍桑医生一面说，一面从架子的最高层拿下一瓶白兰地，"一九二五年是个糟糕的年份，谋杀和其他暴力犯罪频频发生。其中最糟糕的一次发生在圣诞节，也就是一年就快过去的时候。来，让我先给你斟上一点……啊……小酒，再开始……"

自从小汤米·贝尔蒙特遭到绑架又被解救后，诺斯蒙特镇度过了一个平静的秋天。事实上，镇上最大的新闻就是中溪那边的新福特汽车经销商除了销售传统的黑色汽车外，不久就要开始出售墨绿色和栗色的汽车了。

"你看，萨姆医生，"我的护士阿普丽尔说，"你很快就不会是这一带唯一有黄色汽车的人了。"

"墨绿色和栗色与黄色还差得远呢。"我提醒她说。拿我那辆一九二一年出厂的利箭敞篷车开玩笑，是她最喜欢做的事。我到诺斯蒙特镇的第一个冬天，曾把敞篷车架在大木块上，赶着马车去出诊，但现在我比较大胆，只要路上没有积雪，我就会开车出去。

这一天，距离圣诞节还有两周，阿普丽尔和我开车去镇郊的一个小吉卜赛营地看诊。新英格兰还没像往常一样迎来寒冬，除了光秃秃的树枝，感觉像是还处于凉爽的九月的下午。

吉卜赛人那边就不一样了，他们的营地并不怎么令人愉快。他们大约是一个月前驾着六七辆马车来的，在老哈斯金斯农场一块闲置草地上搭起了帐篷。明妮·哈斯金斯是个寡妇，已经七十多岁了。她允许他们住在那里，可是伦斯警长和镇上的一些人却很不高兴。有几次，吉卜赛人到杂货店买东西的时候，都受到了很不友善的对待。

我曾经去过他们的营地一次，为一个生病的孩子看诊，我觉得是时候再去看看了。我知道得到报酬的机会不大，除非我愿意让一个吉卜赛女人替我算命来抵账，但我还是觉得那是我该做的事。

"你看，萨姆医生！"阿普丽尔在我们可以看到那些吉卜赛人的马车时说，"那不是维格尔牧师的马车吗？"

"看起来的确很像。"发现维格尔牧师来拜访吉卜赛人并不令我感到意外。自从去年春天作为第一任新英格兰教堂的牧师来到镇上，他一直是个备受争议的人物。他重新开放了镇中心的旧浸信会教堂，并宣布在那里定期举行礼拜。他看起来是个好人，过着简朴的生活，有问题都能找到最简单的解决方法——这正是很多人不喜欢他的原因。新英格兰人其实跟一般人有很多不同的观念，并不是很单纯。

"早呀，萨姆医生！"他看到我们的车开过来时叫道。他正站在一辆吉卜赛人的马车边，和几个黑头发的孩子说话。"早上好，阿普丽尔。什么风把两位吹到这里来了？"

"前不久我来给一个孩子看过病，现在该来看看他恢复得怎么样了。"我从车上取下我的包，朝他们走去。我已经认出我的病人泰内，他正是和牧师在一起的孩子之一。"你好，泰内，你还好吗？"

他只有十一二岁，面对像我这样的非吉卜赛人会表现得很腼腆。"我很好。"他终于开口了。

"他就是那个生病的孩子吗？"维格尔牧师问道。

我点了点头。"喉咙发炎，不过好像已经好了。"

这时，泰内的父亲出现在马车的侧面。他是个阴郁的男人，留着黑胡子，头发触及耳顶，露出小小的金耳环。虽然维格尔牧师的身材和他差不多，两个人看起来都是三十几岁，但他们却大不相同。除了手臂的旧伤使得右手无力外，卡兰萨·洛瓦拉是个充满力量和活力的人。相比之下，维格尔给人的印象是身体虚弱，前面的头发已经很稀疏，还戴着厚厚的眼镜来校正他很差的视力。

"你又来了，医生？"泰内的父亲问道。

"对，卡兰萨，我又来了。"

他点了点头，然后看了阿普丽尔一眼。"这是你太太？"

"不是，是我的护士，阿普丽尔。这位是卡兰萨·洛瓦拉，他是这群吉卜赛人的首领。"

阿普丽尔向前走了一步，睁大了眼睛，和他握了握手。"幸会。"

"我正想帮这些人安顿下来过冬，"维格尔牧师解释道，"这几辆马车不是能住二十个人的好地方。这两顶帐篷也好不到哪里去。"

"我们以前也经历过冬天。"卡兰萨·洛瓦拉说。他的英语说得很好，但带着不知是哪里的口音，我猜是欧洲中部吧。

"但不是在新英格兰，"牧师转向我，解释道，"他们是从南方过来的，跟大多数吉卜赛人一样。我以前在其他地方和他们接触过。几百年前，西班牙把吉卜赛人放逐到拉丁美洲，从那时候开始，他们就一直慢慢北移。"

"是这样吗？"我问洛瓦拉，"你们是从拉丁美洲来的？"

"很久很久以前。"他回答道。

我回头看了我的车一眼，碰巧看到一个身穿长裙、打着赤脚的吉卜赛女人。她正专注地看着我的车。我上次来的时候也见到过她，我猜她是洛瓦拉的妻子或情人。"她是你家的人吗？"我问道。

"过来，伏尔加。"那个女人迅速走了过来，我发现她其实比我原先以为的要年轻得多。当然，不是孩子，可也才二十出头。她比大部分吉卜赛女人漂亮，颧骨很高，一对微翘的眼睛，似乎有东方人的血统。我将她介绍给阿普丽尔，然后她们就一起去别的马车参观了。

"她是我妻子。"洛瓦拉解释道。

"泰内的妈妈？"

"是的。"

"她好像很年轻。"

"吉卜赛女人通常在很年轻的时候就嫁了，这是习俗。有机会你应该来参加一次吉卜赛婚礼，看看新郎怎么抢亲，跟你们的基督教婚礼不一样呢，牧师。"

"我想是不一样，"维格尔牧师冷冷地回答道，"但是，只有在你到我的教堂里对我表达敬意后，我才会去参加吉卜赛婚礼。"

那个吉卜赛人摇了摇头。"你们镇上的人不喜欢我们。"

"他们如果看到你参加基督教礼拜，也许就会喜欢你们。"

洛瓦拉耸了耸肩。"我们没有宗教信仰，去你的教堂和去别的地方也没什么两样。"

"那就来吧，圣诞节那天。还有两个星期就到了。你认识了那些人，对他们很友善，说不定就可以弄到一个旧谷仓过冬。"

"谷仓会比我们的帐篷暖和吗？我看不见得。"

"反正来吧，"牧师恳求道，"你不会后悔的。"

那个吉卜赛人点了点头。"我会跟其他人说说看，我想你在两个星期后会看到我们的。"

维格尔牧师陪我走回我的敞篷车。"我想他们圣诞节早上出现的话，对镇上的人会有好的影响。没有人会在圣诞节恨一个基督徒同伴。"

"有些人说他们是乞丐和小偷。那些女人只会算命，别的方面一无是处。"

"他们是人，和我们一样有灵魂。"维格尔牧师提醒我说。

"我同意，只是你还需要说服你那几百个同胞。"我不必提醒他，他目前在诺斯蒙特镇并不受欢迎。

阿普丽尔参观完其他马车回来了，我们挥手向维格尔牧师道别，开车离去。"他真的在努力帮那些人的忙，"她说，"那个伏尔加对牧师的评价很高呢。"

"她是洛瓦拉的妻子，结婚时年纪想必很小。我给她儿子治病，却从来不知道她是孩子的母亲。"

"有辆马车里的老妇人会算命。"阿普丽尔说着咯咯地笑了起来。

"她替你算命了吗？"

143

阿普丽尔点了点头。"说我很快就要结婚了。"

"太好了。"阿普丽尔比我要大几岁，已经三十好几了，而且不是镇上最漂亮的女人。我想那位吉卜赛老妇人对人性有很深的了解。

圣诞节早上飘着雪花，从街上远远望去，维格尔牧师的教堂看起来就像印在贺卡上的一样。我自己并不是常去教堂的人，可这次决定去露个面。去年圣诞节，我一整天都在为一个农妇接生，到教堂去坐上一个小时不会比那件事更难。

维格尔牧师站在教堂门外，招呼所有来的人。因为天冷下雪，他穿了很厚的衣服。我向他挥了挥手，停下来和诺斯蒙特镇两家杂货店之一的老板尤斯塔斯·凯里聊天。"你好吗，医生？祝你圣诞快乐。"

"你也一样，尤斯塔斯。天气不错，是个银色圣诞，但没有过分白。"

"有人说那些吉卜赛人要来参加礼拜。你听说了吗？"

"没有，不过再怎么说，今天是圣诞节，他们来教堂也没什么不好。"

尤斯塔斯轻蔑地说："不好的是，他们根本就不该在这里。我想他们是对老明妮施了魔法才骗得她答应让他们在她的地上扎营。你知道，那些吉卜赛女人很会作法的。"

我正准备回答，正在等待的教徒中发出一阵喧哗。一辆挤满了吉卜赛人的马车从街道中间直走了过来。"看来他们已经到了。"我对凯里说。

这样看来，显然维格尔牧师站在雪地里等的就是这一刻。他急忙走向马车，热情地招呼洛瓦拉和其他吉卜赛人。看起来好像所有吉卜赛人都来了，甚至包括孩子。他们和牧师握过手后，便排队进入教堂了。

"我不喜欢他们，"凯里在我身后说，"他们的样子很怪，气味很怪，名字也很怪。"

"哦，这我就不知道了，尤斯塔斯。"

我们跟在吉卜赛人后面进了教堂，在前面的一张椅子上坐下。我四下寻找阿普丽尔，然后才想起她去了镇另一头的天主教堂。

等了一会儿，维格尔牧师穿着传统的黑色长袍和白色法衣走了出来。他手里拿着一本《圣经》，登上讲坛，开始宣讲。"首先，我想祝愿我们教区的每一位会众——我觉得大家都是我们教区的会众——都能过一个最快乐的圣诞节和最幸福的新年。我认为一九二六年是充满希望的一年，是建设我们精神生活的一年。"

我从来就不是一个喜欢听布道会的人，便将目光游移到了前面那两排吉卜赛人的身上。他们也觉得布道会很无聊，但他们掩饰得很好。坐在他们正后方，对这事不怎么高兴的，是允许他们使用她的土地的老明妮·哈斯金斯。

等维格尔牧师结束布道会和祷告仪式，我们也唱完必不可少的圣诞赞美诗后，我到教堂后方找到了明妮·哈斯金斯。她虽然那么老了，却还是个活泼的小个子女人，行动非常敏捷。"你好，萨姆医生，"她向我招呼道，"圣诞快乐！"

"祝你圣诞快乐，明妮，腿还好吗？"

"好得不得了，"她踢了一下腿给我看，"一点点风湿痛对我来说可算不了什么！"然后她在别人离开时把我拉到一边，低声地说："这些吉卜赛人跑到这里来干什么呀，医生？单是让他们住在我的农场，就已经让我惹上够多麻烦了。现在他们还上教堂来！"

"今天是圣诞节呀，明妮。我觉得在圣诞节这天，他们在教堂应该受到欢迎。"

"嗯，我告诉你，很多人都对维格尔牧师邀请他们感到不满。"

"除了尤斯塔斯·凯里外，我还没听到什么人抱怨。"

"嗯，除了他还有别人。"

这时候凯里走了过来，还在喋喋不休。"等我把牧师叫来，我就去给他点颜色看看。教堂里坐满吉卜赛人已经够糟的了，他还让他们坐在前面。"

"他们现在到哪里去了？"我问道。

"你相信吗？他还带他们上钟楼看风景呢。"

我跟着他们走到外面的人行道上，在飘舞的雪花中抬头看那高耸入云的教堂钟楼尖塔。尽管四面白墙上都有窗户，但从它还是浸信会教堂的时候开始，钟楼上就从来没敲响钟过。浸信会教徒把钟带到他们在格罗夫兰建造的新教堂去了，而维格尔牧师还没筹到足够的钱来买新的钟。

在我们的注视下，吉卜赛人开始从教堂出来，回到他们的马车上。"他们不会读，也不会写。你知道的，"凯里说，"吉卜赛人什么都不会。"

"可能是因为没有人教过他们吧，"我回答说，"让像泰内那样的孩子去上学会很有帮助的。"

"哼，"凯里说，"我还是要跟牧师谈谈这件事，等我逮到他一个人的时候就说。"

我四下寻找明妮，可是她已经走了，消失在了飞舞的雪花中。现在，大片的雪花在风中飞舞，我们几乎连对街都看不清楚了。我能感到雪花冷冷地落在我的脸上，挂在我的睫毛上，该是回家的时候了。就在这时,伏尔加·洛瓦拉从教堂里出来,上了马车。驾车的一拉缰绳,他们就动身走了。

"我现在要去见牧师了。"凯里说。

"等一下。"我说。我也许弄错了,但我好像没看到卡兰萨·洛瓦拉离开教堂,他很可能留了下来在和维格尔牧师说话。

"去他的,"凯里做了决定,他的帽子和大衣上全是大片的雪花,"我要回去了。"

"再见,尤斯塔斯,祝你们全家圣诞快乐。"我这样说,是为了避免很明显地提到他太太没有陪他来参加圣诞礼拜的事。

我觉得我没有再等下去的必要了。当凯里消失在雪地里时,我开始往相反的方向走去,却碰上了伦斯警长。"你好,萨姆医生,刚从教堂出来?"

"正是。好一个雪花飘飘的圣诞节,是吧?"

"有新雪橇的孩子可高兴了。见到维格尔牧师了吗?"

"他在教堂里。怎么了?"

"有件很滑稽的事,我来告诉你。"可是他还没来得及说什么,维格尔牧师那熟悉的身影就出现在了教堂门口,仍然穿着黑色长袍,但是没穿白色法衣。在那一瞬间,他那厚重的眼镜上好像有道光反射了出来。"维格尔牧师!"警长叫道,开始穿过雪地向教堂的台阶走去。

维格尔转身走进教堂,撞到了门柱上,就好像伦斯警长突然把他吓坏了似的。警长和我一起赶到教堂后面,正好看见维格尔的黑色长袍消失在了通往钟楼的楼梯上。

"该死!"伦斯生气地说,"他还把门关上了。他在躲我们吗?"

我试着打开钟楼的门,但门从里面闩上了。"他往上面走是没法躲开我们的。上面没有别的路出去。"

"让我来看看那扇门。"

这是一座古老的教堂，伦斯警长用力一拉，门闩周围的木头就裂开了。再用力一拉，门就开了。

伦斯带头上了木楼梯。"我们要上来了，牧师！"他大声叫道。

上面没有回应。

我们到了钟楼，推开头顶上的活板门。我首先看到的是维格尔牧师，他躺在几英尺外的地板上，脸朝上仰卧着，一把镶了宝石的吉卜赛匕首插在他的胸口上。

"我的天哪！"伦斯警长叫道，"他被人杀了！"

从推开的活板门那里，我可以看到整座空荡荡的钟楼。四周雪花飞舞，没有别的活人跟我们一起待在上面。

但是，紧接着就有件事让我转过身来，看向打开的活板门后面。

卡兰萨·洛瓦拉蹲在那里，脸上露出了纯粹的恐惧表情。

"我没有杀他，"他叫道，"你们一定要相信我——我没有杀他！"

这真是我见过的最要命的密室谜案，因为根本无"室"可言。这里四面都是开放的，怎么能叫密室呢？此外，如果有明显的凶手就在尸体和凶器旁边，又怎么能称为谜案呢？

然而——

首先，我多介绍一些那座钟楼的情况。因为那是我第一次上去，有些地方从地面看并不是那么清楚。钟已经不在了，没错，不过原先挂钟的木架还在原处。地板上还有一个圆洞，直径大约四英寸，用来敲钟的粗绳就是从这里穿过去的。

但是，维格尔牧师的钟楼最让我想不到的地方是，四扇空窗前都盖着铁丝网，就像是鸡笼，铁丝之间大约有几英寸的间隔。因为那显然不是为了防止苍蝇进来，所以我花了点时间才弄明白它的用途。

"防鸟，"伦斯警长注意到我的困惑，便解释道，"他不想让鸟在这里筑巢。"

我哼了一声。"这铁丝好细，从街上根本就看不见。"维格尔的尸体被搬走了，吉卜赛人也被逮捕了，可是我们还留在那里，透过铁丝网望向下面的街道。"消息已经传开来了，"伦斯说，"你看看，那么多人。"

"比来做礼拜的还多。我想，这说明了群众是怎么回事。"

"你认为是吉卜赛人干的吗，医生？"

"还有谁呢？只有他一个人和维格尔在上面。"

伦斯警长抓了抓他稀疏的头发。"可是为什么要杀维格尔呢？天晓得，维格尔可是他们的朋友呀！"

有声音从底下传来，尤斯塔斯·凯里从打开的活板门里钻了出来。"我刚听说了牧师的事，"他说，"发生了什么？"

"维格尔牧师带那些吉卜赛人到钟楼看风景，然后除了洛瓦拉外，其他人全下去了。我猜洛瓦拉一定是躲在这里了。我们看到了维格尔牧师在前门目送吉卜赛人离开。我当时想跟他说话，但他好像要躲开我们似的跑了，而且把通向钟楼的门闩上了。等萨姆医生和我赶到这里的时候，他已经死了，胸口插着吉卜赛人的刀。"

"上面没有其他人？"

"一个也没有。"

凯里走到钟楼的西侧，那里的地板上有积雪。"这里有脚印。"

"他带了好多吉卜赛人上来，脚印并不意味着什么。"伦斯警长走到打开的活板门那边。

我突然想起一件事。"警长，我们两个都认为维格尔是在躲避你，你当时急着找他有什么事呢？"

伦斯警长哼了一声。"现在他都死了，也就没关系了。"他回答道，然后往楼下走。

第二天早上来到诊所，我惊讶地发现阿普丽尔在等我。那天是星期六，我跟她说过她不必上班的。我之所以过来只是为了取邮件，确定没有人留信给我。大部分病人在周末需要找我的话，都会打电话到我家里，但我总怕出现什么紧急状况。

可是这回的紧急状况却不是我想象的那种。"萨姆医生，那个吉卜赛女人伏尔加在里面。她今天一大早就来找我，她对她丈夫被逮捕感到很难过。你能不能和她谈谈？"

"我看看我能做什么。"

伏尔加在里面等着，脸上布满泪痕，双眼中尽是绝望。"哦，霍桑医生，你一定要帮帮他！我知道他是无辜的！他不可能那样杀死维格尔牧师的，牧师是我们的朋友。"

"镇静一点，"我握住她的手说，"我们会尽我们所能来帮他的。"

"你能去监狱吗？有人说会对他用私刑！"

"这里不可能发生那种事。"我坚持道。我回想起诺斯蒙特镇历史上的一个事件，在南北战争后，一个与吉卜赛女人同行的黑人被用私刑处死了。"反正，我会去找他谈谈。"

我把她留给阿普丽尔照料，穿过积雪的街道，走过三个街区来到镇监狱。伦斯警长在那里，还有一位不速之客——明妮·哈斯金斯。

"你好，明妮。对镇上来说，这不是一个愉快的圣诞节，对吧？"

"当然不是，萨姆医生。"

"你是来探监的吗？"

"我想知道他们什么时候离开我的土地。我今天早上去了他们的马车队，可他们只说卡兰萨是他们的领袖，要是卡兰萨没叫他们走，他们就不能走。"

"我以为你会允许他们留下呢。"

"嗯，那是在他们杀死维格尔牧师之前的事。"她的回答反映了镇上的民意。

"我想和那个囚犯谈谈。"我对伦斯警长说。

"这有点不合规矩。"

"好啦，警长。"

他做了个鬼脸，掏出牢房的钥匙。那个吉卜赛人瞪着双眼坐在铁床边上，看到我进去就站了起来，好像感觉来的是朋友。"医生，你是来放我出去的吗？"

"五分钟。"伦斯警长说着，把我和洛瓦拉关在那间牢房里。"卡兰萨，我之所以到这里来，是因为你的妻子伏尔加请求我来。但我如果要帮你的话，就必须知道昨天发生在钟楼里的一切。"

"我说的是实话，我没有杀维格尔牧师。"

"你到那里去做什么？为什么你不和伏尔加以及其他人一起离开？"

他把盖住耳朵的乌黑长发往后理了理。"这种事像你这种非吉卜赛人能理解吗？我之所以留下来，是因为我对牧师有一种亲近感，他把自己当作吉卜赛人，我想私下和他谈谈。"

"结果出了什么事?"

"他跟着其他人离开钟楼,下去了,站在门口看着他们离开。然后,他迅速走回楼上。我听到他把下面的那扇门闩上了,似乎怕有人跟着他。他从活板门上来的时候,我是背对着他的,没有看到是怎么回事,只听到一声深沉的叹息。我转过身来,正好看到他向后倒在地上。"

"你没有看到别的人?"

"没有别的人在呀。"

"他会不会早就被刺了一刀?"我问道,"在教堂下面的时候?"

"刀插在身上,他不可能爬那么高的楼梯,"洛瓦拉摇着头说,"那会让他很快就死掉。"

"那把刀呢?你承认那把镶了宝石的匕首是你的吗?"

他耸了耸肩。"是我的。我昨天把它藏在了我的大衣底下。可是礼拜结束之后,我在人群中被人推搡了一下,那把刀就被偷走了。"

"你自己都不知道?这很难让人相信。"

"可是,事实就是这样。"

"为什么有人想杀维格尔牧师呢?"我问道。

他对我笑了笑,双手一摊。"这样就可以怪罪在吉卜赛人身上。"他说,仿佛这是世界上最合逻辑的理由。

在我走回教堂的时候,雪停了。在我的口袋里,报纸整齐地包裹着那把杀死维格尔牧师的镶了宝石的匕首。警长已经放弃在镶着假红宝石又缠了绳子的刀柄上找到指纹的希望,并允许我将之借去做个实验。

我想到这把刀是可以从远处丢出或抛出的,而且它薄得能穿过防鸟的铁丝网。为了验证我的猜测，我走进了无人看守的教堂，再次爬上了尖顶上的钟楼。

但我错了。

不错，刀身勉强可以穿过铁丝网，但不论是从正面，还是别的角度，刀柄都无法穿过。它根本不可能从外面丢或抛进来。

这下又只可能是卡兰萨·洛瓦拉了。他是唯一可能的凶手。他说谎了吗？

想到伦斯警长和我发现他站在尸体旁边的那一刻，想到他满脸惊恐的表情，我总觉得他不会是凶手。

我回到楼下，在那几排座位四周走来走去，希望能灵光一现，发现些什么。最后，我把匕首塞回大衣口袋，走了出去。在我抄近路穿过积雪的侧院时，一样东西吸引了我的注意。那东西和雪一样白，半埋在雪里。

我把积雪拨开，看到那是一件白色法衣，和维格尔牧师做礼拜时穿的那件一样。上面有一块暗红色的印子，还有一道大约一英寸长的裂缝。

我手上拿着它，在那里站了一会儿，然后转身仰望矗立在我上方的教堂尖塔。

"我想我们得把那个吉卜赛人送到县监狱去。"伦斯警长在我回到监狱，把匕首小心地放回他桌上时说道。

"为什么呢，警长？"

"尤斯塔斯·凯里说有人说要用私刑。我知道他们不会那样做，但我不能冒险。这种事五十年前发生过，现在可能会再次发生。"

我在他对面坐了下来。"警长，有件事你一定得告诉我。那个人的生死恐怕都取决于此。你因为什么在圣诞节那天去找维格尔牧师，是什么不能等到节后再说的事吗？"

伦斯警长显得有些不安。"我跟你说过了，现在它不重要了。"

"但你难道不明白这事很重要吗？而且现在比之前更重要。"

警长站了起来，走到窗前。在广场对面，我们可以看到一小群人正望着监狱。这件事想必令他下定了决心。"也许你说得对，医生。反正，我也老得守不住秘密了。嗯，哈特福德警方送来一份报告，建议我调查一下维格尔牧师，好像他并不是真正的牧师。"

"什么？"

"他在哈特福德一带自称牧师过了两年，后来有人调查了他的背景，把他赶出了城。有人说他是在搞骗取财物的把戏，也有人认为他更感兴趣的是教区里的妇女。不管真相如何，总之这个人的背景大有问题。"

"你怎么不早告诉我这件事呢？"

"我不是说了嘛，这人现在已经死了，又何必抹黑他的人格呢？他在诺斯蒙特镇也没做过什么坏事。"

门开了，尤斯塔斯·凯里闯了进来，后面还跟着六七个本地的商人。"我们想谈谈，警长。到处都是难听的话。即使你能保证那个人的安全，也有人可能会去放火烧吉卜赛人的马车。"

这一刻，我知道我必须说话了。"等一下，"我说，"大家先冷静一下，我来告诉你们维格尔牧师究竟出了什么事。他不是被那个吉卜赛人杀死的，也不是被什么隐形的魔鬼杀死的，除非你把他自己心里的魔鬼算上。"

"你这话是什么意思？"凯里追问道。

我把刚从伦斯警长那里听来的事告诉他们。"你们明白了吗？这样你们都明白了吧？牧师站在教堂门口，看到我们朝他走去。看到警长过来，他吓坏了，他知道事情已经败露了。否则他为什么转身跑回教堂，爬上通向钟楼的楼梯，还把门从里面闩上呢？是恐惧让他爬到上面去的，他害怕面对伦斯警长和事情的真相。"

"可是，是谁杀了他呢？"

"当他听到我们上楼和门闩断裂的声音时，他知道他的假面具就要被揭开了。于是，他拿起吉卜赛人的匕首，刺进自己的胸膛。根本就没有什么隐形的凶手，也没有什么不可能犯罪，维格尔牧师是自杀而死的。"

当然，要说服他们相信这是唯一可能的解答，我还是花费了一番口舌。你看，我还得把卡兰萨从牢房里弄出来，证明他不可能用右手刺杀牧师，因为他的手臂有旧伤。而从伤口的角度看，刀是右手刺进去的，除非他刺向了自己。

"上面没有其他人，"我解释道，"既然卡兰萨·洛瓦拉没有杀他，那他就一定是自杀了，就这么简单。"

第二天早上，他们释放了洛瓦拉，伦斯警长用镇上唯一的警车把他送回了吉卜赛人的营地。我站在我诊所的门口，看着他们离去。阿普丽尔说："你能不能把门关上？医生，你这下又破了一件案子，还不能让那可怜的人好好回家去吗？"

"我还有一件一定要做的事，阿普丽尔，"我对她说，"回头见。"

我上了我的敞篷车，驶上布满车辙的街道朝明妮·哈斯金斯的农场开去。我没有将车停在她家的前面，而是继续绕到后面，直到吉卜赛人的营地。伏尔加看到我下车，便穿过雪地跑过来迎接我。

"霍桑医生,我们要怎样谢谢你呢?你救了我丈夫,使他免于入狱,甚至死亡!"

"现在去把他找来,我会告诉你们可以怎样谢我。"我站在车旁等着,不想再靠近马车那边。我看到小泰内在雪地里玩耍。这时卡兰萨到了我面前,伏尔加跟在他后面。

"我要谢谢你,"他说,"让我重获自由。"

我望着远方的雪地。"我也要谢谢你。你教会了我不同类型的欺骗方式——吉卜赛人和非吉卜赛人之间的欺骗。"

我一面说话,一面伸手扯住他的黑色长发。他的头发被我拽在手里,一旁的伏尔加倒吸了一口冷气。没有了假发,他几乎全秃,看起来至少老了十岁。我把他上唇的胡子也扯了下来,而他并没有阻拦我。

"好吧,医生,"他说,"是个小骗局。你会因为我戴了假发和假胡子而再把我抓起来吗?你是不是要说还是我杀了维格尔牧师呢?"

我摇了摇头。"不是,卡兰萨。不是你杀了维格尔,而是伏尔加杀了他。"

她又倒吸了一口冷气,像被我掴了一掌似的向后退了一步。"这个人是魔鬼!"她对她丈夫说,"他怎么可能知道?!"

"闭嘴!"卡兰萨命令道。然后,他转身对我说:"你为什么这么说?"

"嗯,我证明了你没有杀维格尔。但是,我根本一点也不相信像他那样的人会因为警长要找他谈谈就自杀。可他却急着要躲开我们。这才是这次不可能犯罪的关键所在。我先前在教堂的院子里看了看,结果在雪堆里发现了这个。"我把那件染了血的法衣从我的大衣底下抽了出来。

"这可以证明什么呢？"

"看到刀子刺进去留下的裂缝了吗？还有这些血渍。维格尔牧师被刺的时候一定穿着这件法衣，但警长和我看到他在教堂门口时他却没有穿。我们难道要相信他上了钟楼，穿上法衣，拿刀刺了自己，再想办法把法衣脱掉，将刀刺回胸口，然后死掉吗？而且这段时间我们正在试图推开闩上的门！当然不可能！

"所以，唯一可能的情况是什么呢？如果钟楼上的尸体是维格尔，那我们在门口看到的牧师就不是维格尔。他之所以转身躲开我们，只是因为如果伦斯警长和我再靠近一点，我们就会看出他不是维格尔了。"

伏尔加脸色苍白，在我说话的时候一直沉默着。"如果不是维格尔，那会是谁呢？嗯，穿黑色长袍的那个人跑上了钟楼。我们紧跟在他后面，发现上面有两个人——死了的维格尔和活着的洛瓦拉。如果那个穿黑袍的人不是维格尔——而我已经说明他不是了——那他一定就是你，卡兰萨。"

"猜得好。"

"不只如此。我早些时候就注意到你们两个身材差不多。从远处看，你最显眼的地方就是你的黑发和胡子。两个星期前，我在这里，注意到你的短发下的耳环。但到我去牢里看你的时候，你的头发却长得遮住了耳朵。头发在两个星期内不会长得那么快，所以我知道你戴的是假发。而如果你的头发是假的，那胡子也有可能是假的——只是用来增添你吉卜赛人形象的道具，是骗那些非吉卜赛人的道具。"

"你证明了在那段时间里我扮成了维格尔，却并没有证明是伏尔加杀了他。"

"好吧，你扮成维格尔的样子能达到什么目的呢？从远处看，我们的视线被落雪弄得模模糊糊的，警长和我只看到一个穿黑袍的高个子男人，戴着维格尔的厚眼镜。如果没来追你的话，我们可能就走开了，并相信在伏尔加和其他人都离开后维格尔还活着。不过，你犯了两个小错误。你在教堂门口转身躲开我们的时候，撞上了门柱，因为你不习惯他的厚眼镜。另外昨天在牢里，你向我描述了维格尔是如何站在教堂门口的。但如果你真像你所说的一直都在钟楼上的话，你根本就看不到他。"

"这还是扯不到伏尔加身上。"那个吉卜赛人坚持道。

"你那样做，很明显不是在保护你自己，因为那并不能让你有什么不在场证明。没有人看到你离开教堂。你短暂冒充别人唯一可能的目的，就是要保护另一个人——真正的凶手。然后，我记起来伏尔加是最后一个离开教堂的吉卜赛人。她一个人和维格尔待在一起，她是你的妻子，也是最可能带着你的匕首的人。放在哪里？在你的丝袜上？伏尔加？"

她用手捂着脸。"他——他想要——"

"我知道，维格尔其实不是真正的牧师，他以前就因为骚扰教区的妇女而惹出麻烦过。他想在上面非礼你，是不是？对他来说，你不过是个漂亮的吉卜赛女人。他知道你绝对不会张扬的。你反抗他，你的手摸到了你一直带着的匕首。你在钟楼上刺了他一刀，将他杀死。然后你在教堂里找到了卡兰萨，把你做的事告诉了他。"

"那会是一个吉卜赛人的一面之词，对一个牧师名声的诽谤，"卡兰萨说，"他们绝对不会相信她的话。我让她坐马车回去，然后想办法让那牧师看起来还活着。"

我点了点头。"你穿上了他的黑色长袍，因为从远处不会看到黑布上染血的裂缝。可是，白色法衣就绝对会显出血迹了。在有限的时间里，你只能将黑色长袍穿回维格尔的身上，然后把白色法衣从防鸟的铁丝网塞出去，以免别人在钟楼上发现。你不能把白色法衣穿回尸体上，因为你先前在楼下就没有穿它。"

卡兰萨·洛瓦拉叹了口气。"我一只手没有力气，做起来真的很困难。我才把黑色长袍穿回尸体上，下面的门闩就断了。你现在要叫警长来吗？"

我看着他的儿子和其他吉卜赛人玩在一起，想知道我是否有权力进行审判。最后，我说道："收拾好你们的马车，天黑以前离开，永远不要再靠近诺斯蒙特镇。"

"可是——"卡兰萨开口说道。

"维格尔不是好人，不过也许还不至于坏到该得到那样的报应。我不知道。我只知道如果你们留在这里的话，我可能会改变主意。"

伏尔加走到我面前。"现在我欠你的更多了。"

"走吧。这只是我给你们的圣诞礼物，走吧，免得它像融雪一样消失。"

不到一个小时，马车队就上路了，这回是往南走。也许，他们已经受够了我们新英格兰的冬天。

"这件事我从来没告诉过任何人，"萨姆·霍桑医生总结道，"那是我第一次自己判断是非，而我始终不知道我做得对不对。"

他喝完了最后一点白兰地，站了起来。"到了一九二六年的春天，一个著名的法国罪犯躲到了诺斯蒙特镇。他有个绰号叫'泥鳅'，因为他最擅长逃遁。不过我要把这个故事留到下回再说。你走之前，要不要再来点……啊……小酒？"

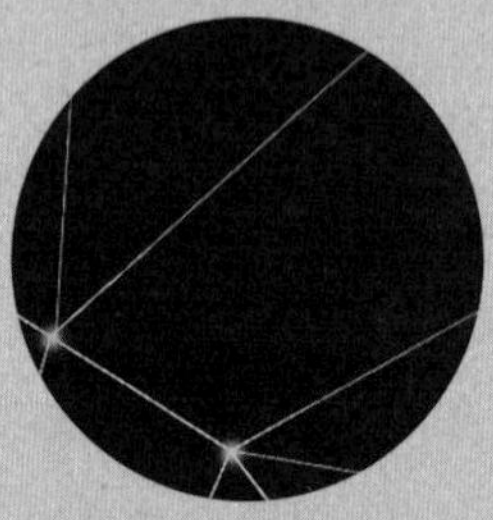

08 十六号牢房

"不错,"萨姆·霍桑医生开始了,一面把两个酒杯斟满,"有一段时间,诺斯蒙特镇上了全国所有报纸的头版。再来一点……啊……小酒?有些报道甚至还提到了我的名字。他们称我为年轻的新英格兰医生,那正是我。那是一九二六年的春末,'泥鳅'来到了我们镇上……"

那是一个温暖的五月天,我去了杰夫·怀特黑德的农场治疗枪伤。那件事本身就很不寻常,因为除了狩猎季,诺斯蒙特镇可很少有枪伤发生。杰夫·怀特黑德和他太太有四十英亩的好农地,由他和两个十岁多的儿子一起耕作。我为这家人看过的病最严重的不过是感冒,不过去年夏天我在他们的农场后面的草地上看到了一些巨大的香菇。我并不是这方面的专家——我想,好像是叫真菌学吧——但我能确定它们都可以被食用。

这一天,杰夫的大儿子马特在农舍门口接我。打电话给我的人就是他。他叫道:"这边,萨姆医生。他流了好多血!"

"谁呀?"

"尤斯塔斯·凯里。他左大腿中了一弹。"凯里是诺斯蒙特镇仅有的两家杂货店之一的老板,是个常会找麻烦的人。但是,这并不能解释为什么他会在杰夫·怀特黑德家的农场受到枪伤而流血不止。"出了什么事?"

"不知道,萨姆医生。"

我把我的黄色敞篷车停在房屋旁边,然后带着我的皮包穿过田地,来到一个隆起的地方,看到他们就在那里——杰夫·怀特黑德和一个从镇上来的叫亨克尔的人,都站在尤斯塔斯·凯里身边。他们草草地弄了个像止血带的东西缠在了他的大腿上部,可是并没有起到什么作用。我一眼就看出,伤口本身并不严重,但他流了大量的血,这倒是挺危险的。

"我想我快死了,医生。"他对我说。

"乱讲,尤斯塔斯!"我开始剪开他的裤子,"怎么会发生这种事?"

"我拿着枪走路,被树根绊倒了。"

那是一支长管的柯尔特左轮手枪,就放在旁边的草地上。"现在不是狩猎季啊!"我说着,开始为他治疗伤口。

"我们是在打土拨鼠。"杰夫·怀特黑德主动说。我转头看了看他的儿子马特,然后又看了看鲁迪·亨克尔。"你们四个一起?你太太和你小儿子呢,杰夫?"

"到镇上买东西去了。"

"你知道有枪伤的话,我就得向警长报告情况。"

"没问题,"受伤的人说,"你报告给他吧。"

在回镇上的路上,命运玩了一个疯狂的把戏。

等我尽可能把他包扎好后,我建议他坐我的车到诊所去,好让我把子弹取出来。"我们也许得送你到费利克斯的医院住几天，不久你就会恢复的。"我一面说话，一面捡起那把枪来。在另外三个人忙着把尤斯塔斯抬到我的车上时，我打开弹仓看了一眼。枪里子弹装得满满的。它没有开火过。不知道是谁向尤斯塔斯·凯里开了枪，反正不是他自己。

在县道的十字路口，我看了一眼我的病人，想知道他这一路上感觉怎么样。这时，一辆棕色的帕卡德高速横向直冲过来。我用力踩下刹车，可是已经来不及了。我的利箭车头撞上了帕卡德右前方的挡板，发出巨大的撞击声。

我马上下了车，跑过去看对方有没有受伤。他身材矮小，戴着一顶遮阳帽。在我走近时，他抬起头来，含糊地说了几句，听起来像是法语。我本能地觉得他是在咒骂我。

"抱歉，"我对他说，"我是个医生，我车上有受伤的人。"

他一言不发地想倒车绕过我，可是他的前挡板歪得厉害，车轮几乎动不了。杰夫开着车和他的儿子以及亨克尔跟在后面，现在他们全下了车来看能帮上什么忙。这些人的到来似乎让对方更为不快。"哎呀，"他终于用带有浓重口音的英语说，"让我离开这里，我得赶路呢。"

我转身对杰夫·怀特黑德说："我的车还可以开。你能不能用你的车把他的车拖到镇上，我则把尤斯塔斯送到诊所，我很担心他的腿。"

"可以，萨姆医生，你先走吧。"

我把他们留在十字路口，显然那个法国人根本不喜欢这个主意。我猜他们会把他的车拖到罗素的修车厂，看看损坏的情况。同时，我开车把凯里送到我的诊所，把伤口处理得更好一些，但没有办法取出子弹。我叫阿普丽尔把枪伤情况报告给伦斯警长。不久，警长就蹒跚着走到了我的诊所。

在诺斯蒙特镇工作的这四年里，我与伦斯警长的关系越来越好。就在几个星期前，我才治好他扭伤的脚踝，当时他在新监狱落成启用仪式上不慎滑倒了。那对警长来说真是非常尴尬的一刻，而且这种尴尬恐怕会一直持续到他完全恢复，没有任何再让人回想起那个意外的时候。

不过，那座新监狱如期启用了，是本县最大也最新的一座监狱。伦斯警长得意得就像又生了个女儿似的。"十五间牢房，"他在新监狱启用那天吹嘘道，"比县监狱还大。现在私酒泛滥，还真需要那么多间。"

阿普丽尔领他进了诊疗室，他看了尤斯塔斯·凯里一眼，叫道："我的天哪！尤斯塔斯！一枪打在自己腿上！你确定不是土拨鼠从洞里开枪打的吗？"

"这一点都不好笑，警长！我流了好多血，说不定会因为失血过多而送命呢！"

"你这种坏人不会那么早死的。见鬼了，你和杰夫·怀特黑德吵成那样，我实在想不到你还会到他那里去。"警长斜眼看着他，"你确定不是因为你擅自闯进杰夫的地里，然后他朝你开的枪吗？"

"是我自己伤到的，"凯里坚持道，"是意外。"

我重新帮他包扎好，想起了我捡起的那把枪。我觉得不必隐瞒。我从车里把枪拿了来，将它交给了伦斯警长。"这就是他的枪。在我看来，这把枪不像是开过火的。"

警长闻了一下枪管，再把弹仓打开。"哦，开过了，医生。这里少了一颗子弹，而且也闻得到火药味。"

"让我看看，"我简直不敢相信我的眼睛。原先有六颗子弹，现在撞针下却有一个刚开火留下的空弹壳。"这我就不明白了。我发誓当初检查的时候，这把枪没有开过火。"

伦斯警长笑了起来。"枪的事交给我，医生，你只管治伤就好了。"

"我可没发疯，警长，我很清楚我看到的是什么。"杰夫·怀特黑德的大儿子马特赶来打断了我的陈述。

"医生，警长，"他说，"我想你们应该到罗素的修车厂去一趟。你撞上的那个家伙吵得很厉害。汉克·罗素说他要到明天才能把车修好，但那家伙要另一辆车，说他赶时间。说不定他是个黑帮分子之类的。"

"我从来没听说过法国黑帮。"我说道。伦斯警长顿时兴奋起来。

"你说他是法国人？"

我耸了耸肩。"我是这样觉得的，但我并不是很确定。"

"我们去看看。"

我把尤斯塔斯留给阿普丽尔照料，陪着马特去了罗素的修车厂。我们进去的时候，那个法国人正在和汉克·罗素激烈争辩，显然是想租辆车继续他的行程，可是诺斯蒙特镇的汽车不多，大个子汉克·罗素只能不停地摇头。

"这里似乎有什么麻烦？"伦斯警长问道。

那小个子法国人转过身来，看到了警长胸口别着的警徽，似乎一时慌了手脚，准备拔腿就跑。紧接着，让我大为吃惊的一幕出现了，伦斯警长拔出枪来，拉开了保险，死死地瞄准了那个家伙。

"我想你最好站在那里不要动。"他用我很少听到的柔和声音说道。

"这是怎么回事，警长？"汉克·罗素问道，"这家伙是谁呀？"

"除非我搞错了！他就是声名狼藉的乔治斯·雷梅，绰号叫'泥鳅'，是两个大洲的警方通缉的要犯，而我逮到了他，就在诺斯蒙特镇上。"

这是伦斯警长胜利的时刻，可惜太短了。

后来我从警长介绍和报纸上的文章中了解到，乔治斯·雷梅是一个骗子，来美国之前在欧洲犯下了无数罪案。但让他赢得"泥鳅"这个绰号的，是他好几次在警方的囚禁中大胆越狱。他吹嘘说没有监狱能关得住他，而他似乎正在试图证明这一点。

《纽约时报》的头版报道了他最近在巴黎被捕的事。他和其他十来名罪犯一起被押送法院，但他居然从成年嫌犯中溜走，蹲在一群等着接受审讯的少年犯旁边。当其中一个少年犯被叫到名字时，雷梅抓住他的手臂，假装是便衣刑警，带他走出房间。等到了少年法庭，雷梅便丢下那个年轻人，自称是秘勤人员骗过警卫逃之夭夭了。

从那以后，"泥鳅"就失去了踪影，几个星期后才重新出现在波士顿。他冒充一名收藏了珍贵名画的法国伯爵，骗走了一家大博物馆的大把钞票。据伦斯警长说，几天前波士顿警方锁定他所住的公寓大楼进行了围捕。虽然每个出入口都有警察把守，但他还是把邮差打昏，偷了制服，扮成邮差逃了出去。

"听起来很像G.K.切斯特顿[①]小说里的情节。"我说。

"谁？"

"一个作家，你不会知道他的，警长。"

"嗯，我知道'泥鳅'的事，肯定没错！波士顿警方说他偷了一个嘉年华会用品供应商的推销员的车，一路开出了城。他们

[①] 英国推理作家，代表作有《布朗神父探案集》等。——译者注

已经通报了新英格兰的所有警察局。"

乔治斯·雷梅只是看了看我和警长，说："我明天早上就会离开这个小镇了。"

"说得真对啊！"伦斯警长同意道，"我已经打电话给波士顿那边了，他们明天会派两个刑警来把你押回去。我只要忍受你一晚。"

"没有监狱关得住我'泥鳅'的。"他吹嘘道，听起来很法国人的味道。

"我们走着瞧。"警长从口袋里掏出一大串钥匙，指了指他办公室前面的楼梯。"来吧。"

我跟在后面，来到一扇厚重的铁门前，伦斯警长开了门，然后沿着一条两边都是空牢房的通道走去。这几间牢房占据了这座监狱的整个二楼，十五间牢房里有十一间连着三面外墙。这座建筑几乎是正方形的，监狱走廊像一个内部的方形广场，中间的部分隔成四间充作拘留所的牢房，留置醉汉之类的人过夜。这些里面的牢房都没有可以看到外面世界的窗户，是一至四号牢房，其余牢房的编号则是左右交替，直到最外面的十六号牢房。

伦斯警长打开门锁，示意雷梅进去。"这里就是你明早之前的家。我稍后会给你送饭来。"

这间牢房大约有十英尺高，六英尺宽，只有一张固定在墙上的铁床。另外，还有厕所、水槽和凳子，其他的就没有了。离地六英尺左右，有一扇装了铁条的小玻璃窗，窗户开着，可以让五月的温暖空气进来。我知道窗户下方就是原先的铁匠铺，现在是罗素的修车厂背面。

伦斯警长把牢房门关上，锁头咔嚓一声锁上时，我问道："怎么会有十六号牢房？你一共只有十五间牢房呀。"

"是的，可我跳过了十三号，因为那不吉利。"

"在我看起来，对关在监狱里的人来说，任何一间牢房都是不吉利的。"

"对，可十三号比别的更不吉利。人是很滑稽可笑的。"

"杰克·福翠尔[①]写过一篇小说，叫作《逃出十三号牢房》。"

"又是你的那些作家什么的！你看的书还真多呢，医生。"

"它写的是一个教授用让人不解的方法逃狱的故事。"

"嗯！又是不能有十三号牢房的好理由。"

我无法战胜这种逻辑，所以也没再多说。

回到诊所后，我的护士阿普丽尔急着打听。"告诉我是怎么回事，萨姆医生，我听说伦斯警长逮到一个犯罪高手。"

不知为什么，小个子乔治斯·雷梅是个犯罪高手的想法让我不禁笑了起来。"好吧，事情也没有那么令人兴奋。"我说。我还是详细地告诉了她那起车祸的情况，以及他们把雷梅的车拖到镇上去修前挡板的事。罗素正在进行修理，虽然没人知道最后谁会付账。

那天晚些时候，我把尤斯塔斯·凯里送到费利克斯的医院，让他们把子弹取出来。我对那把枪的事仍有些不解，不过我想我知道大概是怎么回事。那天晚上，我在公寓里想这件事，电话在午夜刚过时响了起来。我想到了在农场上怀孕待产的希钦斯太太，也想到了缠绵病榻的老人阿龙。不管是谁，这么晚打电话来就是我得出门的意思。

可是打电话来的是伦斯警长，我还从来没听他说话这么激动过。"医生，你能不能马上到监狱来一趟？我刚刚回去检查了一下牢房，'泥鳅'不见了！"

[①] 美国推理作家，代表作有《思考机器探案集》等。——译者注

"你的意思是他逃走了？"

"我也不知道我说的是什么意思，医生——反正他就是不见了！"

"我马上过去。"我对他说。

等我赶到那里的时候，他已经把监狱里所有的灯都打开了，也叫来了他的两名手下帮忙搜查。可是这从一开始就是件没希望的事。那天晚上，监狱里只有一名犯人——凯里的朋友鲁迪·亨克尔。在凯里去医院后，鲁迪就开始酗酒。他打破了把私酿威士忌装在咖啡杯里卖的迪克西餐厅的窗户，闹到最后伦斯警长不得不把他抓了起来。

鲁迪被关在一号牢房里，和十六号牢房正好相对，不过这段时间他都在呼呼大睡。现在，他醒了过来，隔着铁栅栏叫道："怎么回事？半夜把所有的灯全开了，叫人怎么睡觉？"

"安静一点，鲁迪，"我说，"我等一下要跟你谈谈。"然后，我跟着伦斯警长走过牢房中间的走廊，来到我最后一次见到乔治斯·雷梅的那间牢房。十六号牢房现在和其他牢房一样是空的，几乎没有曾经关过人的痕迹，只是地上有一条皱巴巴的毯子。

"就在那里，医生，他就这样消失了！"

"好吧，"我说，"现在把从今天下午我离开你之后发生的所有事情都告诉我。"

"嗯，说老实话，也没发生什么事。到该吃晚饭的时候，我送了些东西来给那个犯人吃。是我自己拿给他的，因为我的手下都已经回家了。我想和他谈谈，可我听到的还是那句话，他明天早上之前就会离开。"

"你是怎么把托盘端给他的？拿一个来做给我看看。"

伦斯警长咕哝了几句，下楼把他原先装食物的金属托盘拿了来。"我把托盘放在这里的地板上，然后打开了牢房的门，端起托盘再进去。"

"你进去后，有没有再把牢房锁上呢？"

"没有，我让门开着。他又去不了哪里，我的手一直放在枪上，更何况楼梯顶部的那扇铁门是锁着的。"

"他可能把你打倒，抢走你的钥匙。"

"那个小个子？"

"他可以把食物扔在你脸上，在你还没搞清楚怎么回事前就骑到你的身上。"

"他惹这种麻烦最后就会丢了小命，我告诉你！"

"好吧。"我说。再多想这种事也没有用，反正"泥鳅"没有用这个方法逃狱。"然后你做了什么呢？"

"坐在那里看着他吃。哦，他的确是个滑头，没错！这一点毋庸置疑！有一回他挨得离门太近，我只好把枪拔出来。但他又坐回去，把东西吃完了。"

"然后呢？"

"见鬼，然后我用双手端起托盘，随手关了牢房的门，就离开了。这些牢房只要门一关好，弹簧锁就会自动锁上，得用钥匙才能再打开。楼梯顶部的那道门有根闩死的门闩，我得先拉开门闩，然后再锁上门。"

"好吧，然后发生了什么？"

"没什么，我已经跟你讲过逮捕鲁迪·亨克尔的事。"

"再跟我说一遍，跟我讲把他带到牢房的经过。"

"嗯，就是那样子嘛。我得半抱着他上楼，把他扔在床上。我想这就是我把他关在门内的第一间牢房的原因，这样就不必抱着他走太远。"

"当时'泥鳅'还在十六号牢房里吗？"

"当然！我没有把走廊那头的灯打开，因为已经过了十点，我想他正在睡觉。在我把鲁迪关好后，我走到了那边，看到他蜷缩在毯子底下。"

"可是他没动，也没说话？"

"没。我告诉你他睡着了。总之，我走回去关上灯，再锁上楼梯顶部的那道门，然后剩下的时间我都待在我的办公室。"

"除了经过你的办公室，还有其他的路可以离开这座监狱吗？"

"没了！消防局本来要求有个紧急时用的后门，可是我告诉他们这栋楼是防火的，外面全是砖头。再说，后门必须一直锁着，所以万一失火也没多大用处。"

我走到窗前，伸手拉扯窗上的铁条，它们全都牢牢地固定住了，即使是像乔治斯·雷梅这样的小个子也不可能从它们的缝隙挤过去。我弯腰把毯子从地上捡了起来。"你说他睡在这条毯子底下？"

"没错。"

我突然想起一件事。"你后来去看他的时候，有没有确认牢房的门已经锁好了？"

"当然了！门确实锁上了，没错，而且他在里头。"

"好吧。你是什么时候又上去的？"

"半个小时之前，亨克尔开始大吵大闹。我能听到是因为他就关在楼梯口。我上去之后，他说他做了个噩梦。这回我再去查看'泥鳅'的牢房时，发现那里已经空了。"

"让我们到外面去看看。"我说。

二楼的牢房底下就是罗素的修车厂背面的一块空地，可是这么晚了，那里一个人也没有。我看到有盏灯笼放在一个大桶上，就把灯笼点着了，一道阴森森的光照在坚硬的土地上。

"还有一件事，警长，"我说，"你注意到十六号牢房是空的时，牢房的门还是锁着的吗？"

"没错！"

"雷梅有没有可能藏在床底下？"

"不可能，我马上把所有的灯都打开了。我在确定牢房里是空的之后，才打开牢门的锁。那条毯子在地上，但他人已经不见了。"

我弯下腰，从雷梅牢房正下方的地上捡起一样东西。"什么东西？"伦斯警长问道。

"一条长绳。"

"绳？"

"像'泥鳅'一样把自己变小到能挤过铁条间的缝隙，然后用这条绳子爬到地上来。"

"这太疯狂了！"

"你有什么更好的想法吗？"

"没有。"伦斯警长承认道。

"你逮捕他的时候，他口袋里有绳子吗？"

"可能有，"警长说，"我搜他身时只是找武器，没有把他口袋里的东西全部掏出来。我认为他只会在这里待一个晚上而已。"

"那他说不定也有开锁的东西。"

"不，没有——只要是金属的，我搜身的时候一定会感觉到的。更何况，这些新锁不用钥匙是打不开的。"

我把那条绳子卷起来，放进了我的口袋里。"我们现在知道的情况有哪些？十点的时候，'泥鳅'在十六号牢房里，他和自由之间隔着两道上了锁的门。两个小时后，他不见了，那两道门仍然是锁着的，窗户也没动过。除了鲁迪·亨克尔外，甚至没有人和他在同一层楼，而鲁迪一直在上了锁的牢房里呼呼大睡。"

"医生，你提过的那个故事，第十三号牢房什么的，那个人是怎么逃出去的？"

"他用的方法很复杂，不过大体上他是想办法送信给他在外面的朋友帮助他。"

"你认为'泥鳅'在外面有朋友吗？"

"我现在不知道该怎么想，"我承认道，"明天早上再问我。"

"到明天早上，'泥鳅'大概都快到芝加哥了。"

"我想不会。"我望着罗素的修车厂背面说。

第二天早上，八点钟刚过不久，阿普丽尔冲进了诊所。"哎呀，我们今天可真早啊。"

"我昨晚没怎么睡。"我告诉她。

"你有没有听说'泥鳅'逃狱的事？伦斯警长要被人嘲笑得逃出镇去了。"

"如果真是这样的话就太糟糕了。我喜欢警长，他是个好人。"

"他那座崭新的，有十五间牢房，没人能逃得出去的监狱！他关进去的第一个真正的犯人大摇大摆地逃了出去！好像那个监狱是纸糊的一样。"

"阿普丽尔，我今早有病人吗？"

"巴西特太太会过来拿一个新的处方，仅此而已。"

"我先把处方写好，你可以交给她。我要出去一下。"

"去监狱那里？"

"不，去罗素的修车厂。"

尽管时间还很早，但汉克·罗素身上已经沾满了乌黑的油渍。他父亲以前是铁匠，过世之后，汉克看准了时机，把铁匠铺改成了修车厂。对像诺斯蒙特镇这样的小镇来说，他是个很好的汽修工，这让我们觉得我们跟上了汽车时代的步伐。

"你好，萨姆医生，你的病人状况还好吗？"我一进修车厂，他就问我。

"哪一个？"

"当然是尤斯塔斯·凯里啦！"

我完全忘了凯里受伤的事。"哦，我相信他一定恢复得很好，他们恐怕今天就会让他出院了。"

"那就好，真是很愚蠢的意外。"

如果那真的是意外，我想。我大声地问道："那辆车你多久可以修好？"

"刚刚才修好。不过，我猜'泥鳅'现在不需要这部车了。他恐怕已经跑远了吧。"

我走过去，看了看那辆车。罗素已经把撞歪的前挡板卸下来了，车轮已经可以转动起来了。"有没有别人来过？"我问道，"比方说，怀特黑德的儿子？"

"昨天之后我就没见过他了。"

我走到监狱，发现伦斯警长正在和波士顿警方通电话，试图解释清楚罪犯身上发生了什么。等他口沫横飞又很尴尬地说完之后，我问道："你释放鲁迪·亨克尔了吗？"

"该死，还没呢，医生。依我看，他就得在这里关到死。"

"法官对此大概会有话要说。"

"我整晚都在想这件事,我想到了'泥鳅'是怎么逃出去的。他只有这个办法能逃得出去!那就像你跟我说的那个十三号牢房的故事。他从口袋里掏出绳子,从牢房的窗户里放下一张字条。汉克·罗素在他的修车厂里看到了,就过来看那张字条。'泥鳅'答应付钱请他帮忙,于是汉克去找了还在附近的鲁迪·亨克尔来帮忙。鲁迪假装喝醉了酒,打烂窗户,让我不得不把他抓起来。等他进了牢房后,他就想办法把开锁的工具交给'泥鳅',而那个法国佬用那个工具开了锁。我知道我们的锁应该是撬不开的,可有谁知道那法国佬有什么能耐?"

"鲁迪怎么把开锁的工具交给'泥鳅'呢?"我问道。

"嗯,我猜是从地上丢过去的吧。"伦斯警长有些不确定地回答道。

"但'泥鳅'的牢房是在大楼的另一个角落,从亨克尔的牢房过去有一条长走廊,还要向左拐个弯。亨克尔不可能够得到那里,甚至连从他的牢房看到那里都不可能。"

"对,"警长喃喃地说道,"我想你说得对。可我还是觉得亨克尔跟这事有关系。"

"让我去和他谈谈吧,警长,说不定会发现些什么。"

他带我上楼,打开了牢房的门。鲁迪·亨克尔坐在床上,双手抱着头。"你好,鲁迪。"我说道。伦斯警长在我身后把门重新锁上。

"他们什么时候会放我出去,医生?'泥鳅'逃走的事,我什么都不知道。"

"但你喝醉了酒,又打破了一扇窗户,鲁迪。"

"嗯,是的……"

175

"为什么呢?"

"你这话是什么意思,医生?"

"你为什么会喝醉酒?这很不像你。"

他看着远方。"我不知道。"

"要我告诉你吗,鲁迪?要我告诉你昨天在怀特黑德的农场发生了什么吗?"伦斯警长又去检查十六号牢房了,但我还是压低了声音,以免他听到。

"你怎么会知道?"

"我知道。我检查那把柯尔特左轮手枪的时候,它还没有开过火。但后来伦斯警长检查的时候,也就是车祸发生后,它不但闻起来有火药味,还留了个空弹壳在里面。我知道我不是瞎子,所以只剩下一种解释——昨天在怀特黑德农场上一共有两支柯尔特左轮手枪,而你们几个在我的车因为车祸停下来的时候把枪替换了。"

"我不知道你在说什么……"

"两支长管的柯尔特左轮手枪意味着什么呢?"

"什么?"

"决斗。"

他的肩膀垮了下来,但什么也没说。

"有两个疯狂的傻瓜昨天在那里决斗,对不对?怀特黑德和尤斯塔斯·凯里,要用手枪来解决他们之间的恩怨!杰夫·怀特黑德的儿子是他的副手,你则是凯里的副手。只不过凯里连一枪都没开,是吧?杰夫·怀特黑德一枪打中了他的腿,然后你们都突然觉得需要个医生。"

"我们真是该死的傻瓜,"鲁迪承认道,抬起头来看着我,"他们中没一个被杀也真奇怪。昨天晚上我理智地把事情想通了后，我就出去喝了个大醉！可是就连那样也没用——我在牢房里昏睡过去，又梦到了那件事，甚至还听到了枪响。"

"枪响？"

"它在夜里把我吵醒了，就好像真的有人开了一枪似的。但我知道一定是我梦到了决斗的事。"

我拍了拍他的膝盖。"别担心，鲁迪。我会跟警长讲，让他把你放了。"

伦斯警长走了回来，为我打开了牢房的门。我在前面先走出了第二道门，等着他出来后把门锁好。

"你发现了什么吗？"他问道。

"只是有一个想法，不过我想我知道'泥鳅'是怎么逃掉的了。我今晚会再回这里来，让你看看到底是怎么回事。"

那天过得慢到好像过不完似的。镇上所有的人谈的全是这次逃狱的事，就连州警都来询问伦斯警长。有人说要用猎犬来追"泥鳅"，认为他已经跑远了。可是就我所知，他们并没有取得什么成果。

天黑之后，我回到监狱，带着伦斯警长走到罗素的修车厂。"我们到这儿来干什么？"他问道，"我们该去追捕'泥鳅'的！"

"我认为'泥鳅'根本没有离开诺斯蒙特镇，而我就是要证明这件事。"

"根本没有离开……"

"声音小一点。"我提醒道，我们在一片漆黑中走到了修车厂旁边。在我们的右手边，我可以看到监狱，以及"泥鳅"牢房装了铁条的窗户。

"我还是认为亨克尔跟这事有关系，"伦斯轻轻地咕哝道，

"现在我还得放了他。"

"亨克尔跟这事没有关系。"

"那怎么可能？没别的答案了啊！"

"至少还有两个答案，警长。"

"什么？"

"你看，整个不可能状况完全是基于你的陈述。要是你的陈述不成立的话，所谓不可能逃狱的说法也就不成立了。"

"可是——"

"鲁迪·亨克尔是被听来像枪声的声音惊醒的，他以为那是他在做梦，可如果不是呢？如果是你回去给雷梅送饭而他对你突袭呢？你拔出枪把他打死了，警长。然后，你做的事让你吓坏了，就把尸体背了出去，埋在后面的野草地里，同时编造了这么个不可能'泥鳅'越狱故事。"

伦斯警长在一片漆黑中瞪着我，我看到他的手摸向了他带的那把枪。"你相信是这样的吗，医生？"

"不，我不相信。如果真有那么回事的话，你会说实话的。枪杀一名企图逃跑的犯人，对你名誉的损害，远比让他逃狱成功来得小得多！更何况，我跟你说过有两个可能的答案。"

就在这时，我们听到有声音——就在附近，离我们不到五十英尺——动作轻得让人很可能不会注意到。有人在罗素修车厂的侧门，正想把门锁弄开。

我急忙上前。"快来，警长，是他！"

乔治斯·雷梅转身想跑，但我们瞬间就追上了他。我扑倒了他，将他按住，伦斯警长给他戴上了手铐。"这回我们会把你照看得更好的。"我说。

我们把他关进去的时候，他一直用法语骂个不停。我在警长的办公室坐了下来，向他解释十六号牢房谜案的正确答案。

当乔治斯·雷梅用他被铐住的双手拿着根香烟在抽的时候，我说："这是个可以和福翠尔的《逃出十三号牢房》相媲美的复杂脱逃方法。'泥鳅'并没有依靠外部帮助，而是一分钟接一分钟地随机应变。我想这是他的生活方式，如果其他罪犯有一样的技巧和胆量的话，也可以学他的样子。"

伦斯警长有点不耐烦起来。"他是怎么逃出那间上锁的牢房的？"

"嗯，我想他必须先从牢房的门开始。你让我看过门上有一个弹簧锁，门关上的时候就锁上了。可是他吃饭的时候，你一直让门开着，你甚至还告诉我有一次他离门太近，你不得不拔出枪来。就在雷梅凑到打开的门边的一瞬间，他想办法把什么东西——可能是一小片面包，甚至是一根牙签——塞进了锁孔，让牢房门关上的时候，弹簧锁不会完全锁牢。警长，你当时两手端着托盘，空不出一只手来确认牢门是不是已经锁好了。"

"可我后来确认过。"伦斯警长坚持道。

"我等一下会说到那里的。我的重点是，昨天晚上刚刚吃过晚饭的时候，乔治斯·雷梅已经逃出了他的牢房，他和自由之间只隔着楼梯顶部那扇装了铁条的门而已。"

"可我在楼下的办公室里，就算他用什么办法把门弄开了，也不可能从我旁边过去。"

"他没把那扇门弄开，警长，门是你替他开的。"

"我——"

"就是你把鲁迪·亨克尔抓进来的时候。记得吧，亨克尔关在一号牢房，最靠近楼梯。那是中间的四间牢房之一，正好和另一边的十六号牢房相对。事实上，我之前就特别说过，你从一号牢房根本看不到十六号牢房。我可以推测你让楼梯顶部的那扇门敞开着，因为你要用两只手抓着鲁迪，也因为我跟你在一起的时候就看过你让门敞开过两次。你必须用钥匙才能锁上那扇门，而你就是懒得去锁，但是对藏身牢房暗处的雷梅来说，这正是他在等待的大好机会。在你转身把鲁迪弄上床的时候，他就溜了出去，下了楼，重获了自由。"

"可我之后还看到了他在上了锁的牢房里呀！"警长抗议道。

"你看到有什么东西在毯子底下，但楼层后面的灯没开，所以你就以为那是雷梅。但'泥鳅'很聪明，他不可能知道你十点的时候会带个犯人上来。事实上，他只知道明天早上你给他送早餐并检查牢房之前，都只有他一个人待在那里。所以他想到一个妙计，可以给他争取宝贵的几秒钟时间。要是你早上一上来看到牢房空了，你会马上发警报，在'泥鳅'下楼梯逃走之前先跑回楼梯那里。他需要你在牢房里停留三十秒到一分钟的时间，从而可以慢慢地绕过中间那几间牢房，从打开的门下楼去。"

"你知道我让门敞开着。但他怎么会知道？"

"泥鳅"只笑了笑，于是我回答了这个问题。"昨天你把他抓上来关进牢房的时候，他看到你让门敞开着，警长。"

"啊！"

"总之，他在吃过晚饭离开牢房的时候，在毯子底下准备了个假人，然后他只要把原先塞在锁孔里的东西拿走，让弹簧锁完全锁上，门就锁住了。"

"什么假人？你刚才告诉我'泥鳅'是怎么从上锁的牢房里逃出去的，现在又告诉我假人是怎么逃出去的！"

"警长，乔治斯·雷梅开的那辆偷来的车子，原本属于一个嘉年华会用品供应商的推销员。在车里所带的物品中，最可能的是什么？"

伦斯警长一脸茫然，但乔治斯·雷梅却笑了。"了不起，医生，"他说，"我从来没有想到在这样一个小镇上有人能看穿我的把戏。"

"气球，"我简单明了地说，"你的口袋里有几个气球，还有绑气球的绳子。你把气球吹大，放在毯子底下，再把绳子扔出窗外。一旦你到了监狱外面，就扯动绳子，把气球从铁条缝隙里拉出去。至少有一个气球爆炸了，发出的声音让半睡的鲁迪·亨克尔以为是枪声。"

"他为什么要那么麻烦地把气球拉出去？"伦斯警长问道，"为什么不把它们留在那里？"

我耸了耸肩。"我猜他觉得这是个很好的花招，以后还想再用。而且没了气球，他的逃狱就更让人摸不着脑了。所以他才会把气球带走，虽然还是掉了根绳子。"

"我根本没见有绳子从窗口拉出去。"

"那里很黑，你并没有打开这边的灯，记得吗？你只开了亨克尔牢房那边的灯。"

伦斯警长摇了摇头。"这事有太多地方可能出差错了。"

"我跟你说过'泥鳅'是在随机应变。他所有的脱逃全靠运气和胆量。所以，我才会想到他不会靠他两只脚往远了逃。他已经知道这里没有别的车可用，而且也怕偷到一辆在操作上不熟悉的车，比如我的那辆车就很难开。所以我想他可能藏在附近的什么地方，等罗素把他的车修好了，他就可以再偷一次。"

"我真该死！"伦斯警长说。

然后我转身问"泥鳅"："告诉我，乔治斯，你在哪里躲了将近二十四个小时？"

　　起先我以为他不会回答，可是后来他回答了。也许他对能骗倒我感到很骄傲吧。"我就在罗素的修车厂旁边的大桶里，"他笑着说，"就是你从上面拿了盏灯笼的那个。"

　　"好吧，"萨姆·霍桑医生总结道，"这就是我怎么解决谜案并登上纽约各大报纸头版的经过。当然，这一切都是徒劳无功的。六个月后，'泥鳅'从波士顿的监狱里逃了出去，回到了法国。他真是个狡猾的家伙。你想知道怀特黑德和凯里的决斗是怎么回事？那一部分还没完呢。它引发了一桩发生在乡村客栈的不可能谜案。但时间已经很晚了，得等下回再说，来一点……啊……小酒，再上路吗？"

09 乡村客栈命案

"啊，请进，"萨姆·霍桑医生一面说，一面把门打开，"你来得正是时候，可以……啊……来点小酒，听个故事。我想我答应过你这回要讲一家乡村客栈的故事，那里有个可能是鬼的蒙面强盗。那是一九二六年夏初的事，'泥鳅'的案子刚过不久，怀特黑德和凯里之间的恩怨还没了结。你一定记得他们在杰夫·怀特黑德的农场上搞了次决斗，让诺斯蒙特镇两家杂货店之一的老板尤斯塔斯·凯里的腿上挨了一枪……"

尤斯塔斯从费利克斯的医院出院之后，我大约每周检查一次他的情况，他大腿上的枪伤愈合得很好，不过还是可能发生二次感染。

我刚刚看完尤斯塔斯回来，我的护士阿普丽尔就在诊所门口给我带来了一个消息。"伦斯警长打电话来了，他要你赶到渡船屋去，说是那里有人被枪击了。"

"谢谢，阿普丽尔。"我说着，转身向等待中的利箭敞篷车走去，看来今天是个忙碌的日子。

渡船屋是诺斯蒙特镇最像一间真正的乡村客栈的地方，坐落在邮政路上，正好是以前过蛇溪的渡口。当然，渡船晚上是不开的，要过河的商旅都会找客栈打尖，解决食宿问题，到次日早上再继续他们的行程。渡船屋建于一八〇二年，一直留存到二十世纪，虽然蛇溪现在比以前窄多了，而且很早之前就建了一座桥来取代渡船。

经营这家客栈的老板是威廉·斯托克斯，他是个退休的律师，五年前和他太太一起搬到诺斯蒙特镇来。我到镇上的第一个冬天，斯托克斯的太太因为流感过世，引起了一阵恐慌，大家担心会发生一九一九年那样的流行病。好在除了几个独立的病例外，并没有发生严重的灾难。斯托克斯是一个六十多岁却仍然活力充沛的男人，他把太太葬在客栈后面，继续经营客栈。

这一天，是六月里一个阳光明媚的星期一，威廉·斯托克斯却一点活力也没有了。我到了客栈，把我的敞篷车停在警长的车后面，进门第一眼看到的就是斯托克斯的尸体趴在靠近前台的地毯上。不过，他并没有流多少血。

"什么时候出的事？"我问伦斯警长。

"大概有两个小时了，我一直在找你。"

"你不需要我了，这个人已经死了。"

"这话可一点不错！"警长说着，用一张床单把尸体盖了起来，"近距离一枪把胸口给打穿了。"

我朝右手的餐厅看了一眼，认出了客栈的客房服务员——小个子贝尼·菲尔茨，他正低着头在喝一杯私酿威士忌。房间里还有别的人，可是我不知道他们是谁。"出了什么事？"我问道。

伦斯警长把他的裤子往上拉了拉，遮住了大肚子。"贝尼正在算周末的账，准备去银行的时候，从前门进来一个强盗。贝尼说他穿了一件带边饰的皮夹克，拿了一把老式西部左轮手枪，戴着一个黑色的面具，就像一个土匪或是拦路打劫的强盗。"

我听完这话哼了一声。"贝尼想必是喝多了。"

"总之，原先在楼上的斯托克斯却在这个节骨眼下来了。那个强盗看了一眼，就开枪打穿了他的胸口。然后，强盗听到有人从前门走过来，就赶紧沿着走廊往后门逃走了。"

走廊位于通往二楼的楼梯下面，以前走廊上有门通向厨房和一间后面的客房。不过这几扇门早就封住了，在外面糊上了壁纸。现在那条走廊哪里也到不了，只能通到后门，后门外面是一块铺了碎石子的停车场，可以停三四辆汽车。

我回头看了一眼前台，有一大沓钞票还放在那里。"他没拿钱就跑了？"

"没拿钱，可也没跑掉。"

"你逮到他了？"

伦斯警长有些得意地点了点头。"贝尼说那个凶手从长走廊跑过去了，你自己也可以看到它只能通到后门。问题是，那扇门是从里面闩着的。没人可以那样跑出去。"

"什么意思？"

"我是说贝尼根本是在骗人，我要以谋杀威廉·斯托克斯的罪名把他抓起来。"

我走到贝尼坐的那张桌子边，拉开他对面的椅子。"你感觉怎么样，贝尼？"

他像个落入陷阱的动物似的抬头看了我一眼。"不是很好，萨姆医生。我不是每天都会让人说我是凶手的。"

"告诉我发生了什么，好吗？从你今天早上来上班开始。"

"就像我跟警长说的，那个蒙面人——"

"所有的事，从头说起。"

贝尼叹了口气，重新开始说。"嗯，你知道我们这里的生意没以前那么好了，尤其是颁布了禁酒令什么的之后。但我们楼上通常都会有一两个房间住着客人，而在周末的时候，餐厅生意还很不错。斯托克斯住在楼上——妻子死了后，他就一个人住。管家亚当斯太太也住在楼上。我住在蛇溪那边，过桥就到了。总之，每个星期一早上八点，我来上班的第一件事就是打开保险箱，然后汇总我们周末的收入。有时，像这样的夏天收入可高了，还有人大老远从波士顿开车过来——"

"有多少？"我问道。

"这个周末超过了五百美金。"

"现在楼上有多少客人住？"

"只有一位，史密斯先生。"

"所以在抢劫案或者说是抢劫未遂的案子发生的时候，这个客栈里只有你和斯托克斯先生，以及楼上的亚当斯太太和这位史密斯先生了？"

"没错，厨房里帮忙的人在星期一都要到下午很晚才会来。"他的视线转移到旁边的桌子上。"在那之前，如果我们要吃什么的话，亚当斯太太就会做给我们吃。"

我随着他的目光看过去，看到一个有点像男人的高大女人。她一面喝茶，一面和警长的一名手下交谈。"继续说下去。"我说。

"嗯，我正在数钱，前门突然被撞开了，那个蒙面人走了进来。他的打扮就像土匪——带边饰的皮夹克，黑色面具，西式帽子，以及一支左轮手枪。"

"他长什么样？"

"中等身材，也许比我高一点，有一把大胡子露在面具下。我能告诉你的只有这么多，哦——下巴也有一点胡子。可能是假的。"

"胖，还是瘦？"

他耸了耸肩。"中等。"

"继续说下去。"

"他拿枪对着我，指了指钱。"贝尼颤抖着又喝了一口威士忌，"我马上就明白了他的意思。"

"他没说话？"

"没有。"

"奇怪。伦斯警长说斯托克斯就在这时走下楼来，是什么惊动了他呢？"

"我猜他是听到了我说话，问那个家伙要干什么。总之，那个强盗一看到斯托克斯，就转身对他的胸口开了一枪。我躲入前台后面，然后凶手很快听到外面有说话的声音，是两个送货员把这个星期的肉送来了。"

"他们有没有看到凶手？"

贝尼摇了摇头。"要是他们看到了的话，我就不会像现在这么惨了。他转过身从走廊直奔后门。"

"你真的看到或听到他出去了吗？"

"没有，可是他一定出去了。我大声对那两个送肉来的人喊，说有人开枪打死人了，然后我也朝走廊跑过去。可是他已经不见了。所以我们跑到了外面，可根本找不到他的踪影，我们猜他一定躲进溪边的树林里去了。"

"有没有看到脚印呢?"我问道。

"没有,不过外面全是碎石子,最近又没下雨,没有人会想到有脚印留下吧。"

"所以你就打电话给警长了?"

"对。他不到十分钟就到了这里,四下好好地搜查了一番。我没细看后门,所以他说后门从里面被闩上了的时候,我跟别人一样都吓了一跳。"

"后门通常都是闩上的吗?"

"只有晚上才闩上。斯托克斯通常早上第一件事就是开后门,所以我以为那里是开着的。想必他是在被枪杀之前还没来得及开门。"

"所以警长认为是你干的。"

"对呀!他说那蒙面强盗能去哪里。他说得很对——没地方可去!"

"我们去看看那条走廊。"

尸体已经被搬走了,伦斯警长正在外面监督他们把尸体运到本镇那辆改装的参加过世界大战的救护车上。我瞥了警长一眼,然后带头走到走廊后面,那条走廊宽约三英尺,长约二十英尺,只有尽头有一扇木门。

就像菲尔茨说的,在这一端的前台后面不可能看到那扇门。走廊的墙上贴着褪了色的花壁纸,靠近天花板的地方有几处水渍。地上铺着一张很长且完整的棕色油毡,很清楚地排除了有活板门的可能。

不过我还是检查了一下地板,并用指关节在墙上敲敲打打了一番。靠近尽头时,我听到两边的墙里都发出了空洞的声音。

"这是什么?"

"右边本来有扇门通向厨房,左边的门是通向一间现在已经改成储藏室的客房。大约在本世纪初,他们把那两扇门封了,糊上壁纸。我们都用另一侧的门进出两个房间。现在这条走廊只是为那些想在后面停车的客人准备的。"

我能看见门闩是闩上的,而且来回拉动门闩并不容易。门闩用螺丝钉固定在门上,门闩的套孔则用螺丝钉固定在门框上,全都紧紧地固定在那里。我敲了敲门板,那里也没有什么暗门。门柱本身装了挡风橡皮条,所以门的开合都没什么声音。外面只是一个铺了碎石子的停车场。

我转头去看天花板。"顶上是什么?"我问道。

菲尔茨想了一下。"楼上的走廊,尽头就是亚当斯太太的房间。"

"我要去看看。"我回到餐厅,向亚当斯太太介绍自己。她那张精致的面孔近看相当漂亮,尤其被她涂的口红凸显出来——她是镇上少数几个涂口红和胭脂的女人之一。"你为我住在那边山上的嫂子看过病……"她说。

我想起了那个人——一个有妇科病的中年妇女,不幸的是我没能帮上她多少忙。"我正在协助伦斯警长进行调查,"我说,"不知道你能不能带我到楼上看看。"

"好的。"她很冷淡地说。

在踏上吱嘎作响的前面的楼梯时,我向她问起了他们唯一付钱住宿的客人。"他在楼下的餐厅里吗?"

她摇了摇头。"没出房门。门上挂了'请勿打扰'的牌子。闹成这样他还一直在睡觉。"

"好像有点奇怪。"

她耸了耸肩。到了楼梯顶上,她问道:"你想看什么?"

"就只是整体看一看，哪个是你的房间？"

"这间。"她并没有要打开门的意思。

"可以看看里面吗？"我问道。

她用厌恶的眼光看了我一眼，然后打开门锁。房间收拾得很干净，像渡船屋的其他地方一样有着伪殖民地风格。"满意了吗？"她问道。

"这里是在楼下那条走廊的正上方吧？"

"我想是的，我从来没想过这个问题。"

"你知道凶手是在下面消失的吗？"

她那张冷冷的脸终于有了接近微笑的表情。"你认为他穿过天花板上到这里来了？"

"我见过几乎一样奇怪的事。"我走出房门时，看到那块"请勿打扰"的牌子仍然挂在对面那扇门上。"我想是叫史密斯先生起床的时候了。"

我轻轻地敲了敲门。

没有回应。

我敲得重了一些。

"你会吵醒这可怜的人的。"亚当斯太太抗议道。

"你有没有想过，亚当斯太太，这位睡懒觉的史密斯先生很可能是那个神秘失踪的蒙面凶手呢？"

"什么？"我说的话似乎让她很困惑，"但这怎么可能？他在楼上呀！"

我又敲了敲门，这回有个模糊的声音回答道："走开，我要睡觉。"

"史密斯先生，我一定要和你谈谈，楼下发生了命案。"

"走开！"

我继续敲门，越来越感到怀疑。要是史密斯先生不想让人看见，那我就更有要见他的理由了。

最后，我听到里面开了锁，门开了一英寸左右。我只要这样就够了，我的肩膀撞在门上，强行将门完全推开。

房间里的那个男人，那个神秘的史密斯先生，不是别人，正是我们那位先前参加决斗的农夫——杰夫·怀特黑德。

"好吧，杰夫，真没想到会在这里看到你。"我说，装出一副没那么吃惊的样子。

"我——我真庆幸来的人是你，医生。自从我听说凯里出院后，我就怕他会来干掉我。"

"你是说因为你们那场愚蠢的决斗？"

怀特黑德点了点头。"我们之间已经吵了好久了。甚至在我打中他后，他还大喊决斗不公平，他都没有机会开枪。他发誓说他要开那一枪，还说等他腿好一点，他就要来找我。"

"所以你躲在这里？这可不算很远呢。"

"我不想丢下家人。我想要是我能在这里待个几天，等凯里不再找我了，我就安全了。"

"有谁知道你在这里吗？"

他摇了摇头。"我跟我儿子说我要离开几天，仅此而已。"我在床上坐了下来，小心翼翼地不去弄乱平整的床单。"你知道，杰夫，你和凯里都是有子女的中年人，也该是行为举止像个大人，而不再孩子气的时候了。决斗的事就够愚蠢的了，躲在这里只会显得更愚蠢。回你家去吧，否则你会惹上一堆麻烦。"

他满脸困惑。"什么意思？楼下出了什么事？"

"你没听到枪声吗？"

"枪声？没有——我想必是睡着了，不过我认为这里有好多人来来往往。而且,我确实看到了救护车。"

"这里的老板——威廉·斯托克斯被一个想来抢钱的蒙面强盗开枪打死了。"

"我的天哪!"

"你和斯托克斯有多熟?"

"几乎不认识,所以我才会选择到这个地方来躲避。前台的服务员也不认识我。"

"那你对这个凶杀案一无所知咯?"

"不知道,从昨晚起我就没出过这间房。"

"好吧,"我说,"听着,现在先待在这里。伦斯警长在楼下,我知道他一定要问你话,不过除了他之外,我不会告诉任何人你在这里。"

我留下他在房间里,回到楼下。亚当斯太太站在楼上的走廊里望着我,但没有说话。

到了楼下,我把杰夫·怀特黑德的事告诉了警长。"你认为他和这件事有什么牵连吗?"伦斯问道。

"我想没有,看不出会有什么牵连。"但有另一个想法在我的脑海中涌动,"那两个送肉来的人,就是刚发生杀人事件时进来的那两个人呢?他们还在附近吗?"

伦斯警长摇了摇头。"我问过他们话,就让他们走了。他们还有别的货要送,而且他们的冰块今天融化得很快。反正这两人我都认识——汤米·贝和乔治·克拉夫特,都在诺斯蒙特镇罐头厂工作。你知道的,他们有一辆红色马车,车上画了一只大公牛。"

"我想和他们谈谈。"

"你认同是贝尼·菲尔茨杀了斯托克斯吗?还是说你觉得这

又是一桩不可能罪案？"

"我还不知道。但你能不能等明天再逮捕菲尔茨呢？反正他也不会到哪里去，说不定到时我对这个案子的来龙去脉又有更好的想法呢。"

伦斯警长对此并不是很高兴，但最后还是同意了。"好吧，医生，我以前相信过你，现在再信你一次。如果这件事不是真的，我也承认菲尔茨很难编出这么个怪故事来，可我没法解释那扇从里面闩上的门是怎么回事。"

"我也解释不出来。"

我开车回到镇上，走的是运肉的马车最可能走的路线。最后我看到它停在我前面，不是在路上，而是在北区公园的亭子前面。我把敞篷车停在拉车的两匹马前面，尽量不惊扰到它们。然后我走过去，贝和克拉夫特正在与亭子的管理员聊天。从听到的对话来看，我知道他们正在聊威廉·斯托克斯遭遇枪杀的事。

"怎么会有人要杀他呢？"管理员问道。

汤米·贝吐了一口烟草汁。"该死的，会去抢钱的人才不需要什么动机呢。我看老斯托克斯就是倒霉才碰上了。"

在他们走回运肉的马车时，我拦住他们，问道："你们有没有看到那个蒙面强盗？"

两个人都摇了摇头。"一点踪影也没有，"乔治·克拉夫特说，"我们还绕到后面去看过。"

"你们为什么不从走廊上追过去呢？"

汤米·贝又吐了一口烟草汁。"该死的，我们又不想找麻烦，那个人有枪呢！我们是想看看他往哪里跑了，可是根本就没看到他的人影。"

"多谢了，两位。"我对他们说。我回到车里，开车离开，而汤米·贝则连忙拉住那两匹紧张的马。

那天晚上我又去看了尤斯塔斯·凯里。他正在他的杂货店后面的房间里忙得团团转,工作量大到远超我的预期。他羞涩地和我打招呼。"你好,医生,又来看我了?"

"你不该让那条腿受那么多力,现在还不行。"

"我知道,我知道,可是有工作要做呀。"

"怀特黑德怎么样?"我问道。

"他怎么样?"

"我不想看到你拿枪去报仇。"

"我不会做那种事的。"

"他觉得你会,他现在正躲着,"我决定把他们间的问题解决,"听着,你肯不肯跟我去见他,和他握手言和,把恩怨一笔勾销?"

尤斯塔斯·凯里犹豫了一下。"好呀,"他最后说道,"有何不可?"

"很好,我明天一早就带你去见他。"

接着我去了警长的办公室,告诉他我的建议。他对我的想法嗤之以鼻。"医生,在这个世界上当和平使者是不会成功的。"

"难道你希望我让他们开枪打彼此?"

"不,不,当然不是。可现在我更感兴趣的是谁枪杀了威廉·斯托克斯。"

"在你看来,那仍然是抢劫未遂?抢劫有没有可能只是掩饰谋杀的障眼法?"

"嗯,医生,这就是你我不一样的地方了。我打一开始就不信抢劫的故事。我认为是菲尔茨杀了他的老板,编出了那个蒙面强盗的故事。"

"你有没有问过在渡船屋里的其他人？比方说，那个女人——亚当斯太太？"

伦斯警长点了点头。"她说听到枪响的时候正在房间里换衣服。"

"亚当斯先生在哪里？"

"她是个寡妇，他打仗的时候阵亡了。"

"杰夫·怀特黑德呢？"

"我跟他谈过了。"

"你相信他是在躲尤斯塔斯吗？"

"看起来很有可能。"

"可是你相信吗？"

"也许吧，"警长往后靠在椅子上，"你什么时候带凯里去和他见面？"

"明天一大早。"

"祝你好运。"

我打电话到渡船屋，告诉杰夫·怀特黑德我明天一大早就会带凯里去见他。他很不愿意，但最后还是同意了。

第二天一早，我打电话到阿普丽尔家，跟她说我要先去渡船屋，会忙到接近中午的时候。"如果有急诊，你可以去那里找我。"我说。

"当凯里和怀特黑德碰到一起的时候，最可能要看急诊的人就是你了。"

"我希望事情能进行得顺利。"

我在八点刚过不久便开着敞篷车去接了凯里，很满意地注意到他今天脚跛得不那么厉害了。"再过一段时间你就可以跳舞了。"我向他保证道。

"嗯。"

他穿了一件打猎用的夹克,在六月似乎太厚了。我也注意到他右边的口袋沉甸甸的,我用手碰了一下,感觉到是硬硬的左轮手枪,就一把把它拽了出来。"该死的,尤斯塔斯,你不能在口袋里带把枪去见他!这算什么讲和呀?"

"只是自卫用的,以防他有什么企图。"

"他不会的!这把枪先放在我这里。"

我把枪锁在车侧面的行李舱里,然后发动引擎。尤斯塔斯还在嘟囔着不带武器去渡船屋的事,但等我们到达目的地的时候,他的情绪已经好多了。

"怀特黑德在楼上的房间里,"我说,"我们直接上去。他正在等我们。"

我率先走了过去,打开了客栈的前门。第一眼看过去,前台后面没有人,我想知道贝尼·菲尔茨到哪里去了。然后,就在凯里一瘸一拐地走过来时,我突然看到一张脸出现在前台后面。那是一个蒙面人,留了大胡子,戴着一顶牛仔帽,还穿着一件有边饰的皮夹克。我们走进门时,他正在想办法打开保险箱。

我看到他手里的枪,就对凯里喊道:"趴下!"一阵震耳欲聋的枪声响起,那个蒙面人直接向我们开火了。

我感到子弹从我的袖子边擦过。然后,我听到凯里发出一声喘息,重重地倒了下去。我转身看到他躺在地上,血从他身子一侧靠近腰部的伤口流了出来。

蒙面人举起枪来准备开第二枪,但又改变了主意。他转身从长走廊跑向后门,就像他前一天早上做的那样。

我想去追他,但我手上有个正在出血,说不定会失去生命的人要照顾。我跪在凯里身边,将手帕按在伤口上,阻止血往外流。他的双眼睁开着,但似乎就要休克了。

然后,我跪着扭过头去看那条走廊。

走廊上什么也没有。

即使从这个距离看,我也知道后门上的门闩仍然是闩着的。

我不得不大声呼救,可是过了一会儿,杰夫·怀特黑德才从他楼上的房间里走出来。

"什么事?"他问道,看见凯里躺在地上,"出什么事了?"

"你没听到枪响吗?"

"没有,我想必是在打瞌睡。"

"叫救护车,赶快!他需要去医院。"

"情况很糟吗?"

我还有时间检查伤口,幸好它不像我担心的那样深。"本来可能会伤得更重,大概是这件厚夹克救了他的命。"

怀特黑德急忙叫救护车,菲尔茨和亚当斯太太从餐厅里走了出来。"你们两个刚才在哪里?"我问道。菲尔茨的嘴边红红的,可能是口红印。

"我在厨房喝咖啡,"菲尔茨说,"亚当斯太太刚刚过来找我,问我有没有听到枪声。"

"又是你的那位强盗朋友,他和昨天一样在走廊里消失了。"

"我的天哪!"亚当斯太太一副快要昏倒的样子,"是鬼吗?"

"我们去看一下那扇门。"我对菲尔茨说。

我们走到走廊尽头进行检查,那根粗重的门闩仍在原位,从里面把门闩住。显然,任何人都不可能在门被闩住的情况下出入这里。

贝尼·菲尔茨将左手按在套孔的支架上,用右手将门闩拉开。"还像以前一样紧。"他说。然后他把门推开,我们向外看去,一切都和前一天一样,碎石地的停车场上空荡荡的,没留下什么痕迹,远处的树林也毫无动静。

我转过身,沿原路走过那条走廊。壁纸已经褪色,沾上了污渍,但仍然牢固地贴在那里。就连原先封死后糊上壁纸的那两扇门,也没有划开、砸开或铰开的迹象。这一次,我从厨房拿了一把扫帚,捅了捅天花板,但没有找到开口。

蒙面强盗又消失了,这一次我亲眼看到了。

我回去照顾我的病人,亚当斯太太和怀特黑德也守在旁边。不久,我听到救护车的声音在靠近。

这的确是个谜案,也是我从没碰到过的不可能罪案。

我在对付的是一个大胆回到犯罪现场的嗜杀强盗吗?还是说我在某种程度上是一个精心策划的阴谋的一部分,而尤斯塔斯·凯里一直都是目标受害者?

医院的人告诉我尤斯塔斯·凯里没有生命危险,这是我一整天听到的最好的消息。他们已经找到子弹的位置,取了出来。凯里脱离危险了。

我回到诊所的时候,伦斯警长正等着要和我谈谈。"你真的见到了那个蒙面强盗吗,医生?"

我点了点头。"我们进门的时候,他躲在前台后面,显然是在撬保险箱。他开了一枪,子弹从我身边擦过,打中了凯里。然后他从那条走廊逃走了,消失得无影无踪。"

"他的外表和菲尔茨说的一样?"

"一模一样。"我形容了一番。

"他为什么会蠢得来第二回?因为第一回没把钱拿走吗?"

"可能是。要不然他就是在保险箱旁边等待,只是为了开枪打凯里。"

"你说子弹差点先打中你。"

"不错，如果他瞄准的是凯里，那他的枪法就太烂了。"

"这到底是怎么回事，医生？"

我思考了一下。"他今天还是没拿到钱。也许他明天还会再来一回。"

"你相信吗？"

"不信。"我承认道。

"一直到今天早上，我还准备把菲尔茨抓起来，现在我不知道该怎么办了。你认为那会是鬼吗，医生？"

"和去年夏天舞台上的那个'鬼'一样。"

"你的意思是这又是在玩花样？可到底是怎么做到的呢？怎么就在走廊消失了呢？我简直想不出有什么办法可以做到。"

"我倒想到了两个办法，"我对他说，"但这正是我的问题所在。这两个办法都只能用一次，不能用两次。"

"两个办法！"

"嗯，警长，我想做个实验。我希望你把那两个送肉的送货员找来，让他们今晚到渡船屋去。这事你能做得到吗？"

"你是说汤米·贝和乔治·克拉夫特？没问题，我能把他们找来。"

"好。我八点钟和你们在那里见面，说不定到时我们就能抓到那个'鬼'了。"

在某些方面说来，要解开一个有两个答案的谜团比解决一个没有答案的谜团更难。我整个下午都在思考那两种可能的解释，最后开车前往客栈时，我终于知道了是怎么回事，也知道了该怎么证明我的推测。

我在距八点还有几分钟的时候来到了渡船屋。贝尼·菲尔茨正在走廊前面打扫，一副很不高兴的样子。我问他有什么烦恼，他回答道："律师来过了，他说斯托克斯的继承人可能会把客栈卖掉。那样我就会失业了。"

"要是伦斯警长把你抓起来的话，你也会失业。"我指出道。

"可是他现在怎么能抓我呢？"

"你且祈祷他不会抓你吧。杰夫·怀特黑德还在楼上吗？"

"我想是吧，还在。"

我走上楼去，在楼梯口敲了敲他的房门，看到亚当斯太太似乎在对面的房间里偷看我。怀特黑德立即开门，请我进去。"案子有突破吗，医生？"他问道，"我可以回家了吗？"

"我想今晚会有突破。你从一开始就可以自由来去呀。"

"我怕尤斯塔斯在附近徘徊——"

"胡说八道，"我嗤之以鼻地说道，"你这辈子从来没怕过尤斯塔斯·凯里。我知道你在这里的真正原因，所以你可以不必再骗我了。我完全知道——"

我的话被楼下用力关上前门的声音打断，接着是伦斯警长的声音在叫我的名字。"我们下楼去吧，"我对怀特黑德说，"试着把这件事解决掉。"

"我不想下去。"他喃喃地说。

"要我把他们全叫上来吗？"

"不要……"

"那就来吧。"

我走到对面去找亚当斯太太出来，然后带路下了楼梯，去见在等待的警长和两个送货员。

"你把我们拉到这里来干什么？"汤米·贝抱怨道，"我们根本不知道枪击的事。"

我看了看站在前台后面的贝尼·菲尔茨，又看了看板着脸站在楼梯底下的亚当斯太太。我甚至看了看那条长走廊，以确定我能看到尽头那扇闩着的门。这一次，那个蒙面强盗跑不掉了。

"让我跟你们讲个故事，"我开始说道，"这是一个蒙面强盗在昨天早上如何枪杀威廉·斯托克斯，并且从一扇闩着的门逃走的故事。"

"你说你的，"乔治·克拉夫特说，"我得回去工作了。"

"嗯，斯托克斯当时在楼上，正准备下楼来，却看到送肉的马车停在了门口。只不过他看到的不是贝和克拉夫特，而是一个蒙面男人，穿着有边饰的皮夹克，拿着一支西部左轮手枪。"

"什么？"汤米·贝张口结舌地说，"这是什么意思？"

"他们中的一个——哪一个并不重要——先拿着枪进来，制伏了贝尼。另一个搬了肉走到前门口，开始自言自语，让贝尼觉得他听到了两个人的对话。然后，斯托克斯出现，遭到枪杀。凶手从走廊逃走，拉开门闩，出了后门。搬肉的那个进来，帮着贝尼照顾那垂死的人，然后借机溜到走廊，从里面重新把门闩好。同时，凶手卸下了他的服装，重新以送货员的身份出现。在一片混乱中，贝尼始终不知道两个送货员并没有同时在场。"

"对，"贝尼·菲尔茨说，"现在我回想起来，真有可能就是这样。"

"这真是胡说八道！"乔治·克拉夫特叫了起来，"就算这是真的，我们何必那么麻烦又把门闩起来？"

"为了把杀人的事嫁祸给贝尼·菲尔茨，"我说，"为了让他说的故事看起来根本不可能发生。"

"这种说法有证据吗？"伦斯警长平静地问道，右手放在枪柄上。

我深深地吸了一口气。"没有，警长，我没有证据，因为这些全不是真的。我只是说事情可能是这样。"

"其实并不是？"他看起来很生气。

"今天早上发生的枪击，克拉夫特和贝根本都不在现场。而且我在有人能赶过去对门闩动手脚之前，就已经检查过那扇闩着的后门了。我刚刚描述的办法今天不可能用上，所以昨天也没有用上。我们没法相信两个不同的强盗使用完全一样的犯罪手法。不会的，昨天和今天是同一个人——而因为贝和克拉夫特今天不可能做这种事，这也就证明在昨天的命案里他们是清白的。"

"听到这话我可真高兴！"汤米·贝说。

伦斯警长并不满意。"那你要我把他们叫到这里来到底是为了什么？"

"这样我才能先排除错误的答案，再找出正确的解答。"

"该死的！没有别的办法了，医生。"

"不对，有。"

"要是那扇门真是从里面闩住的，又没有其他的路走出走廊——"

"的确没有其他的路，两边的墙、地板和天花板，我都亲自检查过了。"

"凶手走上走廊，没有穿过那道闩着的门，又没有别的路出去，那他到底做了什么？"

我瞥了一眼周围的人，开始说："今早的第二次枪击事件打乱了我的思路。有那么一段时间我甚至以为尤斯塔斯·凯里是目标受害者，而我被骗得为此把他带到了这里。"我狠狠地瞪了杰夫·怀特黑德一下。"杰夫很可能是那个蒙面又装了假胡子的强盗。他在这里的时候总有些不对劲。昨天早上乱成一团,他却一直躲在房间里,最后我硬闯才得以进去。为什么呢?绝不是因为他怕尤斯塔斯·凯里,这理由太站不住脚了。"

"你认为怀特黑德杀了斯托克斯,是为了把凯里骗到这里来吗?"伦斯警长问道。

"我倒是这样想过,直到我想起了那张床。就是那张床让我知道怀特黑德做的是什么坏事,也告诉我他是清白的。"

杰夫·怀特黑德走上前来,开始表示抗议,但我举起手来制止他。"不用说,不用说,我知道你没有杀任何人。杰夫,你不是那个蒙面强盗。"

"那到底是谁?"伦斯警长追问道,"你把在场的人全排除了!"

我斜眼看了看亚当斯太太。"凶手始终没说话,可能是个女人。"

"亚当斯太太?"

"不是,我正好知道她是清白的。"

"那是谁?是怎么做的?"

"我实在不愿意承认这件事,警长,可你一直是对的。根本就没有什么蒙面强盗,都是贝尼·菲尔茨谋杀了老板后编出来的故事。"

贝尼喉咙里发出一声困兽般的尖叫,他转身就跑,冲向那条长长的走廊。

但这回伦斯警长把枪拔了出来。"站住,否则我就开枪了,贝尼!"他喊道。

菲尔茨继续往前跑,差不多快到那扇闩着的门前时,警长开了枪。

这回贝尼·菲尔茨没有消失。

"你说不定会打死他，警长。"

"我只瞄准了他的腿。"

亚当斯太太歇斯底里地把脸贴在怀特黑德的肩膀上，克拉夫特和贝呆站在那里。我请他们中的一个去叫救护车。

"我应该昨天早上就把他抓起来的，"警长说，"他就是一副有罪的样子。"

"我想也是，"我不得不同意，"我猜斯托克斯逮到他在偷钱，或者他们发生了激烈的争执。总之，贝尼抽出一支左轮手枪射杀了他的老板。我想这些都不是事先计划好的，当贝和克拉夫特在片刻之后走进前门时，他一定吓坏了。

"他设法把手枪藏在前台后面，然后编了个故事出来——蒙面强盗想抢钱所以杀了斯托克斯。他的故事本来也是有可能的，直到你注意到走廊尽头的那扇门是从里面闩住的。这样贝尼·菲尔茨的麻烦就大了。"

"好吧，第一天的这些情形我明白了，"伦斯警长着急地说，"但今天早上的枪击事件是怎么回事？你还看到了那个蒙面强盗！你看到他就消失在这条走廊上！"

"嗯，如果你是贝尼的话，你会怎么做呢？他当时是没事的，但很可能过一两天就会被抓起来。他唯一的机会就是让那个蒙面强盗再出现一次，这样大家就会相信他说的是真的。凯里和我只是来得不是时候，否则受害者很可能是再来送货的贝和克拉夫特。他并不是有意要杀尤斯塔斯——事实上，不杀死要好得多，因为这样可以让他有两个证人来证明真有那个强盗。"

"可他的确消失在走廊上了呀！你跟我这样说的，医生。"

"的确是这样。但就连这个也是他计划的一部分。当初他想到蒙面强盗的时候，所形容的穿着其实都是基于他自己的衣服——我相信你一定能找到它们藏在什么地方，还有那把枪——他的其他描述也很符合这一点。贝尼相当矮小，但他说那强盗只比他高一点。牛仔靴能让他的身高增加一两英寸。他就是这样装扮好躲在柜台后面，慢慢等待。"

"万一其他的职员，比方说亚当斯太太吧，先发现了他的话，会怎么样呢？"

"我相信他不管看到什么人都会开枪——他不在乎他的证人从哪里来，只要有人证实他的故事就行了。"我带着警长回到走廊尽头那扇闩着的门前。"他用了一个简单的办法在门闩上玩花样。我昨天检查过门闩，所有的螺丝钉都拧得很紧。可是你看，现在把门闩孔钉在门框上的两个螺丝钉周围都有牙签头插着。

"昨天晚上他把这两个螺丝钉拆了下来，把孔挖大了一点，结果便使得那扇门看起来是闩着的，但只要转动一下门把手，再拽一下，这两个螺丝钉就会从门框里脱出，门就开了。

"当菲尔兹到了门外时，他只要把门从他身后拉上就行了。松动的螺丝钉又回到了它们的孔里，而门看起来好像仍然是闩着的。后来，他又将牙签头插进孔里来压紧螺丝钉。"

伦斯警长搔了搔头。"你怎么知道的？"

"两件事。今天早上的枪击事件后，我看到了菲尔茨，他嘴巴的四周有点红红的。那是他卸下服装时把假胡须扯掉得太快的结果。然后，他和我到走廊上检查那扇门的时候，他用左手压着门闩套孔的架子，防止拉动门闩的时候螺丝钉会掉下来。"

"该死的！你可能会看到那个强盗从后门出去！或是跟着跑过去马上试试那扇门，或者那两个螺丝钉可能没插回孔里却掉在了地板上!"

"没错,这些事都可能发生,警长——可是没有一样对他的计划有致命的影响。他只要说那两个螺丝钉一直是松的,说那强盗昨天就是这样逃出去的。我们明知道他在说谎,可是没办法证明。结果他的花招仍然有效,他当然就会继续编他的不可能故事啦。"

"本来是很简单的杀人事件,被他弄得可真复杂!"

"他编造出一个谎话来掩饰罪行,结果没想到变成了不可能的情况,只好再想个办法来证明一下,让大家相信他。"

"杰夫·怀特黑德和那张床的事呢?到底是怎么回事呀?"

杰夫和亚当斯太太仍然站在一起,我压低了声音。"昨天早上我发现他躲在房间里时,他的床是铺好的,上面还放着东西。他既然一直没出过房门,门上又挂着'请勿打扰'的牌子,而住客栈的人不会自己铺床,尤其是在客栈还有管家当班的情况下。我想床是亚当斯太太铺的,因为她跟他一起睡了那张床。那才是他一直待在这里的真正原因。那张铺好的床让我知道他们犯了罪,不过不是谋杀罪。"

伦斯警长只能搔了搔头说:"真是绝了!"

"嗯,"萨姆·霍桑医生总结道,"他们发现了贝尼扮强盗的服装和那把枪都藏在厨房那只大炉子后面。查过账之后,也发现他多年来一直在偷客栈的钱。所以,整个案子就解决了。

"再来……啊……一点小酒吗?下回我要给你讲讲那年十一月的选举——在那次选举中,有个人在投票亭里被谋杀了。嗯,那才真正的不可能犯罪哩。"

10 投票亭谜案

"嗯，又是一个选举日，"萨姆·霍桑医生倒着酒说，"选举总是会让我想起在诺斯蒙特镇发生的投票亭谋杀案。那是一九二六年的十一月，伦斯正在竞选连任警长。我想那是我遇到过的最不可能的谋杀案了。在我开始之前，要不要先来点……啊……小酒……"

我记得那年的选举日下雨了，伦斯警长担心天气不好会让支持他的人待在家里。他花了很大的心力准备竞选，对手是亨利·奥蒂斯——一个刚搬到诺斯蒙特镇的人，在南方有过当警长的经验，在妻子亡故之后才搬到北方来。当然，在那个年代，我们仍然使用纸质选票。一九二六年时，只有少数几个大城市有投票机，尽管投票机从一八九二年就已经获准用于各种选举。你知道，投票机是托马斯·爱迪生于一八六九年发明的——这是他第一项申请专利的发明——尽管它与今天使用的机器有很多不同。

不管怎么说，诺斯蒙特镇用的还是纸质选票。你报上姓名，在选举人名册上签字，然后他们给你一张选票。你走进挂了帘幕的投票亭填写选票，然后把选票放进投票亭外的一个开了一条小缝的投票箱里。这是个很简单的系统，也很管用。只不过在投票结束后，有时得花上大半夜的时间来正确计票，最后决出当选者。

这一天，就像我说的，一直下雨，不是绵绵细雨，而是那种秋天经常下的新英格兰式的大雨，可以冲落树上残留的叶子，并且通常让人很不舒服。因为下雨的关系，我开车把我的护士阿普丽尔送到设在惠特尼理发店后面的投票站。不过说实话，就算不下雨，她也会希望我陪她来的。

"想想看，萨姆医生！他们给了我们女人投票权，却又要我们到一家理发店去投票！"

我微微一笑，想让她别那么激动。"好吧，阿普丽尔，这里也没有那么糟。镇北的人在校舍投票，我们要不是因为镇政府在整修的话，就得到那里去投票。威尔·惠特尼是行政委员，是好心才让镇上用他的理发店来当投票站呢。"

"不光是这样，萨姆医生。我在报上看到说，纽约和芝加哥的妇女通常都得去像理发店这样的地方投票。"

"至少她们不必去酒店投票。禁酒令可把这问题给解决了。"

我们把车停在威尔·惠特尼的店门口，阿普丽尔撑起伞来挡住倾盆大雨。我把车开到后面，停在一块已经有水坑的空地上。然后我跑向理发店的后门，希望身上不会淋得太湿。

"今天早上没有伞不行。"我跑进门时，有个声音对我说。说话的正是伦斯警长本人，看上去胖乎乎的，很高兴，尽量不露出紧张和不安。

"你在这里做什么，警长？"我问道，"做点非法的竞选活动吗?"

"才不是呢,报社来的那个家伙要拍一张我和奥蒂斯在投票亭外握手的照片。好蠢的主意,可我一定得配合。"

报社来的那个家伙是个年轻摄影师,名叫曼尼·西尔斯,最近才来到镇上。这个我不久前才认识的人,从得奖的公牛到凯利太太生的双胞胎,什么照片都拍。我和他握了握手,看着他添加闪光粉。这让我想起在舞台发生的那起命案,闪光粉在其中扮演了很重要的角色。"你拍照片不会腻吗,曼尼?"

他对我露出很孩子气的笑容。"当然不会,萨姆医生,新闻摄影越来越重要,就连《纽约时报》有时都用照片取代原先的图画刊登在头版呢。"

"你打算拍一张赢家和输家握手的照片?"

"不错,你可以称之为'友好的敌人'。"

阿普丽尔已经脱下雨衣,正在将雨伞上的水滴甩干净。坐在桌子后面的两名工作人员都是她的朋友,所以她坐下来和她们聊天。其中,摩加诺太太偶尔会找我看病,我知道她和伦斯警长一样是共和党的。另一位女士是干货店的艾达·弗赖伊,想必是民主党的。

威尔·惠特尼正在店门口忙着给一位客人剪头发,而我们似乎是唯一到场投票的人。这位客人是一个我不认识的男人。不知道为什么会有一个陌生人在这下大雨的选举日到诺斯蒙特镇来。

"嗯,我得先去投票。"阿普丽尔说完,从桌子后面那两位女士手中接过一张长长的选票。除了要选警长和行政委员外,还要对一些地方条例进行投票表决。在选票的最上面,排在一切前面的是州政府的公职人员。那年不是总统大选年,可是我们要选一位州长和一位参议员,以及我们当地的众议员。

要看清整张选票并加以填写,是需要时间的。阿普丽尔在投票亭里待了整整两分钟,才出来把选票扔进她左边的投票箱里。"你有没有选对人?"我笑着问她。

"现在在位的我一个也没选,当然,除了伦斯警长。"

警长笑开了,正准备谢谢她,却因为他的对手的到来而被打断。亨利·G.奥蒂斯像身后被风刮着的大雨一样冲了进来,在理发店的地板上跺着湿透的鞋子。他一面把眼镜取下来擦拭,一面眯起眼睛近距离看着我们这群人。

"我是来给你们拍照的,奥蒂斯先生,"那位年轻的摄影师高举相机和闪光粉,"我希望你们两位在投票亭前合影。"

亨利·奥蒂斯没有搭理他,而是转身对理发椅旁的威尔·惠特尼说:"用剃刀的时候可别失了手,威尔。我今天连一票也不能少。"但当他重新戴上眼镜,更清楚地看到椅子上的人时,他似乎被吓到了。"你不是诺斯蒙特镇的人。"

"只是路过。"那个人含糊地说道。他的声音在我听来像是南方口音。

奥蒂斯迅速转身离开,我有点想知道他是不是认识这个人。威尔·惠特尼在空中挥舞了一下剃刀,弯腰继续他的工作。艾达·弗赖伊停下来和阿普丽尔闲聊,朝那位候选人挥舞起一张选票。"亨利,你快投票吧!等一下有的是时间拍照。"

他微微鞠了一躬。"永远遵从党的意志,艾达。你好吗,警长?在好好享受最后一个星期的任期吗?"

伦斯警长咕哝了几句。他们的竞争很激烈。奥蒂斯指责伦斯是个"什么事也不做的乡巴佬",而警长回应说奥蒂斯是个投机政客。我看得出他们间的火气在投票站也没有减少。整个场面让我觉得很尴尬,因为我认为自己是警长的好朋友,不希望看到竞选带给他伤害。也许所有从政的人都必须出去拉票，可是这对伦斯警长影响更大。他是个怕丢了差事的男人，事情就是这么简单。

奥蒂斯脱了雨衣准备拍照，不过手上仍然拿着艾达·弗赖伊给他的选票。摄影师在投票亭前忙着准备，但奥蒂斯从他身边挤了过去。"我说过了，先投票，再拍照。"

他把厚重的黑色帘幕拉了起来，我可以想象他手拿铅笔，弯腰看选票的样子。"要不要来点咖啡，医生？"摩加诺太太问道，已经为我倒好了一杯。

"也好，可以驱驱寒气。"

曼尼·西尔斯站在投票亭前大约十英尺远的地方，拿好照相机和闪光粉等着奥蒂斯出来。前面的威尔·惠特尼暂时丢下他的客人，离开理发椅走到后面观看。伦斯警长试图尽量不理会这些，只和阿普丽尔以及那两位女士聊天。外面，一阵转向的风把雨吹得打在理发店的窗户上。

亨利·奥蒂斯填写选票时，黑色的帘幕下可以看到他的腿。几分钟过去了，他似乎花了太长的时间。"你在里面还好吗，亨利？"艾达·弗赖伊终于忍不住叫道，因为已经过了将近五分钟了。"需要帮忙吗？"

"我差不多快好了，"他回答道，"选票真是太长了！"

又过了一会儿，他把帘幕推到一边走了出来。他左手握着折好的选票，右手拿着铅笔，脸上露出极为惊讶的表情。

他蹒跚着向前走了两步，而我在他的衬衫前看到了血迹。"奥蒂斯，怎么了？"我问道，在他开始跌倒时，我猛地向前一跳，接住了他。在我身后，年轻的曼尼·西尔斯点燃了他的闪光粉，拍到了照片。

我轻轻地把奥蒂斯放在地上，开始撕开他的衬衫。"杀人凶手……"他艰难地喘息着，"刺杀……"

然后他整个人失去力量，头歪向一边。我知道他已经死了。

"大家退后，"我说，"他被谋杀了。"

虽然他临死前说了话，但我的第一个想法是他遭遇了枪杀，那可能是一支装有消音器的枪。当我揭开伤口时，我发现他是被刺死的，毫无疑问。他的衬衫和衬衫底下肌肤上的洞有近一英寸长，而且相当狭窄。这是很典型的刀伤，位置在心脏下方。如果这把刀是往上刺的话，很容易刺到心脏。

"他一个人在投票亭里，"伦斯警长惊叫道，"没有人能在那里杀他！"

"我知道。"其他人都围了过来，我挥手示意他们退后。"我们得找到那把刀，"我说，"最好由我来找。警长，你和其他人一起留在店门口。"

"我为什么不能——"

"因为别人会以为是你杀了他。"我解释道。

这话让他闭上了嘴。我把帘幕完全拉开，检查投票亭，发现里面没有别的，只有一个木架，上面放了几支铅笔——和仍然紧握在奥蒂斯右手上的那支铅笔一模一样。我看了看木架的底部和地板的表面，摸了摸那黑色的帘幕，确定没有刀藏在里面，然后绕到投票亭后面寻找可以将刀刺进去的洞。

什么都没有。

投票亭三面都是实心木板，第四面挂着黑色帘幕，对着所有的人。里面只有用来填写选票的木架。

"好了。"我绕过地上的尸体，最后说。阿普丽尔用多出来的一块黑色帘幕把尸体盖了起来，但即使如此也没法阻止摩加诺太太歇斯底里地哭了起来。"你最好带她到我的车上去，"我对阿普丽尔说，"直到她恢复镇定。现在雨已经小了。"

阿普丽尔扶着那位女士站了起来，伦斯警长也上前帮忙。"阿普丽尔，"我把她叫到一边，"想办法翻翻她的衣服，确定她身上没有刀。"

"你觉得……"

"不，不！可是我们要顾到所有的一切。"等她们走了之后，我对其他人说："我们得搜遍这里的每一个角落，找到那把杀死奥蒂斯的刀。没找到那把刀，我们就不会知道是谁做的以及他是怎么做到的。"

"这是间理发店，"威尔·惠特尼提醒我们说，"这里到处是剃刀、剪刀之类的。没有这些，我就没法工作了。"

我同意。"但我认为这些都无法造成那么宽的伤口。我们再找找看。"

我们搜查了二十分钟，打开了每一个抽屉，测量了每一件我们找到的带尖刃的东西。我们彼此搜过身，也搜了那具尸体，甚至还翻找了惠特尼替客人刮过胡子后存放用过的毛巾的篮子，可是里面并没有藏着任何凶器。

这时，因为雨停了，选民都陆续过来了。我们不得不把他们挡在外面，至少要等到尸体被搬走才能让他们进来，但候选人死亡的消息很快传遍全镇。镇长打来了电话，县选举委员会也打来了电话，一时间电话铃声就像荒腔走板的赞美诗在后面响个不停。

"他想必是自杀的，"伦斯警长宣布说，"他身边一个人也没有。"

"如果他是自杀的话，就只能用铅笔刺杀他自己，"我说，

"那是他身上最尖锐的东西了。此外，他应该也不会在可能当选警长的这一天自杀。他走进投票亭的时候不像是情绪沮丧的样子。"

"好吧，"警长表示同意，"可怎么有人能接近到足以刺死他呢？我们全在这里——威尔·惠特尼在照顾他的客人，摩加诺太太和艾达坐在那张桌子后面，你和我还有阿普丽尔在投票亭前面，那个摄影师在等着为他拍照。我们中没有一个人靠近投票亭啊。"

"刀是可以扔出去的，"我指出这一点，"不过让我搞不懂的是，扔出去的刀怎么我们所有的人都看不见。"

"也许他在走进投票亭前就被刺了一刀，"威尔·惠特尼主动说，同时擦拭着剃刀上已经干了的肥皂泡沫，"听说有个人在希恩镇跟人争吵的时候被捅了一刀，起初甚至都没感觉到。"

可是我不同意这个说法。"奥蒂斯站在投票亭里填写选票，差不多有五分钟之久，心脏受伤不可能撑那么久的。而且，流出来的血会比现在多很多。不，他被刺的时候就在他离开投票亭之前或之后。他只活了不到一分钟。"

"可我们全都盯着投票亭看呢！"伦斯警长反驳道，"西尔斯甚至还拍了张照片。"

我突然想起了一件事。"你确实拍了张照片，对吧？就在他开始倒下的时候！"

年轻的摄影师点了点头。"没错，我拍到了。我那时还不知道他被刺了一刀。"

"照片冲印出来要多久？"我问道。

"哦，一个小时左右就可以。"

"那你为什么不这样做呢？照片里可能有珍贵的线索呢。"

"真的吗？"在命案发生后，他第一次显得很兴奋，"我马上回报社冲印照片。"

阿普丽尔在理发店的另一边朝我挥手，她正在检查那一排靠在墙上的湿雨伞。"我刚刚想到那把刀可能丢在收起来的雨伞里，萨姆医生。"

"我想到过这一点，可是这些伞里没有刀。"

"你看过了？"

"当然，现在发现了什么线索吗？"

"你就这样让曼尼·西尔斯走掉了，也不检查一下他的相机。"

"相机？你是说……"

"他难道不可能装个弹簧什么的，在打开快门时把刀射出去吗？诸如此类的。"

"那把刀呢？"

"可能是用冰做的，然后融化了。"

"在两秒钟之内？不可能。而且也没有冰能锋利到可以那样刺穿他的衣服和皮肤。我的天哪，阿普丽尔，你最近在看些什么书呀？"

"没有比《画舫璇宫》更暴力的东西了。"她坚持道。

"听起来很像是傅满洲呢。"

"不，真的，萨姆医生——你没注意到曼尼的奇怪行为吗？"

"他没做什么让我觉得奇怪的事呀。"

"没错！"她叫道，"但这就是奇怪的地方！"

"现在我知道你在看些什么了——福尔摩斯探案故事！"

"说真的，他不是早该跑回报社冲印照片吗？为什么还在这里待着呢？"

我不得不承认她这话说得有道理。我走过去检查他的相机，但那就是架真的相机，没有射飞镖或飞刀的开口。而在我问他为什么在现场待了那么久时，他也有他的答案。"我以为在尸体被搬走之前，伦斯警长会想要一些犯罪现场的照片。"

警长听到他的话，点头表示同意。"嗯，对，来，给我拍几张照片，孩子，说不定有用。"

我跟在场的每个人都谈过了，只剩下威尔·惠特尼那位沉默得出奇的客人。我走到他仍然坐着的那张理发椅前。"你刚才说你叫什么名字来着，先生？"

"我没说，"他三十五到四十岁的样了，有种长年生活在户外的感觉，"不过我姓克罗克，我叫海·克罗克。"

"你住这附近？"

"不是。"

"只是路过？"

"可以这样说。"

"你不认识死者吧，亨利·奥蒂斯？"

"我怎么会认识他？我今天早上才到这个镇上。"

"选举日大部分人都喜欢在家投票。"

"在我的地盘，从来没有人关注过政治。"

"那是哪里呢，克罗克先生？"

"南方。"

"你是做生意的？"

他点了点头。"狗，我养狗，训练狗。"

"打猎用的？"

"对，还有看门狗，防止别人闯入你的土地用的。"他拿出一支外国细雪茄点上，尽管惠特尼早就把他打理好了，他却一副不想离开理发椅的样子。"也有警犬，也许伦斯警长用得上一只警犬。"

"我会问问他的，克罗克先生。"

这时我有更重要的事要问警长。他们小心翼翼地抬着担架通过前门，终于把尸体搬走了，外面等着的人都挤在一起了。"最好让外面的人离开，警长，"我警告道，"这又不是在看戏。"

但当伦斯叫一个从山上来的农夫离开时，对方马上叫道："这也是赢得选举的一种办法——对吧，警长？"

伦斯可不是个听到这种暗示不回嘴的人。"你不用怕！我会查出杀死奥蒂斯的凶手的。"

"要是你落选了怎么办，警长？"另一个嘲笑者加入进来。

"要是我落选了，我会辞职，让他们重新选一个人来填补那个职位。要是镇上的人不需要我，我也不想要这份工作。"

这话让他们暂时安静了下来。救护车载着亨利·G.奥蒂斯的尸体离开了。这样一来，这个地方也恢复了正常。选民们等得不耐烦了，纷纷挤进店里，让艾达·弗赖伊和摩加诺太太赶忙核对选举人名册。

阿普丽尔拿着一支铅笔走到我身边。"你要这个吗，萨姆医生？在他们把死者运走之前，我从他手里抽下来的。让他握着一支铅笔下葬没什么意义。"

"的确没意义。"我把铅笔夹在指间转了转，但那只是一支普通的木制铅笔，和我用来填写选票的铅笔一模一样，不可能用来杀人。

"你认为是谁杀了他？"阿普丽尔问道，"是怎么杀的？"

"一个隐形人用一把隐形的刀杀的。"

"伦斯警长？"

"不是，伦斯不会杀人。他也许不是本州最聪明的警长，但他代表的是法律和秩序。再说，我认为他真的希望今天能当选连任。"

"那还有谁呢？"

"那个神秘的驯狗师，海·克罗克先生。"

"为什么是他呢？"

我耸了耸肩。"他在镇上是个陌生人。杀奥蒂斯的人，一定有动机，而那个动机可能在过去就已经有了。奥蒂斯来诺斯蒙特镇的时间还没有长到会和人结怨。至少，他不会用这种可怕的方式杀奥蒂斯。"

阿普丽尔十分相信克罗克有嫌疑的说法。"要不要我去跟踪他，看他会去哪里？"

"我们今天没有病人吗？"

"只有福斯特老太太，结果她今天早上看到下那么大的雨，就打电话来说要推迟一个星期，因为她的马车会陷在烂泥里。"

"好吧，"我同意道，"注意一下克罗克，看他会去哪里。我要去报社逛逛，看看曼尼·西尔斯是否已经把照片冲印好。"

那个星期二下午雨虽然停了，但天空并没有放晴。远处堆积着厚厚的灰色云层，不断有雷鸣从西边向我们袭来。我知道会再次下雨，而且很快就会下。

《北山蜂报》的办公室比我以前见到的时候要忙碌多了，好几个人在打电话，把命案的细节传播给波士顿和纽约等大城市的日报。出版商埃德·安德鲁斯正在审阅夜间版的头条。《北山蜂报》通常每个星期只出三次，分别在星期一、星期三和星期五出，但警长候选人在镇上的投票亭里遇刺身亡的消息值得发一次号外。

"你好，医生，"安德鲁斯说，"你这回又在现场，对吧？能破解谜案吗？"

"再看看吧。"

"曼尼说他拍到了一张照片。"

"希望如此，它已经冲印好了吗？"

"他们现在正在冲印。"

我想起海·克罗克，还有我认为这事和过去有关的观点。"跟我说说奥蒂斯这个人，埃德。他有什么背景？"

那位出版商耸了耸肩。"他是一年前从北卡罗来纳州来到这里的。他是那里的警察局长，在一个比这里大一点的镇上吧。他太太死了，他想重新开始，想抛开他往日的回忆。"

我哼了一声。奥蒂斯看起来并不太老。"她是怎么死的？"

"谁？"

"奥蒂斯的太太。我纯粹是职业上的好奇，如果她也是他那个年纪的话，那并不太老呀。"

"你说得对。"他同意道，然后看了看一张印好的讣告，"她三十八岁，两年前死于一起入室盗窃案。他们抓到了凶手——一个经过那里的流浪汉，并把凶手吊死了。凶手闯进屋子找吃的，用刀把她刺死了。"

"那个流浪汉有没有招供呢？"

"我怎么知道他有没有招供？我只是把印在这上面的东西念给你听呀，医生。"

曼尼·西尔斯轻轻地捏着几张湿漉漉的照片的边缘，从房间的另一头走了过来。"照片在这里。"

我随意地看了一眼他应伦斯警长要求拍摄的那张，照片上是奥蒂斯躺着的尸体，然后把注意力转移到奥蒂斯走出投票亭时的那张照片上。他胸口的黑色血迹刚开始成形，脸僵化成我记得非常清楚的惊讶表情，两个膝盖似乎软了下来，左手的五指张开着，仿佛想抓住什么来作为支撑。

那是死亡前的一瞬间，也是刀刺进去后的一瞬间——可是在照片里，随便哪里都看不到有刀。

我们的眼睛没有欺骗我们。亨利·奥蒂斯是独自一人在投票亭里时被刺杀的，至少有八个人在外面看着，而那把刀似乎就这样凭空消失了。

我回到威尔·惠特尼的理发店，一直等到没有人来投票的时候。然后，我问艾达·弗赖伊和摩加诺太太可不可以让我再检查一次投票亭。

"不知道你想在这里面找到什么，"艾达·弗赖伊说着替我把帘幕拉开，"我们甚至把血迹擦干净了，以免有人觉得不舒服。"

我开始检查用来填写选票的木架。木架的高度大概到我的腰部，我可以想象有刀从里面弹出来，刺向亨利·奥蒂斯后，再由某种机械装置将它拉回秘密插槽中的情形。

这个想法很好，可惜是错的，木架是实木的。

我从理发店后门离去的时候，突然听到狗的咆哮声和女人的尖叫声。我不是很确定，但那听来很像是阿普丽尔的声音。

我跑过满是车辙的停车场，跳过泥泞的水坑，冲到了后面的街上。阿普丽尔躺在离下个路口还有一半路的地方，试图击退两只狰狞的德国牧羊犬。

我一面跑，一面将雨衣脱下，裹在我的左臂上，然后冲了上去，用我裹了东西的手臂挡住狗的扑击。

阿普丽尔已经完全放弃反抗，只能爬到一边保护自己不被狗咬伤。我拉着她，抵抗着狗的攻击，直到突然一声尖锐的哨音把它们叫开了。

阿普丽尔抬起她满是泪痕的脸，露出了那两只狗野蛮攻击留下的伤痕。"我必须送你去医院。"

"那是克罗克的卡车，萨姆医生！我想看看里面有什么，两只狗就冲了出来。"

"克罗克的事以后再说。"我对她说。我看到他站在街对面，正用绳子把狗拴住。

我把她扶起来，清理被狗咬的地方，涂上消毒药水，再送她去医院。我照顾好阿普丽尔后，便想回去看看海·克罗克的卡车。

等我从医院回来的时候，雨又下了起来——那种很恼人的毛毛雨，好像能浸透人的骨头。阿普丽尔很舒服地躺在医院休息，他们决定让她在医院住一夜，以防她对药物有不良反应。我相信那两只狗没有狂犬病，而且我很不愿意让她承受接种巴氏血清漫长而又艰辛的疗程，除非有必要。但我确实想再看看那两只狗，最好是它们静止不动的时候。

克罗克在他的狗攻击阿普丽尔后，并没有要离开镇上的意思。我在迪克西餐厅发现他正在喝咖啡。迪克西餐厅的咖啡常常会加一些上好的加拿大威士忌，但我不能确定他杯子里是什么。

"你好，霍桑医生，"他向我打招呼，"你护士的事真是抱歉。她还好吧？"

"还活着，都是你那两只狗害的。"

"它们受的训练就是保护我的资产。我一看到出了什么事，就马上把它们唤回来了。"

"我想再看看它们，它们可能有狂犬病。"

"我的狗？"他对我笑了笑，"是这一带最健康的动物。不过没关系，你要怎么看都可以。"

他喝完咖啡，走到外面，带着我穿过街角来到一处空地，他的卡车就停在那里。那两只狗现在已经回到车里，在我走近时不断地咆哮着。

"车里有什么值钱的东西吗？"我问道。

"什么也没有。"但他并没有打开车门的意思。

我对他已经渐渐失去耐性。"我告诉你，克罗克，我现在就可以让伦斯警长以伤害罪把你抓起来。你的那两只狗差点咬死我的护士，而她目前正在医院里。"

"不会，不会，我的狗没受过杀人的训练。"

"但它们的主人可能会呀。说不定就是你从南方跟踪亨利·奥蒂斯到这里，然后把他杀了。"

"他又不是被狗咬死的，他是被刀刺死的，"他狡猾地对我笑了笑，"别忘了当时我一直坐在那张理发椅上。"

"我记得。"我也想起了另一件事——亨利·奥蒂斯的妻子被谋杀。她和他一样是让人用刀刺死的，我想知道今天的命案和两年前的那件事有没有关系。"把车门打开，"我对克罗克说，"我还是要看看你的狗。"

"它们没有狂犬病。"

"这要由我来判断。打开车门，否则我就让警长逮捕你，把你的那两只狗都射杀掉。"

他很不情愿地打开了车门，把那两只德国牧羊犬牵了出来。它们对着我发出几声低吼。我发现了他是怎么控制它们的，我也突然明白了海·克罗克这么神秘兮兮的原因。车厢前面堆满了私酿威士忌，只不过箱子上写的是"枫叶糖浆"。

"这个季节可不是卖枫叶糖浆的时候啊。"我笑着对他说。

"你打算怎么办呢?"

"什么也不管。"

那两只狗看起来很健康,而且我又不是第十八条宪法修正案①的捍卫者。只要对阿普丽尔的攻击不是有意的,我认为没有理由把自己卷入克罗克的事情里。更何况,看到那些威士忌,我就推翻了克罗克有可能涉案的想法。到一个陌生小镇来行凶的人,不会冒险在车里装满私酒的。

我不得不从其他地方寻找杀害奥蒂斯的凶手。

黄昏时分,烦人的毛毛雨仍在下着,消除了很多推迟去威尔·惠特尼理发店的选民的兴致。不知道多少人是因为命案而不来投票,但九点钟结束投票时,艾达·弗赖伊在摩加诺太太和县选委会督察员面前打开投票箱时,一共只有一百九十七张选票。

"比去年少多了。"摩加诺太太一面核对选举人名册上的人数,一面说道。

"天气不好。"伦斯警长说。

"还有命案。"艾达·弗赖伊加上一句。她的脸色突然惨白,仿佛回想起了当时的事。

"计票吧。"警长催促道,"我想看看我是不是被一个死人打败了。"

"我们要等校舍那边的选票,"摩加诺太太提醒他们,"通常镇北的投票率会高得多。"

理发店本身在六点钟就关闭了。威尔·惠特尼吃过晚饭后回来,等两位女士计票完成后才锁门。他站在店门口附近,靠着命案发生时海·克罗克一直坐着的那把理发椅。

---

① 指禁酒令。——译者注

223

当然不可能是威尔干的，距离太远了。

我试着集中精神思考这个谜案。先不管那把刀，先不管所有别的事情，只思考在奥蒂斯死亡的那一刻谁离他最近。威尔·惠特尼不是朝投票亭走了几步吗？

曼尼·西尔斯举起相机和闪光粉。艾达·弗赖伊和摩加诺太太坐在桌子后面。伦斯警长和阿普丽尔还有我待在一起。威尔·惠特尼在给海·克罗克刮胡子。

"结果出来了，"艾达·弗赖伊宣布道，"伦斯警长一百三十三票，亨利·奥蒂斯六十一票，废票两张。"

我想起了西尔斯在奥蒂斯走出投票亭开始倒下时拍下的那张照片。

"这样就只有一百九十六票，艾达。"摩加诺太太说。

我想起照片里少了什么东西，而那是我应该立刻注意到的。

"没错，一百九十六票。"在那一瞬间，我知道奥蒂斯是怎么被杀的了。

"可是有一百九十七个人投票呀，我们都计了数的。"

"我不在乎，"伦斯警长说，"我赢了就很开心了。要是奥蒂斯领先我的话，那我可要吓死了！"

选委会的人伸手去拿电话，要和另一个投票站查对票数，而艾达·弗赖伊和摩加诺太太则在争论少了的那张选票。"两位女士，我想我可以帮你们找到那张选票。"我说。

"你可以？"摩加诺太太说，似乎很意外。

我转身对艾达·弗赖伊说："艾达——"

"现在是正式的结果，"选委会的人叫道，"最后的总得票数是伦斯警长三百四十五票，奥蒂斯两百二十八票！"

"艾达，"我又叫了一次她的名字，"你一定得将那把刀交给我们，你不能再保护他了，而且现在也没有理由要继续保护他了。"

"我——"在我说话的时候，她的脸色又突然惨白，我看得出来她已经处于崩溃的边缘。

伦斯警长走到我身边，所有人的目光都集中在我身上。"你说是艾达杀了他？"

"当然不是。我是说亨利·奥蒂斯是自杀的，他把刀藏在了一个我们从没找过的地方。"

"我们所有的地方都找过了！"伦斯警长坚持道，"事实上，我们所有的地方都找了两遍。"

"我们所有的地方都找过了，除了一个地方——法律禁止我们找的地方。"

"那到底是什么地方？"

"投票箱。"

在这段时间里，曼尼·西尔斯又回来拍照了。

所有人议论纷纷，想弄清楚到底是怎么回事，而艾达·弗赖伊带来了一阵沉默，她伸手从桌子底下拿出一把短小的宽刃猎刀，刀柄是平的，用胶带缠着。

"艾达！"摩加诺太太尖声问道，"你是从哪里弄来的？"

我替她回答了这个问题。"从投票箱里拿的。我看到艾达在拿出选票时脸色发白，但我没有想到她在其中一张选票里摸到了刀，意识到发生了什么。"

"那到底是怎么回事？"

"也许我们永远也不知道亨利·奥蒂斯走进投票亭自杀的真正原因。说不定他认为他会输掉这次选举，无法面对。总之，他用刀刺了自己，再把刀夹在对折的选票里。你会看到厚厚的刀柄已经被卸下，用胶带包了起来。而选票即使在对折后还是长得足够遮住这把相当短的刀。"

"我们始终没看到？"

"我们始终没看到，"我纠正道，"每个人走出投票亭后就会把对折好的选票扔进投票箱里。我们一开始看到奥蒂斯手里拿着选票，但紧接着我们的注意力被他胸前的血迹吸引。我们始终没看到那张选票怎么了，但曼尼·西尔斯的照片清楚地拍到了那一瞬间——他的左手五指张开，所以他只可能是把选票连同刀一起扔进了投票箱里。

"事实上，我们应该很快觉得奥蒂斯很可疑的。他从投票亭里出来的时候，一只手握着铅笔，另一只手拿着折好的选票。既然他得先把铅笔放下，才能把选票折好，为什么他又把铅笔拿了起来呢？只可能是为了让人觉得他两只手里都有东西，让我们不会想到他用刀刺了他自己。"

曼尼·西尔斯点燃他的闪光粉，拍了一张那把刀的照片。

"他肯定知道等到计票的时候我们就会发现那把刀吧。"伦斯警长说。

"我想他是想靠艾达来完成一些事。为了党的利益，她把刀藏了起来，什么也不说。因为是由艾达和摩加诺太太负责把选票取出来，所以艾达有百分之五十的机会先发现那把刀。但他忘了一件事——他的选票上会沾着那把刀上的血迹，所以艾达只能将选票和刀都藏了起来。这样一来，选票就少了一张。"

"所以没有凶手，"警长说，"只是一起怪异的自杀事件。但那个海·克罗克是怎么回事呢？"

"是个路过此地的私酒贩子，他和这件事没有任何关系。"

之后，大家都安静了下来，艾达·弗赖伊低声啜泣，其他人试图安慰她。伦斯警长静静地庆祝着他的胜利。我离开了他们,和曼尼·西尔斯一起走到外面的街上。

"你今天可拍到好多精彩的照片了。"我说。

"当然。"

"我得问你一件事,曼尼。"

他抬头看了看天空。雨已经停了,我猜他是在找星星。"什么事,医生?"

"你把刀留在那里让他看到的时候,知不知道他会自杀?"

"啊?"

"一个人在把票投给自己来竞选公职的时候,是不会毫无理由就自杀的。他自杀是因为他突然意识到他的秘密被人发现了。用胶带包着刀柄的刀很特别,对不对?我不必查报社的档案,就敢说那就是两年前在北卡罗来纳州杀死奥蒂斯太太的那把刀——或者是一把被刻意弄成一样的刀。"

曼尼·西尔斯沉默了一会儿,最后他说道:"是奥蒂斯干的,医生。他杀了他的太太,嫁祸给闯进他家找食物的一个路过的流浪汉。他们把那个流浪汉吊死了。他是我哥哥。"

这下轮到我沉默了。等我再开口的时候,我说:"所以你跟着奥蒂斯北上,在选举日找上了他——就在他希望开始新的事业和新的生活的这一天。"

"你怎么会知道的,医生?"

"在看到那把刀后,奥蒂斯在投票亭里待了好长一段时间,拿不定主意该怎么办。用胶带包起来的刀柄看起来很不寻常,我想那对他必定有特殊意义。如果我猜对了,那把刀就放在投票亭的木架上,让他看到,而只有你才能把刀放在那里。我记得在奥蒂斯走进投票亭前,你就在那里忙着。而这也解释了你为什么要急于拍一张奥蒂斯从投票亭里出来的照片。一张他认罪的照片。"

"我没想到他会自杀，医生，我原先只是希望他崩溃而认罪伏法。"

"他差点就这样做了。临终之前他说了'杀人凶手'和'刺杀'，他说的是他杀了他太太。"我奇怪地摇了摇头，"但他的自尊心仍然让他把刀藏了起来，他无法面对那个指控，所以即使是要死了，他还想掩饰他最后的绝望。"

"你打算怎么做呢，医生？"

星星出来了。我能看到天上的星星。"我？什么也不做。去医院看看阿普丽尔吧。没必要把这整个故事告诉别人。"

"所以直到现在都没有人知道那件事，"萨姆·霍桑医生说，"那是我们在诺斯蒙特镇上的小秘密。我看你的杯子空了，时间也晚了。再来一点……啊……小酒吧？不用了？那下星期再过来吧，我会告诉你另一个罪案——这回可是不折不扣的谋杀案了。直到投票亭谜案后的第二年夏天，诺斯蒙特镇都没有发生犯罪，我都开始以为犯罪终于在诺斯蒙特镇消失了。可是，随后我们就在县集市的一个时光胶囊里发现了一具尸体……"

11 时光胶囊里的尸体

"好了，这回我是要给你讲那次县集市的事，对吧？拉张椅子过来，我给我们倒上一点……啊……小酒。靠近炉火一些吧，比较暖和。这是一个发生在夏天的故事，但可能会让你感到寒冷入骨……"

那是在一九二七年的夏天，我的医生生涯发展很好并且稳定。自前一年选举日那天后，诺斯蒙特镇就没有再发生过命案，我第一次觉得死神把我们遗忘了。就连我的护士阿普丽尔也在那个温暖的八月清晨，我们动身去参加县集市活动时说到了这一点。

"从上次命案到现在已经差不多有一年了，萨姆医生，你认为诺斯蒙特镇终于有了法律和秩序吗？"

"我尽量完全不去想这件事，"我对她说，"怕会打破这个魔咒。"

她上了我那辆黄色利箭敞篷车，我坐上驾驶座，从主街出去经由河滨路到集市场地的路并不远。办集市的地方平常是一块空地，在离河不远的一座小山丘上。首先映入我们眼帘的是一座看台，四周围着高高的木板墙，被漆成了亮黄色。此外，远处还有一座小摩天轮。

我把敞篷车停在看台后面一块尘土飞扬的大空地上，通过一些汽车牌照可以看出这次县集市像以往一样吸引了来自周边各县的游客。这是一个很大的集市，也是一个很好的集市，有不少大众感兴趣的玩意。虽然阿普丽尔不想去看那些表演——蛇蝎美人、胖女人、衣着暴露的舞女和双头小牛——但它们很受避开女性的男人和男孩欢迎。

也有不少赌徒会耍小伎俩，欺骗那些少不更事的年轻人。年纪大一点的，也许这么多年来已经看腻了艳丽的舞女，通常会逛到牲口摊位去看牛。他们会站在那里，而他们的女人则会去陈列了蛋糕、馅饼和十字绣的摊位。再小一点的孩子通常都陪着这些女人，疲惫不堪，满脸灰尘，除非有哥哥或姐姐肯带他们去玩。

"这真是太棒了，萨姆医生！"阿普丽尔赞叹道，脸上洋溢着孩子般的欣喜，"我真希望这个集市能持续一整年。"

"但那样就不会这么棒了，"我很有逻辑地说，"事实上，我想我们很快就会觉得无趣了。"

"你看，是查德威克镇长。"

我每次看到费利克斯·查德威克，就会想起他的前任在三年前国庆节的庆祝活动里被杀的事。而令人怀疑的是，同样的命运会不会降临到查德威克镇长身上？他是个养鸡的农民，甚至无法以镇长的身份主持庆典之类的事。我很惊讶他竟然会出现，直到我想起了时光胶囊的事。

时光胶囊是埃玛·塞恩的点子。她是我们镇上最接近历史学家的人，她找到了一些不是很明确的证据，说在一六二七年时，有威廉·布拉德福德普利茅斯殖民地①的商人和冒险家在诺斯蒙特镇附近建立过贸易站。"在某种程度上来说，这可以算是我们的三百周年，"她在年初的一次镇议会会议上宣布，"应该好好地庆祝一下。"

因为诺斯蒙特镇有在国庆节进行绚丽烟花表演的传统，所以对三百周年庆典该怎么办，人们进行了一番辩论。更多的烟花吗？把场面搞得更壮观一点？

"不，"埃玛·塞恩说着，用她那根长满疙瘩的手杖敲打地板，叫大家听她的话，"我们应该埋下一个时光胶囊，一百年之后再打开。"

这个主意马上就得到了大家的赞成，尤其是金工工厂的老板格斯·安特卫普。他说他可以用钢片为我们做一个时光胶囊，甚至替我们将它埋藏好，不要镇上出一分钱。那算是他对这次庆典的贡献，查德威克镇长马上就表示接受这个提议。

所以，现在这位镇长找上了阿普丽尔和我，想在这个属于政治和盛会的大日子里，暂时把卖鸡的生意搁在一边。"我不是想打扰两位，天气真好，不是吗？阳光明媚，万里无云！像这样的日子，一定是很好的。"

"是个好日子，"我同意道，"而且整个集市办得很热闹，我看到好多外县来的汽车。"

"赌博吸引了他们，"他坦白说，好像他在透露一些只有镇议会知道的黑暗秘密，"你今天下午会参加比赛吗，医生？"

在看台前的椭圆形跑道举行马车赛是我们县集市的传统项目，由当地人驾着单座的双轮马车进行比赛。但我向来对这种比

---

① 北美马萨诸塞殖民地的第一个永久性移民点，为一六二〇年乘五月花号来到的第一批清教徒所建。威廉·布拉德福德曾长期担任普利茅斯殖民地总督。——译者注

赛不感兴趣。"今年不参加了，费利克斯。"我回答道，我就是没法让自己称呼他镇长。

"好吧，我们待会儿在时光胶囊那里再见啦，你有没有带什么东西来放进去呀？"

"哦，当然带了。"

他向阿普丽尔微微一笑，走开了，立刻被拥向表演摊位的人群所吞没。"这个家伙！"阿普丽尔在他走远了后骂道，"不知道下一个选举日他是不是又会到处免费送鸡给大家。他上次就是靠这个当选的。"

"费利克斯也没那么糟糕，他只是没法胜任这份工作。可是，诺斯蒙特镇真的需要一个卓越的镇长吗？"

阿普丽尔碰到了几位认识的年轻女子，她们一起去看了十字绣的展览。我往表演摊位走过去，和她约好一个小时后在看台碰头，看时光胶囊的埋藏仪式。

我在一张赌桌附近徘徊，看一个手脚麻利的人玩三张牌的赌局，这时一个声音在我身后说道："霍桑医生，我有个最棒不过的消息！"

我还没转身接受她和我打招呼时的吻面礼，就听出了她的声音。格特·弗里亚尔是我的好朋友，是诺斯蒙特镇未婚女性中最活泼也最聪明的一个。去年夏天，我努力追求过她，可是那时她的芳心已经属于一个叫马克斯·麦克尼尔的家伙。

"想必是和马克斯有关的消息吧。"我立刻说道，望着她显露笑意的蓝眼睛，掩藏起我因为她仍然不肯直呼我名字而感到的失望。

"他要回家了！他三天前从克利夫兰打电话给我，今天就该到了。"

"能再见到他真是太好了。"我言不由衷地说，脸上始终带着微笑。马克斯·麦克尼尔是个巡回演唱乐手，也是个常惹麻烦的人。他曾经组过一个小乐团为当地跳广场舞的人演奏乡村音乐，格特甚至和他们一起唱过几回。她当初就是这样认识马克斯的。但在几次舞会上，他喝得酩酊大醉，打了本地的小伙子，结果发现自己受到了社区的排斥。到去年夏天结束时，为他说话的只剩下格特·弗里亚尔一个人。他现在回到诺斯蒙特镇来，大概又会让一些镇上的人皱眉头吧。

"我跟他谈到过要埋藏时光胶囊的事，他说他会及时赶来参加的。"

"太好了，格特。"

她陪我走着，脸上的笑容突然消失了。"你从来就没有真正喜欢过马克斯，是吧，霍桑医生？"

"你这样称呼我的时候，我觉得自己像是你父亲。请你叫我萨姆吧。"

"好的，"笑容很快回到她的脸上，"萨姆。"

"很好！你知道，我其实不比你大多少。"

"可是，看起来好像你老早就一直在这里。我记得我得麻疹就是你帮我治好的。"

"当时我刚从医学院毕业。我到这里来的时候是一九二二年。"

"才五年半吗？"

"这几年对你来说非常重要，格特，你长大成为一个女人了。"

"我才二十岁。"

"马克斯呢，他多大？"

"三十一岁。我知道,这话我听我父母不知讲了多少遍了。说他太老,不适合我。他不好,他酗酒。"她的声音变得温柔起来,"可是我爱他,萨姆。"

"我记得他离开镇上的时候你很伤心。"

"我想是因为太突然的关系,前一天他还在这里,第二天他就不见了,甚至连张字条都没留给我。"

"警方在抓他。在他揍了查德威克镇长的儿子后,伦斯警长要把他关进牢里。"

"我知道。喝酒对他来说没有好处。但他在电话上告诉我他现在戒酒了,他已经好几个月没有喝酒了。"

"了不起!"

"你会对他很友好的,是吧,萨姆?他在这里没什么朋友,这对我来说意义重大。"

"为了你,我会对他很友好的。"我看了一下我的怀表,发现已经快到正午了。"不过我们最好现在就到看台那边去观礼,否则你可能会丢了工作。"格特是格斯·安特卫普的秘书,看起来他希望她陪在身边看他埋藏自己用钢片做的时光胶囊。

当拉客的人最后一次努力吆喝时,人潮涌向了黄墙看台。就连孩子们也暂时抛开了摩天轮等带来的欢乐和刺激,去见证那历史性的时刻。我们进入看台,第一个见到的人就是埃玛·塞恩,拄着那根满是疙瘩的手杖,一脸怒火。她一眼就看到了格特,挡住了我们的去路。

"年轻的女士,我看到你的男人回来了。"

"马克斯!他在这里吗?"

"他的那辆卡车差点把我撞倒了,你告诉他要多替别人想想。要是他回诺斯蒙特镇来惹更多麻烦的话,你告诉他我们宁愿他别回来。"

"我相信他不是想伤到你。"格特·弗里亚尔喃喃地说。我看得出来,她主要是想摆脱这个老女人,扑进马克斯·麦克尼尔的怀里。

但埃玛·塞恩还不想就此放过我们。"这里的人必须有勇气站出来对付像马克斯·麦克尼尔这样的人。他们得告诉他必须生活得像是社区的一分子。法律规定我们不能饮用会醉人的饮料,而法律对你,对我,对马克斯·麦克尼尔同样适用。"

"我相信他了解这一点,塞恩小姐。"

"真不知道他能了解呢!在路上乱开车,就像又喝醉了似的。像以前一样!"不过,说完,她让开了。我们终于能从她身边走过了。我最后说了句天气很好之类的话,就进了看台,在那里我第一次看到格斯·安特卫普的时光胶囊。

他在椭圆形场地的正中间挖了个洞,场地外围的跑道在下午要用来进行马车赛。从我所在的角度看过去,这个时光胶囊就像一支巨大的银色雪茄直直地吊在一个厚板和辘轳下,底部已经被洞口周围的泥土堆所掩盖。高达八英尺的时光胶囊顶部,有一扇装了铰链的金属门开着,以接收社区居民放进来的纪念品。

想要摆脱鸡农形象的查德威克镇长站了起来,用一个刚用县里经费购得,充满杂音的扩音器说了几句场面话,然后请埃玛·塞恩走上前来,称赞她出的好主意。镇长扶着她走到土堆上,让她可以伸手从直立的时光胶囊顶部那扇门放进她的纪念品——一份当天的报纸。接着是一队学生,有的孩子还得由镇长抱起来才够得到时光胶囊的门,他们放进去的是一些课本。

我进场了,将格特·弗里亚尔留在了看台上,她仍在搜寻马克斯那张她熟悉的脸。穿着烫得整整齐齐的西装,看起来十分干净的格斯·安特卫普用力地和我握手。

"看到你来真好，医生！给我的时光胶囊带来了什么东西？"

我从衣服里面的口袋中掏出一本小册子。"文法学校去年一年的医疗记录。一百年后，人们也许会对我们的孩子生病的原因感兴趣。"

"太好了！"

我抬头望着这钢片做的时光胶囊。"你做这个花了多少时间？"

"不到一个晚上。我把钢片卷起来，焊好接缝，然后在底部装了一块平板，顶部装了一扇门。"

查德威克镇长要我到前面去，用那有问题的扩音器叫了我的名字。不过，这并不重要，差不多所有人都认识我。一阵小小的欢呼声响起，我看到阿普丽尔在人群边上朝我挥手。

我带着记录本爬上土堆，花了点时间看了看时光胶囊的里面，出于纯粹的好奇心检查了一番。装了铰链的门和时光胶囊的顶部一样是圆形的，直径约为两英尺。在头顶的阳光下，我可以直接看到时光胶囊的底部，报纸、书本和其他东西渐渐开始堆积起来。就我们放进去的那一点点东西来看，这个时光胶囊未免有些太大了，不过我可是从来不会批评别人的辛苦工作的。更何况这个东西吊在绳子上看起来很棒——就像《惊奇故事》[①]封面上的飞船，直指群星。

我用指关节敲了敲那层薄薄的金属壁，不知道它是不是真能维持整整一世纪。然后，我把我的记录本放了进去，爬了下来。接下来，有人放进了小型厨具与农具，集市烘焙大赛获奖作品的

[①] 美国知名科幻小说杂志。——译者注

食谱，得奖公牛的照片，西尔斯罗巴克公司的商品目录……最后，查德威克镇长把本镇宪章的副本放了进去，完成了所有纪念品的存放。

在我们所有人的注视下，镇长将时光胶囊顶部的门关上，格斯·安特卫普用他巨大的焊接设备把门封好。然后，就像船长引导他的船只通过狭窄水道似的，格斯抽出了直立的时光胶囊底部的金属支板，并示意要让时光胶囊埋入地下了。在一阵金属的刮擦声中，整个时光胶囊从我们眼前消失了。然后，镇长将一把系有红色缎带的铲子交给埃玛·塞恩，让她铲下了象征性的第一把土。

我走到阿普丽尔身边。"你很棒，萨姆医生，"她大声说，"整件事好让人感动啊！我希望一百年后我能在这里看他们把它挖出来。"

我还没来得及回应，格特·弗里亚尔便走到了我们身边，她深蓝色的眼睛中充满惧意。"霍——萨姆医生，你一定得帮帮我！"

"什么事？"

"我到处寻找马克斯，最后终于找到了他的卡车，可是他不在车里。"

"大概在人群的什么地方吧。"

"萨姆，我觉得在卡车前座上有血迹。"

阿普丽尔和我交换了一下眼神。"我去看看。"我轻声说道。那是一辆福特卡车，两边的帆布篷上漆着"马克斯音乐制作"的字样。去年夏天马克斯·麦克尼尔突然消失前，它可是会常常出现在诺斯蒙特镇的路上。现在，它把他带了回来，会导致什么结果呢？

"的确是血迹，"我确认道，"但有很多种解释。他可能割伤了手指。甚至，那些还可能是动物的血。"

"你这样认为吗？"格特问道。

我没有直接回答。"我们去找他。"

"我已经找过了。我每个地方都找过了。"

我试图开个玩笑。"但你没有到跳艳舞的帐篷里找过吧？"

"萨姆，拜托。"

"好吧，我会帮你的。阿普丽尔，你认识马克斯·麦克尼尔，是吧？我们分别到集市的各个地方去找他，三十分钟后再回这里碰头。"

我走的是通往表演摊位的那条路，查了跳艳舞的帐篷和丰满女人的摊位，但并没有发现马克斯·麦克尼尔的踪影。半个小时快结束的时候，我碰到了埃玛·塞恩，向她问起卡车的事。"你说它差点撞到你，塞恩小姐，那是什么时候？"

"大概十一点，也许再早一点，你见到他了吗？"

"我们正在找。他好像又消失了。"

就像一年前，我忍不住这样想。

回到卡车那边时，我得知阿普丽尔和格特也没有找到。"我一定要找到他，"格特坚定地说，"那些血迹表明他受伤了。"

或是死了，我在心里加上一句。紧接着，我又想到了另一个问题。"格特，你确定那天晚上和你通电话的人就是马克斯吗？长途电话有时会听不太清楚，你知道的。"

她有些犹豫。"嗯，当然是马克斯。如果不是的话，他为什么要说自己是呢？"

"我不知道。"我承认道。

"要是我连马克斯的声音都听不出来，那我就太差劲了。"

我看着几个孩子在蛋糕摊位旁的人群中跑进跑出。远处，一些男人聚在一起，准备参加下午的马车赛。一切似乎都很正常，除了马克斯·麦克尼尔那辆有血迹的卡车。"嗯，"我说，"说不定马克斯今天没有回来。"

"没有回来？他当然回来了！"

"只有埃玛·塞恩看到他了，而事实上，她真正看到的只有这辆卡车。格特，这对你来说也许很难接受，但我一定得说这件事。也许马克斯根本没有回来，因为他根本没有离开过。一年前，他有很多敌人，也许他们当中有一个人把他杀了。"

她倒吸了一口冷气，像是发出了一声尖叫。"不，不，我告诉你，打电话的是马克斯！"

"好吧，"我叹了口气说，"我们继续找。"

这一次，我们同意在马车赛的看台碰面。阿普丽尔和我一起。一到只剩我们两个的时候，她就问道："你真的认为他已经死了吗，萨姆医生？"

"我不知道该怎么想，阿普丽尔。你还记得一年前是怎么回事吗？都有些什么人是马克斯的敌人呢？"

"我只知道当时大家在议论什么。他把查德威克镇长的儿子揍得很惨，你知道的。"

"这事我记得。"

"该死，马克斯·麦克尼尔认识的人可能都很讨厌他。他就是那种人，要是格特逮到他跟某个十九岁的女孩在谁家谷仓后面的话，连她也会讨厌他了。"

"有哪个女孩抢了格特的男人？"

"不是哪一个，我知道的就有几个。马克斯·麦克尼尔那种人，你看看他的样子就知道了。"

"那时格特已经高中毕业了。她在格斯·安特卫普那里工作吗？"

阿普丽尔摇了摇头。"记不记得？格斯是去年秋天才搬到镇上来的，而马克斯早就不见了。格特当时不知如何是好。而格斯需要个女孩帮忙，所以他就雇用了她。"

我还有个地方要去找一找——马厩，那里有一些打算下午参加马车赛的人在准备。阿普丽尔陪我一起，我们走过一排马棚，但没有看到马克斯·麦克尼尔。

"改变主意要参加马车赛了吗？"查德威克镇长碰到我们时问道。

"不可能，"我说，"我现在甚至都不驾马车了，驾的都是不用马拉的车。"

他和我们一起走向看台，大部分参加集市的人又一次聚集在这里。就连赌徒和江湖骗子也都收拾起他们的把戏，忙着为马车赛下注。在那椭圆形的场地中央，格斯·安特卫普和其他几个人把时光胶囊埋藏好了，木架和辘轳仍然悬在上面——像一个空的绞架在等着下一个受死者。

第一批参赛的马车出现在椭圆形的跑道上时，人群中响起了一阵欢呼声。但另外一样东西吸引了我的目光——在埋藏时光胶囊附近的草地上有一些白色的东西在飘动。"去找格特来，"我对阿普丽尔说，"我马上回来。"

我冲过那条满是泥土的跑道，到了那块椭圆形的草地上，朝那些手里还拿着铲子的人走去。格斯·安特卫普看到我走来，朝我挥挥手。

地上的东西是一本书，白色的书页翻开着。那是一本学生带来放进时光胶囊的书——七年级的数学课本。

书页上沾着血迹。

我在检阅台发现了查德威克镇长，他正看着参赛马车绕场游行。"你来得正是时候，医生，下好注了吗？你知不知道伦斯警长正驾着一辆马车比赛？"

"镇长，我想让你下令把时光胶囊再挖出来。"

"把……你说什么？"

"时光胶囊。你得把它挖出来。"

"为什么？你忘了把几封情书放进去吗？哈哈！"

"我说真的，镇长。马克斯·麦克尼尔失踪了。"

他的脸严肃起来。"麦克尼尔在一年前就失踪了。"

"现在他又不见了。"

"嗯，他绝对不在时光胶囊里！"

我拿出那本沾有血迹的数学课本。"这个本应该是在时光胶囊里的，但我却在外面的草地上发现了它。我想时光胶囊在埋藏好后又被打开过。"

"不可能！"

"我知道这是不可能的事，但在这之前诺斯蒙特镇发生过好几次不可能的事。我很清楚，我都快成这方面的专家了。"

"你是说真的，是吧，医生？"他斜眼看着我说道。

"绝对是说真的！"

他叹了口气，开始往阶梯那边走去。"我们看看伦斯警长怎么说。"

警长正坐在他的马车上，试图把格子衬衫的扣子扣在他的大肚子上。"我是在虚弱无力的情况下答应见你们的，"他看到我们走过去时咕哝道，"我可不想听你说什么笑话，医生。"

"医生今天不说笑话，"查德威克说，"他要我们把时光胶囊挖出来，因为马克斯·麦克尼尔又不见了。"

"你在说什么呀？"

我迅速解释了一遍，把发生的事情告诉了伦斯警长。等我说完后，他哼了一声，从马车上爬下来。

"我想你是脑袋坏了，医生。说实话，只要能让我不驾那蠢东西，任何理由我都欢迎。走吧，我们去挖。"

格斯·安特卫普在我们过去的时候把铲子放了下来，听了我们的要求。"我们刚把它埋下去，你们又要我们再把它挖出来？"

"没错。"我说。

"我们把它挖出来后呢？"

"我们要打开它，看看里面。"

"你们疯了！你们全都疯了！"

我把那本沾了血迹的课本拿了出来。"这也很疯狂，可却是事实！麦克尼尔的卡车里有血，这本从时光胶囊里出来的课本上也有血。我希望把时光胶囊打开。"

"可是他不可能在里面！"安特卫普坚持道。

"我还是要看一看。"

那个秃头男人耸了耸肩，把他的铲子递给我。"你比我年轻十岁，医生，请动手挖吧。"

我开始挖土，其他人也一起动手。安特卫普看到我们来真的，也帮忙清理了时光胶囊的上面一截，再把绳索解开放到边上。"土还是松的，"他说，"我们也许可以用木架和辘轳把它拉出来。"

我们几个抓住吊绳的一段，可是那时光胶囊一动不动。"去找一队马来，"伦斯警长建议道，"这样一下子就可以拉出来了。"

有人去找马,其他人则又挖了一会儿。看台上,嗡嗡的谈话声已经变成大声的询问,他们想知道出了什么事,以及什么时候开始比赛。我们没有一个人回答他们的问题。

把马拴好连接在一起后,不到一分钟的时间那个金属圆筒就被拉了上来。我们将它横放在地上,格斯拿着凿子试图凿开他原先焊接的地方。我看着他工作,开始觉得自己有些愚蠢。

格特·弗里亚尔和阿普丽尔也走了过来,看时光胶囊被重新打开。我想让格特退后,可她坚持要看。我还没来得及往里面看,就听到了她尖叫的声音。

然后,阿普丽尔扶住她。我推开面色惨白的伦斯警长,去看那不可能的情形。在那堆准备留给二十一世纪的书籍与器皿中,马克斯·麦克尼尔的尸体躺在那里。

我们试图理清看待这件事的逻辑。

有人挖了一条地道通到时光胶囊,从那里把尸体运了进去。

但我们把洞里的土全都挖了出来,并没有发现地道。除了泥土外,什么也没有。

或者,也许是格斯·安特卫普一直把尸体藏在时光胶囊里。但格斯甚至不认识麦克尼尔,而且我自己先前看过时光胶囊的里面,并没有尸体。

又或者,也许是在从中午到我发现那本沾血的课本之间的那段时间里,时光胶囊被挖了出来。

但安特卫普和其他几个人一直在往洞里填土。"我只离开了大约十分钟去吃了根热狗,"格斯说,"而且看台上一直有人在吃着东西看着我们。时光胶囊埋下去后就再没有动过。"

我们用合乎逻辑的方式审视了一下这件事。

在逻辑上，这种事不可能发生。

"他是怎么死的，医生？"在我们把尸体从那个金属圆筒里拖出来，以便检查的时候，伦斯警长问道。

"某种钝器重击了他的头部。"

"死了很久了吗？"

"在这么热的天气里，很难说，但至少死了好几个小时了。所有流的血都止住了，尸体也很僵硬了。我认为埃玛今早看到他的卡车时，他已经死了。"

"这意思是说——"

"意思是说卡车不是他开的。也许他死在了前座，但是凶手在开车。"

听了这话，伦斯警长哼了一声。"不对呀，医生，要是血都止住了，为什么还有那么多血在你找到的那本数学课本上？在我看起来，那血还很新鲜呢。"

"我不知道。"我承认道。

"尸体会流血吗？"

"不一定，但血会流到极限。要是伤口很大的话，人在死后仍然会流出血来。"我见阿普丽尔走过来，就迎了上去。"格特还好吧？"

"恐怕不是很好。你最好给她点安眠药。他一年后回来却被杀了，这真是一个可怕的打击。"

"不但让人吃惊，也真不应该。谁会记仇那么久？"

阿普丽尔把我领到十字绣帐篷，格特躺在一张小床上。老埃玛·塞恩弯着身子把一块湿毛巾敷在她的额头上，而格斯·安特卫普则握着她的手。"我一直跟她说没事了，"他说，"但她就是恢复不过来。"

"她受到了太大的惊吓,"我说,"好好休息后就会好的。你们大家都先离开一下吧。"

等到只剩阿普丽尔和我陪着她时,格特睁开了眼睛。"门打开的时候,我看到了他的头,他的头发上全是血。"她说着,全身颤抖起来。

"格特,我得问你几个问题。这些问题不是伦斯警长就是我来问,我想你更愿意和我谈吧。"

"什么事,医生?"

"还有谁知道从克利夫兰打来的那通电话?还有谁知道他今天会回来?"

"没有人。"

"仔细想一想,格特。你今天看到我的时候就告诉我了,也许你也告诉了别的什么人。你的老板知道吗?"

她摇了摇头。"格斯根本不认识马克斯,所以我没有理由告诉他。哦,他大概听我提起过马克斯,但他们从来没见过面。"

"埃玛·塞恩呢?"

"我为什么要告诉她?"

"我不知道,只是她今天早上看到他的卡车时,好像并不太吃惊。"

她突然坐了起来。"有一个人听我说过!他昨天见到我,问我会不会来参加埋藏时光胶囊的仪式。我说会,然后我就提到马克斯也会回来参加。"

"是谁?"

"查德威克镇长。"

我在看台另一边找到了镇长,他正瞪着那个仍然横躺在土堆边的时光胶囊。他一脸茫然地看了我一眼,说:"我真要说,这真是个该死的摆脱尸体的聪明方法！你能想象一百年后人们把这东西打开，发现一具骷髅的时候，脸上会有什么表情吗？"

"大概会像今天下午我们的表情一样吧。"我说。太阳落在黄墙外，差不多到黄昏时分了。

"是的，"他同意道，"但会是谁杀了他呢，医生？"

"一定是哪个知道他要回来的人。你知道，对吧，费利克斯？"

"你说什么？"

"格特告诉过你他今天会回来。"

"她也许提起过，但我并没有注意。"

"你儿子怎么样了？就是被马克斯揍得很惨的那个。"

"乔去外地上大学了。"他僵硬地回答道。

"在暑假？"

他沉默了一会儿，然后说道："我跟你说实话好了。反正要是你去问我太太，她也会说的。乔在那次挨打后，脑袋就一直不对劲。他现在在住院，不得不从大学里退学了。"

我盯着黄墙上方原先有太阳的地方。

"这就足以让一个做父亲的气得杀人？"

他从口袋里掏出一根烟草，说道："该死的，我真想杀了他，让他躺在那里！但这种把尸体藏在时光胶囊里的事，我想都想不到。"

我试图记住他只是个鸡农，又得装成镇长的样子。也许像这样的杀人移尸计划的确是他无法想象的。

"好吧，"我最后说道，"待会儿再见，费利克斯。"

"找到那具尸体真是把我们的集市给搞砸了，"他埋怨道，不过像是自言自语而不是在对我说话，"马车赛只好取消了，还有好多摊位的人都已经开始打包。他们不想跟警察打交道。"

"这次集市很好呢。"我对他说。

我走开了,急着想在那些表演摊位消失之前赶到。我找到给艳舞女郎拉客的人,把他叫到一边。"我需要一些消息。"我说。

他皱起眉头。"从我这里问不到什么。"

"我不是警方的人,我是个医生。"

"我们什么也没看到。我跟那些女孩都是清白的。"

"当然啦,嗯,有时候跑江湖的人会玩把人活埋的花招,对吧?"

"对呀,"他说着耸了耸肩,"我认识一个会这种花招的人。活动进行期间,他一直埋在地里,参观的人付二十五美分。人们可以通过一根管子往下看到他躺在棺材里。"

"那是怎么做到的呢?"我问道。

"啊?"

"用的是什么花招?"我从钱包里抽出一张钞票,暗示性地拿在手里。

他一把抓走那张钞票。"别说是我讲的。"

"不会。"

"棺材里的尸体是个蜡做的假人。他一被埋下去,就会从地道里爬出来。印度的托钵僧干这种事已经有几百年了。"

"地道……"

"当然啦,你以为是什么?"

我谢过他之后就走了。他对我一点帮助也没有。这里并没有通到时光胶囊的地道,而且就算有的话,尸体又怎么穿得过那圆筒的金属壁呢?

我回到看台，决定最后再看一次那个时光胶囊。查德威克镇长已经走了，暮色也笼罩了大地，几个在土堆上玩耍的孩子看到我来就一哄而散。

有好长一段时间，我只站在那里看着。

假设有两个时光胶囊，而我们挖出来的是第二个。不对，书呀，报纸呀，工具什么的都在，就连我的那份学生健康记录本也和那具尸体在一起。时光胶囊是同一个。

可是多了具尸体在里面。

我像先前一样用指关节敲了敲那个金属圆筒。

然后，我又敲了一次。

声音不是我在下午时听到的那个声音。现在的声音不一样，要厚实得多。

然后，我想起了另一件事。我想起了金属的刮擦声……

"你知道是怎么回事了？"我身后有个声音问道。

我转过身去，看到埃玛·塞恩站在黑暗中。她一只手紧紧握着她那布满疙瘩的手杖。

一时间，我几乎要扑向她，以解除她的武装。但她紧接着轻咳两声，重复了一遍她的问题。我放松下来，微微一笑。"我想我知道了，塞恩小姐。我想我刚刚想通了。"

"他根本不该回来的，这里的人不欢迎他。过去的因造成了现在的果。"

"奇怪的是，我倒觉得是未来的因呢。"

"怎么说？"

我用手指轻轻敲了敲她的手杖。"你应该小心这个东西，塞恩小姐。有人可能误以为这是件钝器。"

我走开了，留下她站在那个是她梦想的一部分的时光胶囊旁边。

我回来的时候，阿普丽尔正和伦斯警长一起站在十字绣摊位旁边。"格特呢？"我问道。

"她的老板开车送她回家去了。"阿普丽尔回答道。

我不想再拿别人的生命来碰运气了。"快来，我们得拦住他们！很可能会再发生一桩命案！"我说着，朝我的车跑去。

阿普丽尔追了上来。"你不会是认为格特杀了马克斯吧！"

"当然不是。"

警长、阿普丽尔和我一起挤进了前排的两个座位。"但格斯根本不认识死者呀！"伦斯警长主张道。

"这正是他杀人的原因。"我回答道，听起来就像G.K.切斯特顿小说里的那些悖论之一。"你们没有注意到格斯握着格特的手吗？像格斯·安特卫普这样的中年人，想象自己爱上漂亮的二十岁女秘书，并不是件多奇怪的事。他从来没见过马克斯·麦克尼尔，但他从格特和其他人那里听说过很多他的事。他想到格特的爱人一回来就会让她神魂颠倒，而他却无法阻止这一切。引发动机的不是马克斯的过去，而是格斯·安特卫普的未来。"

我们看到安特卫普的卡车的尾灯，便按了一下喇叭，做出想要超车的样子。然后我开到卡车前面，逼得他停了下来。格斯试图把格特从座位上拽下来，但当他看到伦斯警长时，他松开了手，朝附近的树林跑去。警长在他后面紧追。

"你还好吧？"我问格特。

她揉着受伤的手腕。"我——我想还好吧，他疯了，萨姆，他要我今晚和他一起逃走。"

"我就怕他逃走，还带着你一起走。一看到我们发现了尸体，他就知道我们发现所有真相是迟早的事。"

伦斯警长一个人走了回来。"安特卫普跳河了，"他说，"他游不到对岸的。"

我们开车回到镇上。警长驾着格斯·安特卫普的卡车跟在后面，通知了州警注意格斯的行踪，以防格斯没有在河里淹死。然后，在警长的办公室，我开始把事情说清楚。

"这是一起很奇怪的不可能犯罪，但当我想清楚尸体是怎么进入时光胶囊的时，唯一可能的凶手就是格斯了。我们知道，尸体不是在时光胶囊封起来之前放进去的，也不是打开之后放进去的。所以，在时光胶囊埋下去的过程中，它以某种方式穿过了那些金属钢片。"

"你这样弄得听起来更不可能了。"警长抱怨道。

"不见得。今天傍晚我用指关节敲时光胶囊的时候，声音听起来和先前不一样，更加厚实。我想起在时光胶囊埋进地下时发出了一阵金属的刮擦声。要是你仔细检查，就会发现有两层金属钢片而不是一层。格斯·安特卫普把马克斯的尸体放在第二个圆筒里，直径比我们看到的那个小一英寸左右。它已经埋在地里，就在直立的时光胶囊的正下方。

"等我们把纪念品放进去后，格斯抽掉了下方支撑的钢片——其实就是时光胶囊的底部。所有东西都掉进了底部那个圆筒里。圆筒的顶部是敞开的，而马克斯·麦克尼尔的尸体就藏在里面。然后，格斯让上面那个比较大的圆筒降下去，使其正好紧紧贴在底部那个比较小的圆筒上面。我猜他在外侧涂了油，但当它们滑到一起时，还是有金属刮擦的声音。因为接合得非常紧密，所以时光胶囊被挖出来的时候，看起来就像一个单独的金属圆筒。"

"他是如何做到这一切而不被发现的？"伦斯警长问道。

"昨天晚上,他很轻易就做到了。因为那附近一个人也没有,万一有人看到他从卡车上卸下第二个圆筒,他也可以说那是个备用品。而一旦藏着尸体的那个比较小的圆筒埋进地下后,就没有被人看见的危险了。你应该记得那个洞的四周堆着土,而且上面的圆筒有一部分已经进了洞里,其实是架在了底下的圆筒上面。"

"但安特卫普怎么知道马克斯要回来呢?"阿普丽尔问道,"格特说她根本没告诉过他。"

"我们可以猜得到吧。马克斯应该是今天回来的,但他想必提早了一天动身,才会让格斯在昨晚就杀了他,还移了尸。马克斯打电话给格特说他改变了计划,也是很合逻辑的。她不在办公室,而她的老板接了电话,格斯·安特卫普没有把话转告给格特。格斯那因爱而疯狂的头脑想出了这个诡计,他告诉我他做那个时光胶囊不到一晚上的时间就能完成。对他来说,再做一个小一点的圆筒,且让它可以套进第一个圆筒,是件很简单的事。

"格斯昨晚等着马克斯回到这里,可能在马克斯卡车的前座一拳打死了他,留下了那些血迹。然后他用他自己的卡车把尸体和两个大圆筒运到现场。今天早上他开着马克斯的卡车过去,差点撞到埃玛·塞恩,这样看起来就好像马克斯按照预定行程今天抵达,然后又失踪了。"

伦斯警长哼了一声。"我听说过凶手把尸体埋在一些很巧妙的地方,但还是第一回知道有人试图把尸体埋到下一个世纪呢!"

萨姆·霍桑医生喝了口酒,把他的故事说完。"他们第二天早上在河里找到了安特卫普的尸体,事情就此结案了。走之前再来一点……啊……小酒吗？你说什么？你还不满意？我没有解释那本沾有血迹的数学课本？

"嗯，那件事阿普丽尔第二天弄清楚了。当时在时光胶囊前面排队的一个男孩突然流鼻血，流到了他的课本上，他不能就这样把书放进时光胶囊里，所以他把课本丢在地上的一堆土后面。它和命案毫无关系，却让我把时光胶囊挖出来，找到了尸体。我通常都不说这部分，因为这让我看起来有点蠢，我真希望你没问起这件事。

"下一次？嗯，一九二七年，第一部有声电影诞生的年份。诺斯蒙特镇离好莱坞远得很，但当一家电影公司来拍摄早期的有声电影时，产生了意想不到的'致命结果'。不过那要等下回再说了。来吧，让我给你再斟上点。"

12 老橡树杀人案

萨姆·霍桑医生往酒杯里倒了点白兰地，坐回椅子上。"一九二七九月是我印象特别深刻的一段时间，因为有人要到诺斯蒙特镇来拍一部有声电影。就是在那个时候，有个人显然是被一棵老橡树勒死了。我在讲故事前要说点题外话。首先，我应该告诉你一些关于那个时代的电影的事情，尤其是有声电影。"

当年，我们在诺斯蒙特镇看不到多少电影，因为那里没有电影院。要看那时受欢迎的默片，就得开车到斯普林菲尔德或哈特福德，甚至波士顿去。前一年，有几个人专程去看了约翰·巴里摩尔演的《唐璜》——有史以来第一部有同步音效的电影。而且，还有人已经在谈论阿尔·乔尔森演的《爵士歌手》。《爵士歌手》在纽约的首映定在几个星期后的九月，宣传方承诺电影里会有首次出现的有声对白和配乐。

所以，全国各地的电影制作人纷纷加入有声电影的行列也就不足为奇了。在这种趋势下，有人想拍关于飞行员的电影也不令人意外。默片《翼》在八月上映，既叫好又叫座，还获得了第一届奥斯卡最佳作品奖,而林德伯格的辉煌飞行纪录至今仍常见于新闻报道中。

这正是格兰杰·纽马克会到诺斯蒙特镇来的原因——拍第一部以飞行员为主角的有声电影。不是第一次世界大战中的王牌飞行员,而是那些周末在县集市或是乡村为了几美元酬劳而玩命的特技飞行员。格兰杰·纽马克是典型的好莱坞产物,那里的电影制片厂早些年就已经开始在新泽西州聚集。第一天下午,他到了我的诊所,穿着马裤和皮靴,上身是一件带拉链的夹克,脖子上围着一条白丝巾。我承认一开始我还真不知道该怎么对待他。

"有什么不舒服吗?"我一面问,一面请他就座,"喉咙痛?"

"不!我来这里是因为他们告诉我,你是这个小镇唯一的医生。"

"不错。"

"我在制作和执导一部在这附近拍摄的特技电影。你大概知道我的名字吧?"

我听说过关于这部电影的事,但也仅限于此。"我这个星期忙得都没看报纸,纽马克先生,你一定得原谅我。"

"原来如此,"他叹了口气,拿着一根细长的黑色雪茄,"嗯,我看我得教育你一番了。我正在拍摄有史以来第一部关于特技飞行员的有声电影。我们需要一个乡村环境来拍一些户外的戏,因此选中了诺斯蒙特镇。"

"为什么呢?"我好奇地问道。

"我去年开车经过这里,很喜欢这一带。镇北那一大片开阔的空地很适合做小型起降跑道。我得到了主人的许可,可以使用它了。"

"是哪一块地呀？"

"盖茨家的农场。名叫海·盖茨的家伙把地租给了我。那是拍《光荣之翼》最完美的地方。"

我点了点头。海·盖茨是几年前过世的一个小有成就的农夫的败家子，婚姻破裂，酗酒成性，无时无刻不在寻找不用付出劳动的赚钱方法。在他的一块闲置土地上拍摄电影的想法，当然对纽马克有吸引力。

"你要我做什么呢？"我问道。

"这部电影的一些特技场面很危险。有一场跳伞的戏，还有一场飞机起飞时机身倾斜的戏。我需要一个医生在现场待命，但我们没有带医生来。"

"你看这里，我还有我自己的病人。我不能丢下他们去看你拍电影。"

"我只需要用你几天，就是拍特技场面的时候。我会付你不少钱。万一有急诊，他们可以来接你回去。"

我得承认，过去这个星期只有两个农夫的老婆生孩子，诊所的生意一般。我没有什么真正的理由不接下他的工作，而且我知道我的护士阿普丽尔能顾好诊所。如果有需要，她就会来通知我。"好吧，"我终于决定了，"但我最多只能抽出三天时间。"

"好！星期三早上到盖茨家的农场来吧，九点整！"

格兰杰·纽马克走了，我才意识到他没有提他会付给我多少钱。但那时我已经知道我上钩了。

星期三早上，我让阿普丽尔在诊所主持大局，告诉她怎样可以找到我，然后便开着我那辆开了六年的利箭敞篷车一路颠簸着来到了海·盖茨的农场。还不到九点，这里就已经开始忙碌。果然,有一架飞机停在这块长长的空地的尽头。

纽马克热情地招呼我,告诉我那是一架D.H.60蛾,是一种单引擎的双翼飞机,有两个开放的座舱。虽然它看起来很像我记忆中第一次世界大战中的飞机,但他告诉我它是两年前才由英国军官杰弗里·德·哈维南上尉开发出来的。

"它用在电影里是再好不过的了,"他很热情地说,"看起来像所有特技飞行员都会驾驶的老战斗机,但它要安全得多,里面装着新的六十马力的卷云引擎。最重要的是,我们在折叠机翼的情况下把它拖到了路上,所以在拍摄期间能够从一个地方移动到另一个地方。"

我顺着长满草的跑道望向远处的树林,突然想起一处值得注意的风景。"闹鬼的橡树!"我大声地说。

"什么?"

"那棵老橡树,已经部分枯死了的那棵树。这里有人说那棵树闹鬼。据说,它是在一百五十年前一个独立战争叛徒的坟上种下的。不过,我很怀疑它是否真有那么老。"

格兰杰·纽马克看着远方的那棵树。它孤零零地立在那里,离树林有一段距离。"难看的东西,"他同意道,"不过,我们想不出什么办法将它写进剧本里。它杀过人吗?"

虽然这个问题是以开玩笑的方式问出的,但我的回答却很认真。"几年前有个男孩从上面摔了下来,摔断了脖子。对这一带的人来说,这就足以让所有古老的迷信复活了。"

这时,一个高大的穿着飞行装的英俊男子走了过来。甚至在他开始介绍前,我就认出了他是很受欢迎的默片演员罗伯特·雷恩斯。纽马克为我们做了介绍。雷恩斯用力地握了一下我的手。"我希望我不需要你的服务,医生。"

"听到他的声音没有？"这位导演得意地问道，"当全美国的女人听到它时，我们就有一个大明星了！在默片演员难听的声音被观众听到后，他们中有一半会失业的！"

雷恩斯听到这番恭维，露出孩子气的笑容。"这不过是上帝赐给我的声音，我只是尽我所能使用它罢了。"

"你要跳伞吗？"我问道。我注意到绑在他背上的降落伞。

"我们用替身演员完成实际的跳伞动作。"纽马克解释道，"不能让我们的大明星在这种事上冒险。"

"谁都不该冒这种险。"我说，"如果降落伞没打开的话，人受伤了我也没法治好。"

"别傻了！"纽马克口沫横飞地说，"在有飞机前就有人跳过伞了。这绝对是安全的。"

他说的听起来根本是不可能的事。我承认我对此嘲笑了一番。后来我查了一下，发现他是对的——在一八〇〇年之前，就有人从热气球上跳伞。我很快便知道，格兰杰·纽马克很少会出错。

这时，来了一个穿得和那位明星一模一样的年轻人。"这是我们的替身演员，"纽马克说，"查利·博恩。"

博恩那张粗糙不平的脸与那位明星英俊的面孔完全不像，但身材很相似。人们无法根据摄影机拍下的在远处坠落的身影分辨出他们。"你还好吗？"博恩问我，并不期待我的回答。他的兴趣已经转到别的地方。"看到那些翻滚过来的云层了吗？可能要有麻烦了。"

"摄影机已经准备好了，"导演说，"要拍一个你们爬上飞机的镜头，然后是起飞的镜头。查利，你尽快跳出来，雷恩斯会把飞机开回来。"

"你会开飞机?"我问那个明星。

"当然。我开飞机比坐飞机自在多了。不过,我们要拍一些特技镜头。这些镜头由别人来完成,我不做特技动作。"

我看着那两个人并肩离去。格兰杰·纽马克向我解释了这个场景:"在电影里,博恩扮演飞行员,雷恩斯则是他的表演搭档。雷恩斯要跳伞,尽管有医生警告他稀薄的空气会让他暂时失去知觉。"他很抱歉地笑了笑。"抱歉,医生的戏我们已经拍好了,否则我们可以让你来演,医生。"

"演戏我就不在行了。"那两个飞行者已经到达双翼飞机前,这时又来了一个身穿长花裙的黑发年轻女子。"那女孩是谁?"

"安杰拉·罗兹。我们的女主角。其实这是她的第一部电影,但我想她会成为一个大明星的。"

我看着她整理了一下他的围巾,就像公主在她的骑士出征前会做的那样。然后,两个人挥手上了飞机。导演喊道:"预备!开始!第一个镜头!"雷恩斯在前座舱挥了挥手。

飞机缓缓滑行,然后顺利起飞。摄影师一路跟拍。我这才注意到海·盖茨也在看,就站在我后面一点的地方。"你好,医生,"他在我转身对着他时说道,"我从来没想到他们会在我的农场上拍电影。"

"我希望你拿到丰厚的报酬,海,"我对他说,"这些电影公司可有钱了呢。"

"你不用担心,医生,"他往地上吐了一口烟草汁,"他们搞不过我的。我父亲在过世之前也教了我一些做生意方面的东西。"

我很怀疑有人能教会海·盖茨什么事,但我并没有说出来。

"你一个人在这里生活得还好吧，海？"我问道。在我们的头顶，飞机起飞后正盘旋着飞回来。

"也算是很好啦。我一直想让多莉回来，但我想大概没什么希望。"多莉是他的太太，在他开始酗酒后就离开了他。最后一次有人听说她的消息，是她去了缅因州和她妹妹住在一起。

"也许她会在报纸上看到他们在你的农场上拍电影的消息。"我说。

"嗯，也许吧。"

一旁的格兰杰·纽马克站到了摄影师的身边。"保持对飞机的关注！不要错过任何东西！等飞回空地的时候，他就要跳伞了。"

这架有两个开放座舱的双翼飞机爬升到可以进行跳伞的高度时，成了天空中的一个小黑点。当我在地面仰望，暗自庆幸自己没在上面的时候，安杰拉·罗兹走了过来。"那样不危险吗？"她向纽马克问道。

"不会比从床上摔下来危险。"

我看到一个小黑点从飞机上分离出来，开始往下坠落。然后，随着降落伞的打开，它后面飘起了一朵白云。坠落的身影被吊在一朵缓缓下降的"大蘑菇"下面，开始慢慢朝我们飘来。

"太完美了！"纽马克叫道，"他应该会正好在摄影机前面的那块地上着陆。"

但是积聚在地平线上的云层开始移动，而且风越来越大。就在降落伞接近地面时，我们看到它偏离了原先的路线，飘向了这块空地边缘的老橡树。

"他为什么不控制一下方向呢？"安杰拉问道，"他会撞上那棵树的！"

"查利!"导演大声喊道,但他的声音被越来越大的风吹散了。降落伞落在那棵树顶部的枝干上,被一些伸向天际的枯枝卡住。而在它底下,吊在离地面约十英尺的安全带上的是替身演员查利·博恩软绵绵的身体。

"快把他从那里弄下来!"我叫道,带着其他人朝那棵树跑去,一点也不在乎是不是会毁了这场戏。看着那具软绵绵的身体,那具吊在降落伞下面摇晃的身体,有什么东西激发了我的行动力。"叫人去搬个梯子来!"我对他们叫道,在其他人之前跑到树边。

海·盖茨朝谷仓跑去,而我则想办法爬上那棵树低一些的枝干。博恩脸色发青,一半舌头伸出嘴外。我设法爬得高到能摸到他的脉搏,却发现他的脉搏已经停止跳动了。

"怎么了?"格兰杰·纽马克在地面上叫道,"出什么事了?"

我爬得更高了一些,把手伸向绕在博恩脖子上的白色围巾。随后,我摸到了别的东西,便把手缩了回来。我从树上下来时,海·盖茨正好搬了个梯子过来。"小心地把他解下来,"我指示道,"然后把他放在这里。我得打电话给伦斯警长。"

"我的天哪,你是说他死了?"

"是的,纽马克先生,他死了。而且,他的围巾外面还绑着一根铁丝。他是被人谋杀的。"

我在盖茨的农舍里打电话给伦斯警长,然后走回尸体的旁边。所有演员和工作人员都挤过来围成一圈,看着纽马克努力解开查利·博恩脖子上的铁丝。"你最好把它留给警长检查,"我建议道,"现在解开铁丝对博恩也没什么用处了。"

"可是,可是这种事怎么可能发生呢?"

我抬头望向那棵老橡树。"我要知道才怪。"

双翼飞机一直在空地上空盘旋,最后纽马克挥手示意让飞机降落。我们都想知道,罗伯特·雷恩斯看到尸体时会说些什么。因为我们知道,我们目击了一桩只有一种可能的命案。查利·博恩是跳伞前在飞机上被勒死的——不可能有其他解释,而在飞机上和他一起的人只有罗伯特·雷恩斯。

我们看着雷恩斯跑过来,推开别人,挤进来看这具尸体。"他怎么了?"他问道。

"他死了,"我说,"被脖子上的一根铁丝勒死了。"

"勒死了?在地面上吗?"

"在落地前,他的降落伞卡在了树上。我爬上去解救他的时候,他已经死了。"

他用怀疑的眼光看着我。"但他跳伞的时候还活着呀!他必须活着才能拉开降落伞。"

"这话很对,"格兰杰·纽马克同意道,"我都没想到这一点。"

我看到伦斯警长开着车来了。我决定尽快把这件事解决。"你可以用铁丝勒死他,然后把他扔出飞机。在尸体离开飞机后,你又通过另一根铁丝或绳子控制他的伞绳,让降落伞能够打开。"

雷恩斯大步走到我面前,双手叉腰。这样近距离观察他时,我发现他很有威慑力。"是这样吗,医生?我坐在前座舱里呢,记不记得?你告诉我,我怎么能勒死一个坐在后座舱里的人?他在我后面几英尺远,飞机还在空中飞,然后我还得拿根绳子绑在他的伞绳上,再把他的尸体扔出飞机。来吧,你告诉我!"

我都忘了两个座舱的事,但现在我想起来了,他说的是实话。我记得飞机起飞的时候，他在前座舱里挥了手。他说得对，他不可能勒死查利·博恩。

但也没有其他人能勒死他。

这是桩不可能罪案。

伦斯警长可不是那么容易被糊弄过去的。"你是说那棵该死的树杀了他，医生？"

"不是，我不是在告诉你那棵树杀了他。树不会用一根铁丝把人勒死的，就算是闹鬼的树也不会。"

"好吧，那是谁干的？他肯定不是自杀的。"

"不是，"我同意道，"人可以用枪、刀或毒药来杀死自己，但不可能把自己勒死，因为还没达到目的就会先晕过去。"

"除非是上吊，你看这种说法怎么样？医生，那条铁丝是连在降落伞上的，降落伞一打开，铁丝就拉紧，把他给勒死了。"

"这个想法很棒，不过那根铁丝现在没有连在降落伞上。我刚才检查过他围巾底下的脖子，没有证据表明压力来自上面。照你说的那种方法，他的头和身子几乎会被割开，会留下证据的。"

"所以那是怎么做到的呢？医生，你可是研究不可能犯罪的专家呀。"

我依稀想起了点什么，便去找格兰杰·纽马克了。伦斯警长会在橡树四周仔细搜查，等我回来。我找到了那位导演，发现他和他的明星安杰拉在一起，我想你可以说他是在安慰她。当我走近时，他把手从她的肩膀上拿开，皱着眉头看着我。"现在是什么情况，霍桑医生？是要我付你服务费吗？"

"我的服务还没有完呢，我在想那架雷恩斯和博恩乘坐的飞机。"

纽马克凝视着在空地上停放的那架蛾式双翼飞机。"那架飞机怎么了？我们不打算重拍那场戏。你是不是在想这件事？"

"我在想那架飞机是不是有我在书上看到过的自动驾驶装置。"

这话让导演笑了起来。"这样的话我的明星就可以设置它，再沿着机身爬到后面勒死博恩？不可能！飞机上没有自动驾驶装置。而且玩这种花招，雷恩斯会被吓死。"

我后来才知道，虽然自动驾驶仪在一九一〇年就发明了，但到一九三〇年后才普遍用在飞机上。纽马克说的是实话，那架蛾式飞机上没有自动驾驶装置。我的又一个猜测被否定了。

"你为什么对是谁杀了他这么感兴趣？"安杰拉·罗兹问我，"这又不关你的事。"

"我被雇来为病人和伤员提供服务。我在这方面失败了，而且败得很惨。"

纽马克微笑道："我们不会怪你的。"

"你拍的影片呢？能冲印出来吗？说不定能给我们提供线索。"

"胶卷必须送到纽约处理。要看到什么东西得等好几天以后，你以为我们会随身带着间暗房吗？"

他们对我的态度很不友善，仿佛查尔斯·博恩的离奇死亡都是我的错似的。也许还真是如此，在这几年里我确实越来越频繁地碰上命案。

伦斯警长正忙着审问海·盖茨，想找出凶手策划这起命案的可能动机。我认为这样的做法很明智。苦思那到底是怎么做到的根本不会有结果，而调查动机反而可能会有收获。

"他住在你家里，对不对？"在谷仓附近的工具棚里，伦斯警长问盖茨。

海·盖茨点了点头。我闻到了他呼出的气体的味道，知道他又喝酒了。就我所知，也许他从未停止过喝酒。"没错，我楼上有三间睡房，空着也是浪费。我在等多莉回来，但看起来毫无希望，所以我把它们租给了几个演员和工作人员。博恩和那个叫齐德勒的摄影师，以及一个临时演员。"

"他和其他人之间有没有矛盾？"警长问道。

"我没发现什么矛盾。"

"没打架？没酗酒？"

"该死的，他们这个星期才刚到这里啊！"盖茨一副很狡猾的样子，好像并没有把所有的事情都讲出来。

"我们要去你家，"我建议道，"看看博恩的房间。"

警长走在我们前面一点，海·盖茨压低了声音。"我有个你会想看的东西。不过我不想让伦斯警长看到。"

进入房子后，我请警长先去查看博恩的东西，而我则留在后面。海·盖茨拿出的是一本破旧的剪贴簿，上面贴满了剪报和文件，显然是死者的遗物。"看到没有？我是从他房间里拿出来的。"

"你偷的？"

他的脸色阴沉下来。"我今天早上打扫的时候发现的。不过我知道老伦斯会说是我偷的。你看这个！"

根据剪报资料，在二十世纪二〇年代的大部分时间里，查利·博恩演过很多默片，经常出现在流行的双卷喜剧和惊悚剧中。他演过爱伦·坡的《泄密的心》中的老人，演过《过早埋葬》里的爱德华·斯特普尔顿。还有他作为特技演员和替身演员的剪报，以及一张他和罗伯特·雷恩斯的凹版合照。他们穿着相同的海盗戏服，共同出演了一九二五年的卖座大片《铁血船长》。

"很有意思，但我没有看到什么特别的东西。"

海·盖茨把手伸到我的肩膀上，从《铁血船长》的照片后面抽出一个松动的东西。那是一张很模糊的照片，一男一女赤身裸体地躺在床上。"色情照片，"他很得意地说，"再看看背面。"

照片背面写有一行被画掉的字："记得这个吗？如果你不希望我……"

海·盖茨又从剪贴簿里抽出好几张藏在里面的照片。它们大同小异，至少看起来拍的是同一对男女，只是姿势不同。所有照片都很模糊，曝光不足，没法看清楚拍的是谁，而且其余的照片背面都没有写字。

查利·博恩是在勒索什么人，但到底是谁呢？

照片里的男人可能是罗伯特·雷恩斯。

或者他的替身演员。

那个女人很可能是安杰拉·罗兹，但她的脸在所有照片中看不清楚。

"你上来了吗，医生？"伦斯警长在楼梯上叫道。

"马上就来。"我把几张照片放进口袋，并告诉盖茨把剪贴簿放到安全的地方。然后，我上楼去找警长。

查利·博恩的房间里除了一张床、一个梳妆台和一把椅子外，什么都没有。他似乎没有什么行李，他的大部分衣服仍然放在椅子上一个打开的行李箱里。"这里没什么东西，"伦斯警长说，"看一下吧。"我匆匆地看了看行李箱和梳妆台的抽屉，但并没有发现什么特别的东西。海·盖茨想必已经翻过了，想到这一点,我不禁好奇,他做这件事是在什么时候?是我们在等警长来的时候吗?

还是在那之前他就已经知道博恩会死了?是不是他在那个演员的衣物上动了手脚,把铁丝绕在了他的围巾上?

但他的动机是什么呢?查利·博恩显然不是在勒索海·盖茨。

下楼的时候,我碰到摄影师齐德勒正上楼回他在死者隔壁的房间。我认为他也是嫌疑人之一,但我一定得相信某个人。"有时间吗?我给你看样东西。"我们走进他的房间,我拿出海·盖茨发现的那几张照片。

齐德勒哼了一声,挠了挠他的秃头。"很模糊。它们看起来就像电影底片的放大图。色情电影到处都有,被出租给参加男性俱乐部和单身派对的人。"

"认识里面的明星吗?"

他朝那两个模糊的身影眯起了眼睛。"不行,我没法说我认识。"

"男的可能是罗伯特·雷恩斯。"

"雷恩斯?见鬼,不!他是个大明星,不会做这种事。"

"他也不是生来就是大明星呀。"

"我看不像是他,"齐德勒说着把照片还给我,"你从哪里弄来的这些照片?"

"找到的,"我含糊其词地回答道,"谢谢你的帮忙。"

"有没有想到博恩是怎么被杀的?"

"我正在查这件事。"

我回到外面,走向那棵老橡树。尸体已经被搬走,大部分人也离开了。齐德勒的摄影机架在三脚架上,镜头对着天上。几个附近农场的孩子在飞机旁玩耍，没有人来驱赶他们。演员和工作人员就这样离开了现场，去了别的什么地方思考查利·博恩的离奇死亡。

我看到橡树底下有东西，就弯下身去捡。那是个硬橡皮球，我不知道它是不是某个在飞机旁玩耍的孩子的东西，正想往他们那边扔过去，但临时又改变了主意，把它放进了我的口袋。我看到安杰拉·罗兹正朝我这边走来。

"你好，霍桑医生，"她说，"我们还没找机会好好地互相认识一下。"

"恐怕以后也没什么机会了。如果格兰杰·纽马克继续拍这部电影的话，他一定会找别的医生到现场来了。"

"为什么？查利又不是你害死的，是吧？"

"但我也没挽救他的性命。告诉我，你认识查利·博恩多久了？"

"我上个月才认识他，当时格兰杰正在为电影选角。但罗伯特认识他好多年了。查利在《铁血船长》里的特技表演中给罗伯特当过替身。"

"你觉得是谁杀了他？"

她没有立刻回答，而是盯着那棵树，然后又转身望向那架飞机，孩子们正在爬上飞机的机翼。"一定是飞机上的人，在他跳伞之前下的手。"

"在飞机上的只有雷恩斯一个人。"

"我知道。"

可是，是他吗？

我突然想到一件事，便朝飞机那边跑去，留下安杰拉·罗兹一个人站在那里。"来，孩子们，下来！"我喊道，并赶走了他们。然后我爬进后座舱，也就是飞机起飞时博恩所坐的地方。有没有可能有一个小个子藏在他所在的座舱里，把他勒死后，再将他的尸体扔出飞机？这个想法很牵强。我一坐进座舱，就发现这在物理上是不可能的。即使是小个子也无法和博恩一起挤进座舱。我的双腿都弯曲了，而他的个头要比我高得多。

当我撑起身子下飞机时，我又看到了安杰拉。她站在远处，用一根手指抚摸着她平滑的喉咙。我想起她先前也用过这个姿势，不过摸的是另一个人。在飞机起飞前，她为一个人整理了围巾。回想起来，那似乎是雷恩斯的围巾，但也可能是博恩的围巾。

人的记忆，就是会跟你玩这种该死的花样！

"萨姆医生！"

我转过身去，看到我的护士阿普丽尔正急匆匆地朝我这边赶来。"什么事？阿普丽尔，我的哪个病人出事了吗？"

"不是的，萨姆医生。他们已经把那具尸体运到了镇上，现在要你去签死亡证明。他们的电话一直打不通。"

"好的，我这就过去，反正这里也没什么事可做了。"我告诉纽马克我要离开，他对我挥了挥手让我走。我没有理由向他要报酬，还真是一点都没赚到啊！

他们把尸体送到当地的殡仪馆，尤德·米勒正在等着做那个时代的尸检工作。"你没签字，我就不能动刀，医生。"

我瞥了一眼防腐台上的尸体，又把视线移开了。"他的亲人呢？"

"他们说他一个亲人也没有。我猜他们会把他葬在这里。"

"他肯定是被勒死的吗？"

"哦？我会检查他的体内器官的。但在我看来他是被勒死的，他身上没有其他外伤，只有太阳穴有块淤青。可能是他们把他从树上解下来的时候弄的。"

"嗯，"我同意道，然后走过去看了看，"不过死人不会有这样的淤青。落到树上的时候他还活着！"

"也许是落到树上的时候撞的。"

我开始说了起来，与其说是对尤德·米勒说，倒不如说是说给自己听。"他被勒死的时间不是在跳伞之前，就是跳伞中途，或者着陆以后。这是仅有的几种可能。在他跳伞之前，雷恩斯没法碰到他，而座舱里也不可能藏得下别人。跳伞中途也不可能有人动他，而且连接在降落伞上的装置如果起作用，也不会以这种方式起作用。所以只剩下一种可能：他是在落到那棵老橡树上之后才被勒死的。"

尤德·米勒一边笑着一边取出防腐设备。"绝对不是什么闹鬼的树把他给勒死了。最大的可能是第一个到他身边的人趁其他人还没到之前下手了。我以前看过这样的故事。"

"如果是这样的话，唯一的问题是，第一个到他身边的人就是我。"

"啊？"

我签了死亡证明，然后回到诊所，感到非常沮丧。我觉得已经快要弄清楚了，但不知怎么的，就是想不出来。我唯一确定的是勒死查利·博恩的不是橡树，而是人，动机也和人性脱不了关系。

阿普丽尔还没有回来，只有我一个人在诊所里。我在办公桌前坐了下来，把手伸进口袋里，准备再看看那些照片。我的手指碰到了我先前捡到的那个硬橡皮球。

这可能是答案吗？

我是不是犯了一个医生不应该犯的错误？

我站起身来，正好外面的门打开了，格兰杰·纽马克走了进来。"我在找你，医生。"

"很高兴你能到这里来。我有理由向你要报酬了。我知道查利·博恩是怎么死的。"

"真的吗？"

"我今早做了一件可怕的事，纽马克先生。"

"是什么事呢？"

"我在一个人还活着的时候就宣布他死了。"

格兰杰·纽马克微微一笑，从口袋里掏出一把小左轮手枪。"你比我想象中聪明多了。现在快把你从海·盖茨那里得到的照片交给我。"

我微微举起双手，但没有把照片交给他。我知道，一旦我将照片交到他的手上，我就会变成一个死人。

"我们能不能谈谈这件事呢？照片放在一个很安全的地方。"

"我没有时间跟你玩游戏，医生，整件事情全乱套了。"他用枪比画了一下。

"因为海·盖茨吗？我猜你没有想到他会去乱翻死者的东西，而且在你把照片拿到手之前就找到了那些照片。查利·博恩在勒索你，对吧？他发现了你在成为好莱坞大名鼎鼎的人物之前拍过的那些色情电影。你正处于在有声电影领域大获成功的边缘，而这类新闻会毁了你。查利·博恩知道这一切，因为他正是你拍的那些色情电影的男主角。所以，你用非常巧妙的方法杀了他。但是，当你去找那些色情电影底片的放大图时，却发现海·盖茨先发现了它们。"

"甚至还拿了几张给你。"纽马克说。

"你杀了盖茨吗？"

"还没有，他把其余的照片都给了我，根本不知道是怎么回事。但你就不一样了，医生，你知道得太多了。"

"你需要一个笨头笨脑的乡村医生来完成你的计划，所以你才没有从城市带一个医生过来。查利·博恩落到树上时还没死，他只是在演一个死人的角色，就像他以前在《泄密的心》和《过早埋葬》里演的角色一样。我猜这也是他的特长。他在跳伞前给自己的脸化了点淡淡的妆，再把那根铁丝绕在脖子上，隔着围巾以免真正造成伤害。

"他将一个硬橡皮球压在腋下以阻断脉搏。也许两边的腋下各用了一个，然后他微微吐出舌头，表现得像一个被勒死的人。

"降落伞缠在那棵橡树上，这对你来说是个大好机会，因为我得爬到树上为他做检查。当我跑去打电话给警长的时候，你爬上树把他从树上解了下来，一拳打在他的太阳穴上，把他打昏过去。然后，你就当着我们的面勒死了他，看起来还似乎是在解开他脖子上的铁丝。所有的人当然都会以为博恩早就死了，所以即便他们看到你不小心打了他的太阳穴，也不会觉得有什么不对之处。"

"很了不起，"纽马克说，"现在把照片给我。"

我没有理会他的要求。"我唯一的问题是，你是怎么说服博恩做谋杀他自己的共犯的？我猜你告诉他这是给电影做宣传的表演。被宣布死亡的特技演员在十分钟后复活了，这类消息会成为很多报纸的头条新闻。你正是以此说服博恩的。因为有演员和工作人员在场，所以他以为自己很安全。"

"又说对了，"他举起了枪，"可是我们已经谈得够多了。"

"当我把橡皮球和博恩在电影里演的角色联系在一起时,我就知道这一切是怎么发生的了。也许就是他在《过早埋葬》里的表演让你想到了这个点子。而知道事情是怎么发生的之后,我就知道凶手一定是你。只有这部电影的制片人兼导演才能说服博恩做那样的特技表演。然后,我记得你弯腰拉扯过缠在他脖子上的铁丝——"

纽马克身后的门打开了,阿普丽尔走了进来,很开心地叫道:"你们好!"我一直拖延时间,等的就是这一刻。在纽马克半转过身去看她的那一瞬间,我立刻扑向他,把他拿枪的手扭到一边。

事情就那么简单。

"嗯,"萨姆·霍桑医生总结道,"这就是我在电影拍摄方面的一次经历。纽马克认了罪,在牢里关了很久。《光荣之翼》终究没有拍成。那棵老橡树吗?第二年被闪电劈中倒掉了。

"如果你很快再来的话,我会告诉你当一个儿童布道者来到诺斯蒙特镇,开始在一顶帐篷里借老式奋兴会治愈我的病人时发生了什么,以及我是如何成为后来发生的命案的主要嫌疑人的经过。在你走之前,再来一杯……啊……小酒吧?喝了再上路?"